QUADRONDO

Outras obras do autor

Contos/Crônicas/Novelas

O homem vermelho. Civilização Brasileira, 1977.
Os meninos. Vertente, 1977.
As sete pragas. Civilização Brasileira, 1979.
Paixões. Ática, 1986.
Os meninos crescem. Nova Fronteira, 1988; Buscavida, 1990.
Tempo de meninos. Ática, 1991.
Negócios de família. Ática, 1993.
Meninos e meninas. Ática, 1995.
Tempo de guerra. Cia. das Letras, 1997.
Bicho-gente. Ática, 1997.
Pensão Alto Paraná. Imprensa Oficial do Paraná, 2000.
Conversas de amor. Record, 2004

Infantis/Juvenis

A árvore que dava dinheiro. Moderna, 1981.
As batalhas do Castelo. Moderna, 1987.
Andando com Jesus. Ática, 1994; Círculo do Livro, 1997.
A festa dos números. Melhoramentos, 1996.
A guerra do macarrão. Quinteto Editorial, 1997.
A guerra de Platão. Quinteto Editorial, 1997.
O dia em que Deus criou as frutas. FTD, 1997.
O dia em que choveu cinza. Moderna, 1997.
A última tropa. Moderna, 1998.
Água luminosa. Moderna, 1999.

Biografia

O tempo de Seo Celso. Londrina, 1992.

Poesia

Haicaipiras e quadrais. Fundação Cultural de Curitiba, 1994.

Romance

Questão de honra. Farol do Saber, Curitiba, 1996; Moderna, 1999.
Terra vermelha. Moderna, 1998.
O caso da Chácara Chão. Record, 2000.
No coração das perobas. Record, 2002.
Meninos no poder. Record, 2005.

Domingos Pellegrini

QUADRONDO

ROMANCE

EDITORA RECORD
RIO DE JANEIRO • SÃO PAULO
2007

CIP-Brasil. Catalogação-na-fonte
Sindicato Nacional dos Editores de Livros, RJ.

P441q Pellegrini Júnior, Domingos, 1949-
Quadrondo: romance / Domingos Pellegrini. - Rio de Janeiro: Record, 2007.

ISBN 978-85-01-07831-5

1. Romance brasileiro. I. Título.

06-4564 CDD - 869.93
CDU - 821.134.3(81)-3

Capa: Tita Nigrí

O autor adota usos e formas próprias de linguagem.

EDITORA RECORD LTDA.
Rua Argentina 171 – Rio de Janeiro, RJ – 20921-380 - Tel.: 2585-2000

Impresso no Brasil

ISBN 978-85-01-07831-5

PEDIDOS PELO REEMBOLSO POSTAL
Caixa Postal 23.052
Rio de Janeiro, RJ - 20922-970

Quadradeza

O DNA É UMA ESPIRAL, uma corda torcida, que, se pudesse ser desfiada, cobriria milhares de vezes a distância até a Lua... e agora, examinando os cromossomos – "como somos", como dizem – descobrimos que mais de metade do povo brasileiro tem algum resquício de sangue índio, e mais ou menos metade tem também algum sangue negro; enquanto sangue europeu só trinta por cento dos brasileiros têm. Eu mesmo, que eu saiba, não através de árvore genealógica, mas através das conversas da família ao pé do fogão, tenho sangue índio, português, espanhol, italiano e árabe; e talvez deva a esse árabe esta minha visão do mundo humano como um casamento entre o quadrado e o redondo, entre a reta e a curva, o planejado e o imprevisto, a cabeça e o coração.

O arabesco parece não ter nada de reto, só curvas, mas é simétrico, um arabesco sempre tem um arabesco igual do lado; e a simetria, assim como a reta, é uma invenção humana, não há nada reto nem simétrico na natureza; a gente é que vive querendo enquadrar o mundo em telas, calendários, medidas, classificações, categorias, capítulos, ordem, quadradezas enfim. Mas a coincidência, o desastre, o imprevisto e o acaso alteram toda a ordem (já pensou como seria quadrada e chata a vida sempre acontecendo conforme nossos planos?).

Minha vó, nos últimos dias de vida, sentava de camisolão na varanda, tomando gemada com colher para não engasgar, de tão fraquinha que estava, e quando soube que eu andava estudando gente, perguntando a raça das pessoas, mandou me chamar. Sua pele tinha umas sardas enormes, como ilhas negras e redondinhas nos rios enrugados dos braços, só osso e pelanca, os olhos fundos já quase numa caveira, mas me olhou como se visse pela primeira vez, perguntou com a voz quase sumida:

– Por que você anda perguntando daonde as pessoas vêm?

– Estou estudando genética, vó, é uma ciência.

– Eu sei, não sou tão burra. E você sabe daonde veio a minha avó?

Contou que a vó dela era uma índia de Goiás, perguntei se sabia de que tribo.

– Bugre.

– Mas naquele tempo chamavam todo índio de bugre, vó.

– E hoje, chamam do que?

É verdade, chamam de índio só, todas as tribos virando "índios" como foram "bugres"; a vó realmente não era burra. E com a voz soprada, mas se firmando conforme falava, contou que o avô dela, português daqueles de bigodão, vendeiro de beira de estrada, ouviu falar duns garimpos lá em Goiás, onde precisavam de mulas e mantimentos, então pensou: chegou minha hora de ganhar dinheiro. Ali na venda tinha conhecido muito tropeiro, muito vaqueiro, não foi difícil formar uma tropinha, três ou quatro peões, um cozinheiro, e com toda a economia de anos comprou uma muladinha boa, cinqüenta cabeças, mais uma dúzia de burros cargueiros para café, melado, rapadura, charque, tecidos, sal, até queijo defumado tinha nas bruacas.

O filho mais velho era mocinho, ficou tomando conta da venda com a mãe, e ela, quando contava a minha avó a história já velhinha também, lembrava sempre que, antes de partir, o marido tinha ensinado o filho a atirar com a espingarda dois-canos. Nunca tinha deixado o rapaz pegar em arma, e agora deixava com ele aquele canhão; e, já montado para partir, falou que, se fosse para o filho defender a casa, a mãe e os irmãos, não vacilasse:

– Tem muito bugre doido por aí! Então, se precisar atirar, atira pra matar!

Aqueles índios, que andavam pelos últimos matos de fazenda em fazenda, eram os também últimos sobreviventes das pélas, as caçadas que os fazendeiros faziam na região, com turmas de jagunços movidos a pinga, para perseguir e matar índios na mata, porque os peões tinham medo de derrubar mata com índio, para as plantações. Aí um ou outro índio ferido, vendo que ia mesmo morrer, tocaiava a jagunçada e, com lança e borduna, matava ou feria vários antes de cair; aí era chamado de bugre doido, e daí falarem que, em índio, melhor era atirar logo para matar, os dois canos duma vez.

A idéia do vô da minha vó era chegar ao maior e mais distante dos garimpos, vender as mulas, os burros e suas cargas, tudo, e voltar só com sua mula, despedindo lá o pessoal para, na volta, parecer só um pobre viajante. O plano – ah, a quadradeza dos planos... – era socar o dinheiro no fundo de alforje, com charque por cima, e, se alguém pedisse uma beirada no seu fogo ou uma caneca de café, começaria a tossir e logo contaria que andava doente do peito, por isso voltando do garimpo para casa sem nada no bolso, e, com medo de pegar a doença, o visitante se afastaria... O plano geralmente é a forma reta, rápida e fácil, que imaginamos para chegar ao objetivo, antes que os imprevistos e acasos apareçam com suas curvas e meandros...

A primeira parte do plano funcionou perfeitamente: chegou lá nos garimpos, vendeu tudo muito bem, dispensou o pessoal pagando até gorjeta, mas ficou ainda com os burros cargueiros que ninguém queria. Até que um sitiante ofereceu pela meia dúzia de burros o preço de três, mas com "uma coisa a mais":

– Uma bugre mais forte que uma mula.

O português viu vantagem, podia vender a índia logo adiante, por causa disso não ia empatar negócio. Entregou os burros, recebeu o dinheiro e a índia e já não viu tanta vantagem: ela era forte sim, índia magra e alta como poucas, mas feiosa e muito séria. Vestia um cobertor com um buraco redondo para a cabeça, feito poncho, amarrado na cintura por um cipó. (Veja que um cinto civilizado é uma tira reta de couro, com furos redondos para passar a língua reta da fivela, mas tudo isso pode ser substituído por um cipó...) E ele ainda perguntou ao sitiante se a índia era mansa; era sim:

– Só não gosta de apanhar.

Ele tocou a mula pela estrada, a índia ficou parada. Ele chamou, o sitiante riu:

– E ela também só obedece se você bater...

O português meu quaquavô desceu da mula, olhou a índia nos olhos, como depois contaria aos filhos, e lhe deu um pedaço de rapadura. Ela enfiou na boca e ele montou de novo, ela foi atrás. Na parada para o almoço, ele tinha feijão tropeiro e laranjas, ela comeu feijão e depois descascou as laranjas com os dedos, como tinha comido com as mãos, até porque ele teve medo de lhe dar garfo e faca. Depois ela foi lavar as mãos no riacho, voltou com umas folhas, fez chá, dormiu encolhida feito cachorro ao lado do fogo. Ele também tomou o chá e lhe fez bem.

Amanhecendo, viu que ela tinha fugido. Voltou pela estrada, tocando a mula a passo bem picadinho, logo viu a índia lá adiante. Ela entrou pelo mato, ele apressou, desmontou, caçou até achar e, na luta, rolando com a bicha brava, o cipó se partiu e o poncho abriu, viu que era bonita de corpo. Ao menos era assim que a mãe da vó contava, de ouvir o pai contar aos filhos, que tudo começou com o imprevisto do rompimento de um cipó, amarrado em nó, esta outra quadronda invenção humana, uma linha enrolada sobre si mesma, ou um ponto torcido, o ponto, outra grande invenção, princípio de toda a geometria...

Talvez o português também não fosse nada burro e, para justificar essa incursão à índia, colocasse a culpa no cipó, no calor da luta, os corpos já bufando de raiva antes de... Bem, o fato é que a índia continuou mais mansa estrada afora, mas, por via das dúvidas, ganhou uma corda no pescoço; novamente uma corda, esse feixe trançado de linhas paralelamente espiraladas...

Ele ia na mula, ela a pé atrás, com a corda no pescoço, a outra ponta amarrada na sela. Um ou outro boiadeiro ou sitiante perguntava se era índia brava.

– Não, só fujona. Quer comprar? Até troco por uma mula.

Ninguém queria uma índia com uma corda no pescoço, ele tirou a corda. Parou num garimpo, os homens logo juntaram, quanto queria na índia? Mas ela começou a jogar pedras nos homens e ele acabou tendo de defender a danada da fúria da turma, uns queriam linchar, outros queriam comer antes, ele teve de atirar para o ar:

– Alto lá! É índia mas é minha!

Saiu do garimpo andando de costas, arma na mão, ela levando a mula. Na estrada, montou e picou a mula, mandando ela correr. Mas garimpeiro não perde tempo perseguindo ninguém, persegue é o ouro, e eles chegaram em paz a um pouso bom antes de anoitecer. Aí ela tomou banho no riacho, suada e melecada de pó, lavou o cobertor-poncho e estendeu ao lado do fogo, sobre três varas fincadas em pirâmide, três retas formando três triângulos a convergir para um ponto onde foram amarradas por um redondo e torcido nó... coisa quadronda de índio. O detalhe que interessa é que, sem o poncho, ela fez tudo isso pelada, sem vergonha nenhuma, contava a mãe da vó.

De repente a índia pelada sumiu, quando ele também estava pelado se lavando no riacho, mas ela logo voltou com ervas, jogou na chaleira para fazer um chá adoçado com rapadura, e ele sempre diria que foi enfeitiçado por aquele chá. Quando o cobertor dela secou, já estavam debaixo do cobertor dele. Mesmo assim, ele daria outros dois nós naquela noite, de novo na corda, um para amarrar no próprio pulso e outro na canela dela, antes de dormirem olhando o fogo. No fogo, aliás, estava a trempe, outra pirâmide de três barras retas de ferro, que se encontram num ponto de onde pende o gancho para pendurar o caldeirão, esta outra invenção quadronda, de bordas arredondadas e fundo plano...

Amanhecendo, ele acordou se livrando duma prisão-de-ventre de dias, e ela disse apenas que era o chá. No almoço, ela sumiu de novo e voltou com frutas do mato, e com mais folhas que picou com as mãos e jogou no feijão; ele depois diria que foi o melhor feijão que tinha comido na vida até então, depois comeria muitas vezes mais. Continuaram estrada afora, cruzando com boiadas, às vezes ele na mula, às vezes ela, que ela ia descalça e ele não podia deixar que arrebentasse os pés uma índia que conhecia tanta erva...

Já em Mato Grosso, ofereceram uma mula pela índia, ele não quis, ofereceram duas mulas. Ela tinha sumido de novo pelos matos e voltou com mel de jataí, ele resolveu:

– Essa índia não é pra vender.

De novo na estrada ele viu que ela sabia pescar com peneira de palmas – outra invenção quadronda: a peneira é redonda mas as palmas são trançadas em cruz, sendo a cruz o encontro de duas retas... Viu também que ela sabia caçar pequenos animais, com arapucas de varas trançadas, umas retas, outras encurvadas, formando uma meia gaiola meio erguida, que caía, com uma pedra amarrada para dar peso, quando o bichinho ia comer a isca e ela puxava um cipó fino e comprido, apêndice da quadronda arapuca.

Para encurtar a história, quando ele avistou a vila onde tinha sua venda logo na entrada, antes parou num sítio e alugou um casebre para ela, na beira da estrada. Foi para casa, viu que a venda tinha até prosperado na mão do filho, que não tinha precisado usar aquela outra máquina quadronda, a espingarda. Os índios estavam acabando, ou sendo mortos ou morrendo de doença ou, então, indo para as reservas; só uns poucos ficavam por ali, mansos e trabalhando para alguém. Mas aquela índia começou a trabalhar por conta própria.

Catou ervas nos matos, secou, começou a vender no casebre na beira de estrada, onde passavam tropas e boiadas. Mel catava nos tocos das derrubadas, e derretia banha de macuco para vaqueiro com bronquite, cozinhava mandioca com melaço, assava biju numa laje fina de pedra sobre brasas. Passou também a salgar peixes que pescava no riacho com pari, o funil de pedras fechado por uma esteira de palha, outra armadilha quadronda, por onde passa a massa informe da água, como também não têm forma o fogo, o vento e a terra... Só o humano tem formas fixas, do quadrado ao soneto, do círculo à sinfonia, e lá venho eu como sempre com minha teoria quadronda... O fato é que a índia fez sua própria vida ali, passou a viver do seu jeito, índia ainda mas já também civil, lidando com dinheiro, plantando horta e pomar, um mundinho de árvores arredondadas em volta do casebre quadrado.

Ele visitava a índia de vez em quando, conforme a vó da vó; ou visitava cada vez mais, conforme a mãe da vó. E, quando o caçula dele pegou tifo, foi a índia quem curou com ervas. Depois, outros tiveram suas doenças e feridas, e a índia curava tudo, ele levando os filhos até o casebre entre canteiros e laranjeiras. Um dia, a própria mulher adoeceu, e a índia foi até o casarão deles, no que era já o centro duma cidadezinha, e só voltou de lá com a vó da vó curada e agradecida.

Daí por diante, as duas passaram a se visitar de vez em quando. A vó da vó levava panelas velhas, que a índia agradecia muito, dando chás e mel, bananas secas e grandes abóboras. Os netos iam brincar no sítio da índia, que ele comprou para ela com aprovação da mulher. E ela ensinou à índia simpatias e benzimentos, contra quebranto, inveja, achaque, chilique, enquanto a índia ensinava poções e pomadas para pancadas e torções, feridas, infusões para o peito, chá contra desgosto, chá para alegrar, chá para descansar, frutas para prender ou soltar o intestino, e sabe-se lá que mais; acabaram amigas.

Antes de morrer, a vó da vó pediu à índia para cuidar de seus filhos e netos, e a índia, que também tinha seus filhos com o português agora de bigodes brancos, mudou para a cidade, reunindo todos no casarão. Todo dia continuaria indo ao sítio, para colher e plantar, cuidar das plantas e criações, levando netos para ajudar, na verdade brincar, e eles cresceriam vendo a vó índia, como diziam, a lidar com plantas, flores, raízes, sementes, carnes e ovos, água e fogo.

Quando ele morreu, velhinho todo enrugado, ela ainda tinha muitos cabelos negros. Só vinte anos depois seus cabelos embranqueceram, e os filhos calculavam que ela devia ter mais de noventa anos quando morreu, sem dar trabalho a ninguém, dormindo ao lado do fogo que sempre manteve aceso mesmo na cidade. Só então as duas famílias, os filhos de sangue português e os filhos mestiços se desentenderam, conforme minha vó:

– Por causa de herança... – ou seja, dinheiro, essa outra invenção quadronda, seja na forma de notas retangulares com efígies redondas, seja na forma de moedas, redondas mas rijamente planas...

O casarão agora era uma ilha verde no centro duma cidade feita de asfalto e cimento, cercado de quadrados quarteirões; e o sítio viraria loteamento, quadradamente picado em lotes que logo acabaram vendidos, o dinheiro repartido entre os filhos todos. Alguns, tanto de sangue índio como português, não queriam vender, enquanto outros, tanto de sangue português como índio, queriam vender depressa, de modo que venderam barato e isso acabou jogando ainda mais uns contra os outros. No final das contas, foram cada um para um lado, e a moral que a vó tirava da história era esta:

– Tem gente boa e gente ruim em toda raça.

Alguns dias depois a vó morreria, e o caixão – de tábuas retas e bordas arredondadas – foi baixado à terra por duas cordas. Quadrondas pás jogaram terra, sobre a terra cimentou-se e no cimento plantou-se uma quadronda lápide, ovalmente plana ou planamente oval, tanto faz; o que não impediu que, com o tempo, das rachaduras brotassem lá umas plantinhas que hoje dão flores, essas formas de vida sem forma fixa, uma diferente da outra, e, no entanto, tão parecidas, a ponto de parecerem a mesma repetida flor, embora cada flor seja uma flor, como cada um é um e cada caso é um caso.

O caso é que eu sabia que minha última pesquisa genética ia levar anos para ser tocada e concluída, e com tanto tempo para esperar testes e resultados em série de um lento e quadrado laboratório oficial, dependendo de enrolados órgãos governamentais para liberar verbas, eu precisava inventar alguma coisa para passar o tempo, sem saber que o imprevisto tinha seus planos para mim. Eu tinha coletado sangue das principais nações indígenas, nas reservas, viajando de ônibus, de carro, de trem, de FAB, para revelar em laboratório seus padrões de DNA e depois comparar com os da população civil de todas as classes sociais. Mas a burocracia, a falta crônica de verbas para pesquisa e a própria amplitude da pesquisa fizeram o laboratório dar prazo de quase ano para o serviço.

Então surgiria o imprevisto, na forma de uma viagem primeiro, e, depois, na forma duma mulher de ancas redondas e peitos retinhos. A paixão é uma louca espiral, cromossomos ansiando por cromossomos, e o coração, embora cientificamente seja apenas um ajuntamento arredondado de músculos formando quatro bombas em cruz, os ventrículos e aurículas, na paixão o coração também vira um nó de sentimentos girando sobre si mesmos, da ternura ao ciúme, do amor ao ódio.

Daqui, onde despejo no computador estas invenções quadrondas chamadas letras, pela janela vejo Marina a catar conchas na praia, sinto ainda seu cheiro no bigode e, pensando bem, ou melhor, sentindo bem, acho que já era hora de, de alguma forma, aproveitar minha velha teoria quadronda para alguma coisa, até para provar que não estive louco, que a teoria quadronda não foi uma inútil obsessão minha. Vou contar tudo, até porque sou um viciado em trabalho, não saberia o que fazer nesta praia sem o computador – esta outra máquina quadronda – e as palavras.

Vou começar do começo.

Eu era antropólogo doutorado, com algum renome nos chamados meios científicos, quando com quarenta anos fui convidado para uma turnê de intercâmbio cultural no Velho Mundo. Os colegas de turma seriam escritores, só eu cientista, talvez convidado por causa de um ensaio que, editado na forma de livro, esta outra invenção quadronda de linhas retas e letras arredondadas, fez sucesso, desconfio que devido ao título: *Homem e mulher, o quadrado e a redonda*. Nesse livro, expus e comentei particularidades masculinas e femininas, do corpo à mente, dos hormônios aos feromônios, fazendo comparações históricas e apimentando com algumas informações político-sociais – como, por exemplo, que, quando a medicina era um bom negócio na Rússia czarista, só quatro por cento dos médicos eram mulheres, e depois, com a revolução socialista, como se tornou profissão extenuante e mal paga, passou a ser exercida em setenta por cento por mulheres...

"O homem procura, a mulher escolhe": mesmo essas obviedades, amparadas por dados científicos e explicações fisiopsicológicas, renderam ensaios que escrevi de forma divertida, enjoado da linguagem acadêmica, só para atender ao pedido de uma revista para jovens. Um dia, um editor me escreveu, dizendo que meus ensaios, reunidos, podiam dar um livro, desde que eu reescrevesse um pouco e desse um título geral. Era para ser *Homem e mulher, diferenças e contrastes*, mas depois percebi que as diferenças tanto do homem como da mulher se assemelhavam entre si:

O homem – com seu peito triangular, a cintura fina e os ombros largos, retamente objetivo na luta e na caça, com suas retas armas, a lança, a flecha, embora disparada por arco. O homem com seu espeto reto para assar a carne na fogueira. O homem com seu machado, pau reto com pedra amarrada. O homem com seu pênis. O homem é quadrado. Penetra. Rompe. Invade. Conquista.

A mulher – com seus seios e ancas, arredondada, a cintura mais larga que os ombros, triângulo invertido em relação ao homem, formato de pêra, macia fruta. A mulher com suas pedras redondas para fazer fogo, suas frutas, sementes, cabaças, vagina, útero. A mulher é redonda. Abre-se, acolhe, protege e se aninha ao mesmo tempo.

O título *Homem e mulher, o quadrado e a redonda* decerto fez o livro vender tanto quanto a ilustração da capa, onde uma barra de linhas bem retas se enfiava em róseas redondezas, fazendo um crítico escrever que inventei a pornociência. Também podem ter ajudado o sucesso editorial algumas fotos e ilustrações da fisiologia masculina e feminina, além de alguns conceitos como o de que a paixão é uma armadilha hormonal já programada nos cromossomos para garantir a sobrevivência da espécie. Ou seja: seja você quem for, de preferência sendo jovem, um dia, quando menos esperar, apaixona-se por alguém, são os hormônios obedecendo aos cromossomos. O certo é que o livro vendeu edições seguidas, ainda vende, me dando mais dinheiro do que a universidade, e me rendeu também tanta inveja e ciumeira no departamento, que eu sentia o nariz cortando o ar pesado conforme andava entre cochichos e olhares.

Quando recebi o convite para a tal turnê de intercâmbio, pensei que bem, era uma chance do caipirão conhecer um pouco do mundo além da genética, ao mesmo tempo respirar um ar melhor por algum tempo, então aceitei logo e pensei no que levar na mala, essa outra invenção quadronda onde enfiei, antes de tudo, mais objetos quadrondos:

O cantil – cabaça plástica metálica com boca rosqueada e tampa já arroxeada de uso, graças ao vinho tinto;

O canivete – que durante milênios foi reta faca, perigosa e de incômodo porte, grande, necessitando bainha; até o dia em que a lâmina, num gesto semicircular, embutiu-se no cabo, nascendo então o canivete que, na sua versão suíça, chega a ser multiferramenta;

O bloco de notas – quadrado, de bordas e ângulos retos, mas as planas folhas unidas por um arame em espiral...

A esta altura, qualquer imbecil já terá entendido que quadrondo é todo artefato misto de linhas retas e curvas, exclusividade humana no planeta. Foi o que falei ao reitor, quando fui levar meu pedido de licença para a viagem. Ele já devia ter ouvido falar que o professor Sebastião, o Tião Terra, andava delirando com uma tal teoria quadronda. Falei um pouco de quadrondo nas minhas turmas, e os alunos acharam fascinante, até porque não é matéria de cair em prova, e tudo que não serve para nada eles adoram; mas depois andaram espalhando que eu andava quadrondinho da cabeça...

O reitor, sempre que recebia alguém, chamava a secretária e despachava vários recados e providências, para dar a impressão de estar sempre muito ocupado; mas a secretária já tinha contado, no meu travesseiro, que era só encenação, para isso ele chegava a pedir as mesmas coisas várias vezes no dia. Sem saber que eu sabia disso, ele fez seu teatrinho, enquanto ela me sorria cumplicemente, e depois ele sentou suspirando responsabilidades:

– É uma luta!... – naquela sala com ar-condicionado, telefone, fax, computador exclusivo, fotocopiadora e geladeira, além das poltronas, armários e quadros abstratos, claro, qualquer figura pode ser comprometedora e ele era, antes de tudo, um político, melhor abstrair-se de qualquer compromisso com qualquer figura ou símbolo. Enquanto eu pensava que figuras colocaria na minha sala se fosse reitor – Jesus, Whitman, Espártaco, Van Gogh... –, ele leu o requerimento, disse que estava deferido, aí levou uns dez minutos numa conversa mole até chegar onde queria:

– Mas... nessas palestras na Europa, professor, vai falar sobre o que?

Quadrondo, falei, vou falar sobre a teoria quadronda – e ele, como se só então tivesse ouvido falar:

– Qua... drondo, professor? E no que se baseia essa teoria?

Antes de tudo, expliquei, a quadrondice se baseia no fato de que não existe linha reta na natureza.

O tronco do pinheiro ou da peroba parece reto, mas é mais grosso no pé e mais fino perto da copa, um cone grosseiro.

A teia de aranha não é formada de fios retamente cruzados, como na tecelagem, mas fios encurvados e flexíveis ao vento conforme a tensão das ramas onde as pontas se agarram.

Os hexágonos de cera feitos pelas abelhas, nas colméias, não são exatamente hexagonais, nem seus lados exatamente retos.

Mesmo o horizonte aparentemente mais plano, como o de um trigal, é curvo, pois faz parte de um planeta arredondado.

Até os gumes do cristal, que parecem retos, ao microscópio se revelam encurvados, quebrados, irregulares como é a natureza – menos os humanos.

O homem é o único animal que consegue formar "retas" com o próprio corpo, erguendo os braços em T ou em X, ou para o alto em I, ou dobrando uma das pernas para formar um 4...

– O homem também é o único animal – expliquei – que golpeia de forma contundente, reta, como no golpe de lança, de aríete, ou na flechada, ou mesmo no karatê, enquanto os golpes dos animais são sempre curvos, exceção do golfinho, que golpeia com o focinho investindo reto no flanco do tubarão, enquanto outro golfinho distrai o predador... Ou seja, só outro mamífero inteligente golpeia reto no planeta.

Ele ficou me olhando de boca meio aberta.

– E isso leva a que conclusão, professor?

– Por enquanto, nenhuma. Apenas que, sem as retas, o homem não teria sobrevivido entre tantas espécies maiores, sem garras, sem presas, sem asas, sem espinhos nem carapaças pelo corpo como os insetos, e com audição pouco aguçada, pouca força muscular comparada com qualquer animal de mesmo peso, e prole que precisa de cuidados intensos durante uma década pelo menos...

Mas, expliquei, o homem usou as retas para fazer armas e utensílios e moradia, a lança, a cerca, a paliçada, a tenda, o jirau, sempre de paus ou troncos "retos", amarrados ou encaixados.

— A alavanca é um pau "reto", com uma ponta fixa no solo, a outra fazendo um movimento circular, talvez tenha sido nossa primeira ferramenta quadronda. Nossos próprios braços e pernas, quando flexionados, formam ângulos – que são o encontro de duas retas – em movimentos quase sempre curvos. Até a luz, como Einstein mostrou, viaja curvamente pelo espaço, não?

Ele coçou a cabeça como os alunos que perdem aulas e deparam com a matéria adiantada.

— Mas toda essa... retitude, ou essa redondice, como diz o senhor, leva a...

— ...à constatação de que tudo que é humano é quadrondo! Quadrondo é a integração entre formas curvas, como vemos na natureza, e formas retas, criadas por nós, para gerar coisas como aquele computador ali, que é basicamente uma caixa cheia de placas e um disco, retas e curvas funcionalmente integradas.

Ele ficou olhando o computador.

— É verdade – falou finalmente – Olhando desse ponto de vista, é verdade.

Falei que, por falar em ponto, a quadrôncia nasce justamente do ponto, essa abstração sobre a qual repousa toda a geometria, visto ser a linha uma série de pontos retamente dispostos, sendo os planos uma série de linhas enfileiradas, enquanto os volumes podem ser vistos como planos empilhados e...

– ...o ponto é a maior das invenções humanas.

– O... ponto?! – aí ele se ajeitou na cadeira, o corpo aprumando com os pensamentos: – Não terá sido a linguagem, professor, ou o fogo?

Falei que não inventamos o fogo, pegamos da natureza, decerto de algum incêndio causado por raio; o que fizemos foi manter o fogo aceso. A linguagem sim, é uma grande invenção, mas antes foi inventado o ponto:

– O ponto onde colocar o fogo, trazido do incêndio numa concha ou numa placa de pedra. Tinha de ser um ponto sem vento, sem umidade, sem perigo de enchente, onde pudessem começar uma fogueira, nosso primeiro patrimônio coletivo.

Mas em que ponto da caverna colocar o fogo? No fundo, a fumaça sufocaria os moradores. Na boca da caverna, porém, a fumaça ia para fora, a fogueira servia para os que estavam dentro, e ainda afastava os animais que chegassem.

– Era, como dizemos, o ponto ideal...

Além disso, as armas eram frágeis, de madeira ou osso ou pedra. Nossos ancestrais não podiam se dar ao luxo de caçar sem saber em que ponto vital golpear, não só para abater logo como para poupar a arma preciosa. Era vital saber também o ponto do rio onde pegar mais peixes, assim como o "ponto" certo de assar a carne.

– Esta expressão – a comida "no ponto" – certamente nasceu quando se precisou dizer que, entre a carne mal assada e a bem assada, há um estágio de assamento *ideal*, pois o ponto é sempre ideal, sempre uma idéia. Na realidade, não existem pontos, mas apenas energia em transmutação, o senhor sabe.

Não, ele falou, até agora não sabia.

– Mas o senhor falou que a sua teoria se baseia no ponto, e agora diz que pontos não existem...

Passou a mão na careca luzidia, que um dia um assessor, discursando meio bêbado num churrasco, chegou a chamar de "lúcida cabeça"... Continuei explicando. No caso da expressão "assar no ponto", a velha idéia de *ponto*, já conhecida e usada no dia-a-dia, socorreu a língua: como, por exemplo, a água sobe até certo ponto na barranca do rio e daí começa a transbordar para a planície, também o assamento teria um ponto ideal, a partir do qual a carne mais seca do que assa, conforme a observação aguda dos churrasqueiros.

Observação *aguda*? Aproveitei para lembrar que é outra expressão a indicar precisão: como num ângulo as linhas incidem sobre o mesmo ponto, o olhar incide sobre cada ponto a ser observado. O olhar, não, os olhares, já que são dois, um de cada olho (e, se a gente observa bem cada um, verá que são diferentes, como cada face é diferente, e em todo ser toda metade é aparentemente igual mas bastante diferente da outra). Se um olho olhasse para cá e outro para lá, como pegaríamos a fruta no galho? Como daríamos um golpe vital sem convergir os dois olhares sobre o ponto a golpear? É nesse ponto de convergência que nossos dois olhares se tornam **o** olhar; basta ver que, fotografadas distraídas, olhando "longe", as pessoas mostram dois olhares, um solto do outro, sem o compromisso de olhar nada precisamente, nenhum ponto, ou o que chamamos de olhar perdido...

Agora o reitor já olhava através de mim, achei melhor ir logo ao ponto, a importância da quadrôncia, ou o uso de quadrondos, na vida da gente:

– Em muitos sítios arqueológicos, reitor, foram achadas pedras planas, ou com uma face plana, como uma pequena mesa ou bigorna, com um buraquinho no meio, onde nossos ancestrais colocavam coquinhos para quebrar, batendo com uma pedra menor, para daí comer as castanhas.

Expliquei que, como a alavanca, essa foi uma de nossas primeiras "máquinas", uma integração entre formas retas e curvas, que passariam a ser criadas, em vez dos utensílios apenas achados na natureza, como os fragmentos de cristal ou de pedras, que foram ancestrais das facas. Olhando bem, a própria caverna pré-histórica era uma moradia já quadronda, um ponto isolado e pouco acessível, um buraco arredondado, numa superfície plana e inclinada, a encosta íngreme, para evitar a visita de animais.

– Para atravessar o rio a nado, tivemos de aprender a ir em ângulo inclinado em relação à margem de lá, para não ter de enfrentar toda a força da correnteza se cruzada em ângulo reto, e para usar também a própria força da correnteza nos empurrando lateralmente. Os mais fortes podiam amarrar um cipó na margem de cá e de lá, criando uma *linha* de travessia segura, ancestral da ponte, por onde podiam passar mulheres, velhos, crianças e doentes.

A esta altura, ele já suspirava e mal disfarçou um bocejo. Como era médico, emendei que deve ter sido nessa época que o homem começou a ser o primeiro e único animal a cuidar dos doentes, pois podia usar coisas quadrondas...

– ...como a maca, formada de duas varas, duas retas, amarradas a um arredondado couro de animal. Outras invenções quadrondas dessa época devem ter sido o torniquete, para estancar hemorragias, e as talas, para fixar ossos quebrados. Hoje, são técnicas que um professor primário pode ensinar aos alunos em minutos, usando o apagador de giz e um cinto...

...e eu ia falar do varão comprido, que permitia a dois ou mais homens levar nos ombros um grande animal morto e amarrado; ou ia falar do poço, um buraco cilíndrico onde uma reta corda com cabaça na ponta, para pegar água, deve ter nos salvado da sede há milênios... Mas então ele deve ter apertado a campainha debaixo do tampo da escrivaninha, coisa que a secretária também já tinha me revelado, e ela apareceu logo, ele pediu alguma coisa, levantou estendendo a mão:

– Professor, desejo-lhe uma boa viagem e sucesso com a sua... teoria quadronda, é assim que se fala?

Saí sem ter conseguido de novo, como nas salas de aula, completar a teoria e mostrar que não deixa de servir para algumas coisas. Na ante-sala, a secretária perguntou baixinho se podia ir a meu apartamento à noite, e achei que já era hora de dizer não. Colegas professoras e também alunas tinham passado pela minha cama, essa plataforma reta de molas em espiral, e quase sempre quiseram entrar também na minha vida mas, recém-saído de um casamento, o que eu menos queria era me envolver com alguém. Envolvimento; lembra casulo, fios te enrolando, e eu queria fugir de qualquer amarramento, queria romper para fora, na reta ilusão de fugir da condição de animal social e acasalador...

Estava terminando de arrumar a mala, esse guarda-roupa portátil, meditando sobre os botões, a campainha tocou ritmada várias vezes, e já abri pronto para abraçar meus filhos, ajoelhando como fazem os índios para ficar na altura das crianças, mas eles não se jogaram nos meus braços como sempre: estavam com a mãe, e só falaram oi, pai, oi, evitando mostrar alegria para ela não ficar com ciúme, como eu tinha combinado com eles. E nosso diálogo ali na porta foi, como sempre, a radiografia póstuma de um casamento:

– Oi, Mara.

– Oi. A Ana está com um dente-de-leite pra cair. O Leo está com problemas em Matemática.

– Matemática é cheia de problemas.

– Não estou brincando, Terra.

(Desde a separação ela só me chamava pelo sobrenome.)

– Vou ver o que posso fazer.

– Pode me dar agora o cheque da pensão, evito ter de procurar você segunda-feira.

Fiz o cheque na mesa da sala, ela ainda em pé na porta, Ana e Leo entrando cautelosos como se não conhecessem o apartamento, sentando quietos no sofá. Ela pegou o cheque, olhou bem, como se alguma vez eu tivesse pagado a menos, falou *tiao* a eles e virou as costas. Fechei a porta, eles esperaram o carro roncar furioso lá fora, aí correram me abraçar, depois começaram a pular no sofá e se comportar novamente como menino e menina. Quando cansaram, vieram ver o que eu estava fazendo, contei da viagem, perguntei o que queriam que eu trouxesse de presente.

– Um canivete suíço igual ao seu – disse Leo.

– Mas canivete suíço posso comprar pra você aqui mesmo, filho.

– É que eu queria um canivete suíço lá da Suíça mesmo.

– Mas os canivetes suíços que a gente compra por aqui são importados de lá.

– Mas esse vai ser importado por você, pai.

– Certo... E você, filha?

– Uma boneca.

– Você já tem tantas!

– Mas é tudo boneca nacional, pai...

Perguntaram o que eu ia fazer na Europa. Dar palestras, falei, e participar de mesas-redondas; perguntaram o que é. Expliquei que geralmente é uma mesa retangular como a maioria das mesas, colocada num palco ou plataforma também quadrada, onde sentam algumas pessoas que ficam falando para o público sentado lá embaixo.

– Como numa sala de aula, só que com vários professores, digamos assim.

– Chato, hem? – Leo sempre diz o que pensa – E cadê o redondo disso tudo?

Já tinha falado a ele da teoria quadronda, então disse que realmente uma mesa-redonda não tem nada de redondo e, por bravatice pura, prometi que isso ia mudar:

– Seu pai vai arredondar realmente as mesas-redondas, filho!

– Legal, pai, depois conta como foi. Você vai falar do Quadrondo?

(Era assim que ele chamava minha teoria, como se fosse uma pessoa, um amigo, o Quadrondo. O que o Quadrondo ia achar daquele prédio, pai, muito quadrado? E caixa de fósforo, pai, é quadronda só por causa da cabeça do palito, né, porque o resto é tudo reto, não é? Meu filho era o único, além de eu mesmo, a ver o mundo quadrondicamente.)

Falei que não só ia falar "no Quadrondo" na Europa, como ia até apostar, com o público, que ninguém estaria ali se não dependessem de simples máquinas quadrondas:

– Quem não pegou numa maçaneta para chegar até aqui? Quem não abriu hoje uma torneira? Quem não está usando botões?

Sim, a idéia veio arrumando a mala: o botão é outro ancestral utensílio quadrondo. O homem surge no sul da África há, digamos, três milhões de anos. Um milhão de anos depois, começa a migrar para o norte, chega às grandes florestas, em poucos milênios alcança o Nilo, e desce ao longo do rio, de algum modo cruza ou contorna o Mediterrâneo, chega à Europa e aí encontra o frio. Acostumado ao clima tropical das terras africanas, descobre que todo ano esfria mais, e é mais longo o frio – que um dia será chamado de inverno – conforme mais para o norte vai. Vai mas volta, fugindo do frio. Até que resolve enfrentar o frio, entocando-se em cavernas e cobrindo o corpo com peles de animais.

Mas havia um problema, sempre há um problema nas soluções: era preciso ficar apertando as peles no corpo com as mãos, ou amarrar-se com tiras de couro, os primeiros cintos. Assim amarrado o homem perdia agilidade na caça, na luta, até o dia em que uma mulher, talvez, vendo que uma farpa de osso de urso podia furar ou queimar couro num ponto, descobriu o botão, bastava fazer um buraco em cada beirada do couro e passar por eles a farpa, ancestral do botão.

– O botão mesmo só surgiu, claro, quando inventaram o tecido, mesmo que primeiro fosse tecido de palha. E foi preciso também criar um jeito de furar uma placa redonda de osso, pra passar a linha, além de um espinho ou lasca comprida de osso pra servir de agulha.

Ana me olhava com olhar longe, até falar:

– Pai, não me traz uma boneca, não, traz um urso.

Leo disse que tinha descoberto outra coisa quadronda:

– O papel, pai, essa folha de papel aí mesmo.

Era uma folha de papel sulfite tamanho ofício, o papel universitário por excelência, sabe-se lá por que, o papel ofício portador de requerimentos, circulares, relatórios, monografias, teses, tudo, um retângulo plano de papel branco, nada mais "quadrado".

– Que que tem de quadrondo uma folha de papel, Leo?

– Vi na tevê uma fábrica de papel, pai, tinha muita máquina com peça redonda.

Claro, tudo é quadrondo se considerarmos não só a coisa mas seu processo de produção. A mais reta das tábuas passa por uma serra circular. E é um cilindro a bobina de papel quando sai da fábrica, uma faixa comprida e enrolada, que será cortada em retângulos nas gráficas e impressoras...

– Pára de pensar, agora, pai – Ana pediu mandando – A gente pode fazer acampamento?

Fazer acampamento era afastar os móveis e forrar o assoalho da sala com os colchões dos quartos e as almofadas do sofá, e fazer tenda ou cabana com lençóis, coisa que jamais poderiam fazer na casa da mãe, sempre arrumadinha para receber visitas que quase nunca apareciam.

– Hem, pai, pode fazer acampamento?

– Com uma condição.

Leo já não se importava de brincar, começava a ter uma taturaninha de penugem acima da boca, moreno e peludo como o pai, mas Ana é clara como a mãe e, naquele tempo, tinha os cabelos loiros e tão encacheados que parecia uma boneca.

– Que condição, pai?

– Tem de ter bastante bagunça!

Logo os dois estavam pulando sobre os colchões, os móveis encostados nas paredes, por isso comprei móveis fortes e usados. Depois da mudança deles, fiquei com o apartamento vazio até de móveis, sozinho de repente, e, na primeira visita que me fizeram, Ana pediu para irmos acampar e Leo apoiou a irmã. Pensando em toda a arrumação e tralha por levar e instalar, a quadronda barraca com suas dezenas de estacas e cordames, apontei uma nuvem no céu e falei que podia chover:

– Por que não acampamos aqui mesmo? Trazemos os colchões, o fogareiro, com a vantagem da geladeira estar ali pertinho e a tevê também!... Na sombra, sem chuva, sem formiga, sem vento, não é muito melhor?!

Assim começaram nossos acampamentos dentro do apartamento; um bom acordo é sempre quadrondo.

Enfrentei as piadinhas ciumentas dos colegas, o Departamento de Antropologia tem um humor capaz de corroer rochedos; menos o professor Gaudêncio, gaúcho que chupa chimarrão até mesmo no Conselho Universitário. É cientista conhecido mundialmente mas usa camisas puídas e fala sempre num tom de quem pede licença:

– Professor Terra, como vai sua teoria quadronda?

Digo que nem eu mesmo sei se vale para alguma coisa. Ele diz que teorias e leis científicas são assim mesmo, podem parecer a princípio inúteis.

– As primeiras leis da genética, do abade Mendell, não continuaram ignoradas por meio século depois de publicadas?

(Pensei no abade plantando suas ervilhas redondas nos canteiros quadrados; a horta é outra invenção quadronda. Mas não falei nada, mas é mesmo verdade: hoje a teoria quadronda pode não servir para nada aparentemente, mas, amanhã, quem sabe? Quem diria que aquele artigo de Arthur Clarke, um escritor de ficção científica, ainda na década de 50, daria aos cientistas a idéia básica do sistema de satélites artificiais? Um escritor *inventou* os satélites! Por que um antropólogo não pode inventar um modo de ver e interpretar o mundo que... Que o que? Para que serve a visão quadronda? É a isso que você tinha de se dedicar então, Tião Terra, se não quisesse das duas, uma: ou abandonar o quadrondismo, ou ser chamado de louco pelos corredores.)

Pelos corredores fui, me despedindo aqui, evitando ser visto ali, mas mulheres têm mesmo um sexto sentido, talvez um faro, uma sensibilidade aos feromônios exalados pelo homem, mesmo à distância, e acabei me encontrando com todas as mulheres com quem transei, como dizem, desde a e antes da separação (seja sincero, Terra, já que provavelmente isto não será mesmo lido por ninguém). Era uma viagem de apenas um mês, mas para o outro lado do oceano, e isto parece que dá um ar mais solene às despedidas, não é como ir para o norte, a Disneylândia ou Miami, não, é ir para o leste, de onde vieram as caravelas e de onde vem todo dia o sol.

Mas a Europa é, antes de tudo, fonte tradicional de mulherio para o Novo Mundo, conforme meu instrutor de natação, um professor de Educação Física miúdo e elétrico, o Mauri, que já respondeu a duas sindicâncias por casos rumorosos com alunas. Me deu um conselho com dois dedos em riste como pistolas:

– Não vá à Europa pra encontrar brasileira, hem, que isso você já tem aqui mesmo!...

Nem pensei que pudesse ser uma profecia. Dei por encerrado o périplo de despedidas e depois, já no avião para São Paulo, fazendo um balanço, a não ser por Leo e Ana eu já não tinha mesmo motivo para voltar "à melhor universidade do Sul do país", conforme a propaganda. Andava cansado de aulas, mesmo para as turmas de pós-graduação, onde ao menos não há tantos medíocres, até porque as turmas são bem menores. Andava, como se vê, cínico, descrente de tudo, menos das próprias teorias, o que talvez fosse adequado para um imperador, mas meu império se resumia à minha mala, meus móveis castigados por sucessivos acampamentos e um apartamento financiado, cujo valor de mercado eu já tinha pago duas ou três vezes em mensalidades, embora ainda tivesse anos de mensalidades a pagar, conforme a matemática financeira do sistema otário-habitacional brasileiro. Andava me sentindo mesmo um otário e não estava a fim de brincadeira, quando em São Paulo fui recebido no aeroporto por um funcionário do consulado alemão:

– Só trouxe uma mala, senhor Terra? É outono na Europa!

– E faz anos os professores não recebem aumento no Brasil.

Ele me levou a uma kombi, claro, onde fui informado de que íamos esperar, "só uns minutanhos"(minutinhos com sotaque alemão, e que viraram mesmo imensos minutos, talvez quase uma hora esperando o grande contista Ricardo Telles, de quem eu nunca tinha ouvido falar). Quando eu já cochilava, ainda com o zumbido do avião na cabeça, aparece outro consuliço com um executivo típico, até de colete, pasta de couro grifosa, sapatos brilhantes, pensei eis o cônsul em pessoa, mas o cidadão se apresenta na porta da kombi, um pé para dentro, outro lá fora, postura dominante e voz tão calma e suave que dava raiva:

– Boa tarde, sou Ricardo Henrique Telles, professor Terra. Li seu livro e é uma honra viajar com o senhor. Infelizmente, agora, tenho uns compromissos a resolver antes de ir para o hotel, mas certamente nos encontraremos, claro – e foi tomar um táxi, enquanto os dois consuliços enfiavam na kombi suas três malas e duas maletas, que era o que afinal tínhamos esperado por uma hora...

Depois o otário cochilou a caminho do hotel, acordou com o poeta Carlos Frederico dos Santos também na porta da kombi, esse veículo de linhas retas arredondadas, símbolo quadrondo do prático espírito alemão, com a porta a se abrir deslizando para trás, como cortina, e o poeta abriu os braços para seu público:

– Se tudo nos faltar, professor Terra, sempre nos sobrará sua inteligência! – me puxando para fora – Que graça, que engenharia mental! – me abraçando na calçada – E pensar que vamos viajar juntos, eu levando a poesia, o senhor levando a ciência social do Novo Mundo ao Velho Mundo! Vamos rever a terra de Marx, companheiro!

Era 1989, ainda existia o Muro de Berlim, muitos artistas e intelectuais se achavam ainda no dever de ser "de esquerda", quando não socialista mesmo, ou ao menos progressista, social-democrata, mas Carlos Frederico dos Santos, depois de ter sido o guru poético de toda uma geração de revolucionários de classe média nos anos 60, e depois de ter temperado com poesia política seus seguintes auto-exílios e festejados retornos, agora só se vestia de branco e já achava que apenas o anarquismo libertário ou um retorno à vida mais primitiva podiam fazer frente ao avanço do liberalismo selvagem. Isso constava de um folheto sobre a viagem, com itinerários, trajetos, programação, horários, recomendações, até pequena bibliografia dos "autores convidados", tudo metodicamente alemão, inclusive uma declaração qualquer de cada um, sua visão do mundo ou da própria obra. Carlos Frederico tinha preferido falar de si mesmo, concluindo que, apesar de tudo, continuava "sempre crente na solidariedade entre os pobres e os oprimidos de todos os povos".

Da calçada até a portaria do hotel, lembrou uma frase de meu livro e, "a propósito", declamou trechos de poemas, um dele, um de Shakespeare, outro dele, um de Brecht, outro dele, e, quando chegamos à portaria, tinha telefone para ele, claro. Manteve amorosa conversa com alguém, me segurando pelo braço, até mandar repetidos beijos, quase beijando mesmo o telefone, depois me perguntou se eu sabia quem era.

Arrisquei Madre Teresa, ele não riu, baixou a voz:

– Sílvia Marcondes Alves – arregalando os olhos – Você acredita? É, a própria, a Primeira-Dama da Literatura Brasileira, vai viajar com a gente! Pra compensar, né, que esse Ricardo Henrique, não sei se o professor sabe, é daquelas oligarquias de tradicionais usineiros nordestinos... Faz lembrar aquele poema do Ascenso.

Entre a portaria e o elevador, me levando lentamente pelo braço, declamou Ascenso Ferreira e ele mesmo, Drummond e ele mesmo, e ele mesmo de novo até a porta se abrir e eu conseguir escapar. No elevador, finalmente só com minha mala, olhei no folheto as fotos de cada um. Ricardo Henrique Telles, "advogado, de tradicional família de produtores rurais de Pernambuco, é contista desde o curso colegial na Suíça, com vários livros premiados, todos ambientados fora do Brasil. Autor de uma prosa elegante e cosmopolita, conforme os críticos, declara-se, porém, um amante da cultura nordestina, embora, na literatura, com uma linguagem universal"... (as reticências são minhas). A foto é de estúdio, meio corpo, meio de lado, encarando serenamente com um irônico meio sorriso, tudo meio, mas de traje social completo, terno e gravata com colete, como sempre dali por diante.

Em sua foto o poeta Carlos Frederico aparecia declamando, uma mão segurando papel, outra ajeitando os cabelos à luz de holofote. Sílvia Marcondes Alves aparecia na mesma foto usada nas contracapas de seus livros, uma jovem mulher parecida com Elizabeth Taylor, com sorriso simpático e olhar terno mas levemente irônico, "contista e romancista consagrada, com livros traduzidos em doze idiomas". Só; nada a declarar. E, por último, a foto de Rosélia Carneiro, "autora de livros infantis e juvenis, com grande público, detentora de vários prêmios, que se declara uma amante da paz e amiga dos jovens de espírito"... (novamente reticências minhas). A foto é de uma professora recém-aposentada que bota a melhor roupa para uma foto. A minha foto era uma 3 por 4 de décadas atrás.

No quarto, abri a mala, abri o cantil e comecei a tomar meu Porto antes mesmo do banho, com o zumbido do avião e o palavrório poético ainda na cabeça. Era um hotel cinco estrelas, o frigobar tinha até vinho, mas eu era um professor brasileiro e cantil é para essas coisas. Quando pelo telefone chamaram para o jantar, com sotaque alemão, já tinha menos de meio cantil e era um vinho do Porto com dezenove por cento de teor alcoólico.

Lá estava Sílvia Marcondes Alves ao vivo, uns vinte anos depois da foto, muita maquiagem, o mesmo olhar terno e uns seios ainda interessantes, num decote que nem mostrava bastante nem deixava de bastante mostrar. O cônsul, com a esposa, diplomaticamente nem olhou, mas Carlos Frederico olhou e proclamou:

– Você faz arte também com o corpo, minha querida Sílvia! Lembra aqueles versos de Bilac...

...e declamou os versos de Bilac, e em seguida, claro, versos dele também, com um trecho inesquecível, não lembro das exatas palavras, falando do sol "deitando a sede", disso lembro bem, "nos seios da tarde". Sílvia apenas ria, ao mesmo tempo mostrando belos dentes quadrados e pés-de-galinha partindo dos olhos como estreitos ângulos empilhados; a visão quadronda torna tudo mais interessante.

A mesa estava posta mas continuamos em pé, bebendo vinho branco alemão, esperando o que se revelaria ser finalmente a chegada de Ricardo Henrique Telles, beijando a mão de Sílvia e a da consulesa com a naturalidade de quem puxa uma cadeira; e enfim sentamos, eu já me sentindo tonto com a mistura de vinhos e a fonte ambulante de poesia a tiracolo,

Carlos Frederico era do tipo que gruda nas pessoas. Sentou do meu lado, de frente para Sílvia, que sentou ao lado de Ricardo Henrique. O cônsul sentou-se numa cabeceira, a consulesa em outra, entre uma cadeira vazia e Rosélia Carneiro, a escritora juvenil tão humilde que Ricardo Henrique tinha lhe passado o sobretudo pensando que era copeira.

Foi tão rápido que só eu notei; só ela estava sem taça na mão, e por instinto ou costume pegou o sobretudo que lhe surgiu diante do peito de repente, mas não se alterou, simplesmente entregou a um garçom que passava, no que Ricardo Henrique deu-se conta e desculpou-se mas ela apenas fez um gesto rápido de mão, como apagando palavra numa lousa, deu um sorrisinho e foi conversar com a consulesa. Depois, refeição afora as duas conversariam, enquanto nós outros éramos brindados com dúzias de poemas da nossa fonte poética, agora em intensa erupção movida a vinho alemão.

Tentando uma ponte sobre a fonte, o contista Ricardo Henrique aproveitou uma pausa para me perguntar:

– Professor Terra, tem parentesco com os Terra Cambará de Erico Verissimo?

Falei que não, meu Terra é de outra terra, e Sílvia, até então calada, ou melhor, sufocada de elogios poéticos, disse que tinha mania de saber origem e significado de nomes, e foi como uma senha para um jogo de revelações. Carlos Frederico, claro, começou:

– Meu Carlos vem de Karl Marx, acredite quem quiser, e o Frederico vem de Friedrich Engels.

– Seu pai era ferroviário? – Ricardo Henrique perguntou e finalmente a boca de Carlos Frederico descansou, embora ainda aberta, agora de espanto, até que falou:

– Como sabe?

– Muitos comunistas da velha guarda deram aos filhos nome de Carlos Frederico, e como a maioria era de ferroviários, fica fácil deduzir. E o dos Santos?

Não sei, disse o poeta, e o contista disparou de novo sua linguagem universal:

– Provavelmente judeu português fugindo da Inquisição, no Brasil mudavam o nome: da Silva, dos Santos, Carneiro...

Foi o único momento em que a escritora juvenil se virou para nós, mas logo voltou à conversa com a consulesa, decerto apenas com o ouvido de lá, o de cá ouvindo a voz clara de Sílvia Marcondes Alves, antes que o perplexo poeta pudesse dizer alguma coisa:

– Bem, Sílvia, acho que todos sabem, é aquela que vem da selva ou vive na selva... Na selva dos próprios pensamentos, concordo. E os Marcondes acho que vieram de Portugal, comerciantes, junto com a Corte em 1822 – os olhos saltando e envesgando levemente pelos caminhos do pensamento – enquanto os Alves vieram antes, quem sabe como, quem sabe algum ancestral meu não foi um degredado, Ricardo Henrique? Aliás, por que Ricardo Henrique?

– Meu pai lia muito Shakespeare – ele contou com a naturalidade de quem diz que o pai comia feijão – Naquele tempo os livros vinham da Europa pelo correio...

– ...para quem podia pagar, claro, completou o poeta, mas Ricardo Henrique continuou indiferente:

– Ricardo, devido a Ricardo Coração de Leão. Henrique, pelos vários Henriques de Shakespeare. Os Telles vieram com os donatários da Capitania de Pernambuco no século dezesseis, o patriarca dos Telles no Brasil era capitão. Conta a lenda que montou o primeiro engenho de cana do Vale do Seridó, com as próprias mãos...

– ...e decerto uma dúzia de escravos – o poeta completou e Sílvia diplomaticamente virou-se para o cônsul:

– E o seu nome, cônsul, que significa?

Com a voz fanhosa vacilando na procura das palavras em Português, o cônsul disse que seu nome não significava "muito coisa", Franz, um nome alemão comum, Francisco, mas Sílvia perguntou do sobrenome e ele falou que era só de uma família tradicional do Alto Reno, onde estavam há pelo menos dez séculos conforme os túmulos e as inscrições em pedra...

– ...num tempo em que só os nobres, os governantes do lugar, tinham nomes gravados em pedra nos túmulos – completei eu, e o cônsul apenas brindou "à História, mãe de todos nós".

O poeta inspirou para expirar poesia, no preciso instante em que Sílvia se voltou para mim:

– Mas o senhor não disse daonde vem seu nome, professor Sebastião.

Bem, disse eu já me arrependendo mas com todo aquele vinho mandando, Sebastião todo mundo sabe:

– Vem de quando o Tião passou sebo nas canelas, virou Sebastião, e o Terra vem duns ingleses muito ricos, o nome todo era "da Inglaterra", mas foram empobrecendo e com a preguiça tropical foram encurtando o próprio nome, ficou só Terra, gente tão pobre que geralmente viramos apenas pó depois de mortos.

Sílvia riu, o poeta calou espantado de ver a musa rir como menina, apesar disso fincar mais fundo as teias simétricas dos pés-de-galinha.

Avião para Frankfurt, pela Lufthansa ("nas asas das nuvens" em Alemão, principalmente com vinho à vontade). Embarquei com a amargura de não ter bebido os vinhos do frigobar no hotel, só no aeroporto fui saber que eram cortesia do consulado, o aviso estava num cartão que mal li grampeado no folheto. Nunca tinha viajado num avião tão grande, embora lotado. Por sorte, meu lugar ficou na janela, com Sílvia ao lado e Ricardo Henrique do lado dela, enquanto Carlos Frederico ficou em outra fileira, junto de Rosélia Carneiro. Assim que o avião, essa máquina feita de chapas quadradas voando com a redondez das hélices, estabilizou o vôo acima das nuvens, a escritora juvenil botou os fones de ouvido e o poeta teve que se dedicar ao passageiro do lado.

Ricardo Henrique tomou um uísque, disse que um dos engenhos tradicionais da família – "que a gente mantém só por gosto mesmo" – fazia uma aguardente melhor que qualquer uísque. Não pude deixar de anotar em meu caderno que outra máquina quadronda é o engenho, com suas redondas engrenagens de dentes quadrados. Pedi vinho e me trouxeram meia-garrafa, que fui dividindo com Sílvia enquanto Ricardo Henrique continuava nos uísques, os dois ouvindo curiosos a teoria quadronda – que, mais uma vez, comecei a explicar achando que, finalmente, chegaria ao final; afinal, seriam onze horas dentro do avião. E, já que estávamos a caminho do Velho Mundo, contei que na França há um vale com um precipício, e abaixo um brejo com milhares de cabeças de cavalos mortos há milhares de anos.

Os outros ossos desses cavalos foram roídos pelo tempo nas cavernas, para onde os corpos, também sem as vísceras, foram levados pelos caçadores. As cabeças, no brejo, acabaram soterradas na argila e assim preservadas. Mas o que importa é que aqueles antigos caçadores, ancestrais de Obelix e Asterix, usavam um método quadrondo: encurralavam uma manada e, *em linha*, iam fazendo barulho ou agitando archotes contra os animais – que se assustavam e, em pânico, jogavam-se no precipício, onde morreriam e seriam tranqüilamente carneados pelos homens. Para levar os cavalos a pular no precipício, os caçadores tinham assim de manter um cerco móvel, conforme os movimentos da manada. Um homem aqui, outro ali, outro lá e assim por diante, e estava criada na prática a linha. A linha móvel, mais o buraco do precipício: uma caçada quadronda.

– A linha fixa deve ter surgido antes, com homens pegando pedras no riacho e passando de um para outro, para construir mais acima a casa ou a muralha. Depois a linha continuou a ser invenção para muitos usos, como na pesca, a linha penetra na água do rio e tira o peixe sem o pescador se molhar ou se arriscar.

– Desde que com anzol – observou Ricardo Henrique; claro, concordei: a linha desce reta na água, com a chumbada e o anzol arredondados. Funcional e simples como tudo que é quadrondo.

– E a linha do cultivo marcou o fim da agricultura nômade, plantada a lance – continuei; Sílvia ouvia atenta – O plantador jogava punhados de sementes no solo, nos lugares onde a tribo parava por alguns meses. As sementes ficavam como pontos espalhados sem ordem no terreno. Com o plantio em linha, e com as sementes a intervalos regulares, descobriu-se que a plantação podia produzir mais, com sol e espaço igual para todas as plantas, e era também uma opção pela ordem, em vez do acaso.

– Fascinante – disse Sílvia – mas muito masculino. Caçada, pesca, plantação... e a mulher? – com o quase sorriso da capa dos livros.

Expliquei que em muitas tribos, como entre os caigangues no Brasil, as tarefas eram divididas: os homens abriam a clareira na floresta e plantavam, as mulheres cuidavam, arrancando o mato, e depois colhiam juntos.

– Mas deve ter sido uma mulher quem esticou uma linha, amarrando as pontas em dois troncos, inventando o varal para secar roupa ou pendurar charque.

– Obrigada – sorriu ela – Já é alguma coisa...

Não pouca, acrescentei, pois a humanidade é um processo quadrondo, uma invenção sempre gerando outras – e então, inventado o varal, devem ter visto que bastava estaquear em linha para ter a cerca de paus, mãe da paliçada de troncos defendendo a aldeia, como depois os muros de pedra defenderiam os castelos e até as propriedades modernas. Sílvia riu, cobrindo a boca com a taça de plástico, depois falou se fingindo séria:

– Obrigada, professor, pelo esforço de enquadrar tanta História a partir de um varal mas, a esta altura, vejo que quadrondo é antes de tudo um ponto de vista, não?

Falei que ao contrário: tudo é quadrondo, a gente é que não vê, o óbvio é o que menos vemos.

– *Ponto de vista*, por exemplo, significa não só visão a partir de determinado ponto, mas também a visão dos dois olhos convergindo sobre o ponto em vista, formando um ângulo...

...e o ângulo é nossa primeira máquina quadronda, duas retas a partir de um ponto, gerando por exemplo a alavanca ou a ponta de lança ou flecha em ângulo agudo. E o que é a rede de dormir senão um ângulo aberto? Muitas cidades-fortalezas medievais eram em forma de estrela, com grandes ângulos abertos onde os atacantes ficariam sempre entre fogo cruzado.

– Mas a grande invenção angular, digamos assim, foi o ângulo reto.

Ricardo Henrique, no segundo ou terceiro uísque, tinha de se inclinar sobre Sílvia para me ouvir, e ela delicadamente cobria o decote com a mão livre; a outra continuava a beber vinho no meu ritmo, que não era lento. Pedi mais uma garrafa e contei que o ângulo reto forneceu, por exemplo, o sarrilho ou manivela de poço, que permite puxar peso com pouca força, enrolando num cilindro a corda que desceu reta com o balde até a água. Ricardo Henrique esticou o dedo:

– Perdão, professor, mas o senhor falou que todas as formas geométricas são quadrondas? E o triângulo e o trapézio?

– O triângulo isósceles, com os três lados iguais, se inscreve perfeitamente dentro da circunferência, os outros triângulos são irregulares. O trapézio também.

Mas o trapézio, endireitado, com seus quatro ângulos transformados em ângulos retos, vira quadrado ou retângulo, gerando o canteiro da horta, o tijolo e a régua, as paredes e o telhado, a mesa e a cama, o colchão e as cobertas, a cova e o caixão. A primeira churrasqueira decerto foi feita de dois paus fincados em ângulo reto com o solo, para sustentar o espeto. Cidades são amontoamentos de ângulos retos. Do mesmo modo, o ângulo aberto gerou o compasso, com uma perna fincando-se num ponto e outra distanciando reta e riscando uma circunferência em redor, daí gerando a bola, o forno, a funda, as vasilhas, o poço, o arco, o túnel, a escada em caracol, panelas e pratos, e balas e projéteis para disparar pelo cilindro das armas e canhões... Não existiriam cidades sem intestinos, as tubulações cilíndricas de água, esgoto, luz, gás...

Ricardo Henrique massageou um torcicolo e se reclinou na poltrona. Sílvia desceu a mão do decote. O avião já parecia roncar longe de nós. Os ângulos, disse ela, nunca tinha pensado nos ângulos, com os seios formando duas curvas em ângulo coalhadas de pequenas sardas. Falei que os ângulos podem se juntar, formando o xis, gerando a tenda, os remos, o fole, a tesoura e até, depois, os ponteiros do relógio, como pernas ou braços girando sobre o próprio umbigo...

– E, endireitando o xis, surgiu a cruz, gerando a espada das guerras e a cruz das religiões. E do casamento da cruz com o compasso nasceu a arquitetura, a tenda, o barraco, o casebre, a casa, o castelo, a fortaleza, as cidades com seus quarteirões e pontes em arco, as ruas pavimentadas – aplainadas – para a passagem das rodas...

Sílvia suspirou, o ângulo do decote cresceu e recolheu, falei que as linhas não apenas se encontram, formando os ângulos, mas também se cruzam...

– ...gerando os tecidos – ela emendou.

As redes primeiramente, corrigi, as redes para pescar, dormir, carregar caça ou colheita, capturar animais; a rede, que, aliás, parece evolução do jirau, o estrado de paus trançados, para colocar sobre o fogo grandes carcaças de animais, ou para que o caçador pudesse ficar no alto da árvore esperando a caça... E a rede imóvel do jirau evoluiu para a rede flexível do tecido, depois de ter sido rede de vime, de taquara, tudo que pudesse ser trançado.

— Ser humano também é tecer — soltei um desses trocadilhos de acordar aluno, ela me olhou com olhar de mulher começando a te ver além de enxergar, mas logo piscou se recuperando e voltou ao olhar inteligentemente enfastiado de Primeira-Dama da Literatura, fitando vagamente um ponto:

— É, até as cidades são tecidas, com as ruas se cruzando e formando os quarteirões, né...

Ela era a primeira pessoa, além de Leo e Ana, a ouvir a teoria quadronda com atenção e ainda acrescentando alguma coisa, eu não tinha pensado no tecido urbano. Mas vamos parar por aqui, falei:

— Ou você vai ficar com overdose de quadrondo, a teoria é grande, não seria didático continuar a partir deste ponto.

Ela bateu uma leve continência:

— Certo, professor — suspirou — E pensar que tudo começou... com o ponto!

Falei que ela não devia menosprezar o ponto, mesmo literariamente falando, é uma das "maiores" palavras do dicionário.

— Sem a noção de ponto não teríamos ponto de apoio, os pontos vitais, os pontos mortais, o ponto de costura, o ponto de teatro, os pontos dos jogos, os pontos de parada, de partida e destino, os pontos de encontro...

Ela voltou a olhar com aquele olhar, sorriu:

— E o ponto-e-vírgula, os dois-pontos, e o ponto de interrogação, não?

— Depende do ponto de vista — emendei — que é sempre de um determinado ponto, como o ponto-de-mira — e ela:

— O ponto de estudo, os pontos por aclarar, o ponto de discórdia ou o ponto de convergência...

– ...o ponto facultativo, o livro de ponto e o relógio-ponto, afinal sou professor...

– ...e eu sou mulher, né, então lá vem ponto de sal ou açúcar, o ponto de cozimento, o ponto de ebulição e de congelamento também, né, por que não?

– Então tome ponto-limite, ponto de honra, ponto comercial, pontos de venda...

– ...e de ônibus e de táxis...

– ...o que faz lembrar o ponto-morto do câmbio das marchas...

– ...então lembra viagem e pontos cardeais, o ponto equinocial e o solsticial, gostou? – ela ria.

Falei que eu entregava os pontos, mas que ela ainda ia ver só, eu não ia deixar ponto sem nó. Senti até uma pontada, ela falou, e falamos em ponteio, pontilhismo, pontualidade, até acupuntura, daí falamos juntos:

– E ponto final!

Ricardo Henrique até acordou com as risadas, e o poeta lá do seu lugar perguntou o que estava acontecendo.

– Você quer saber ponto por ponto? – perguntou Sílvia, e com as risadas o decote sacudia abrindo e fechando o ângulo como uma grande boca.

Ponto por ponto anotei a conversa com Sílvia, e tudo mais daí por diante. Quem sabe, pensei talvez contaminado pelo convívio com escritores, quem sabe escrevesse um livro de viagem...

O livro é exemplo da capacidade humana de quadrondar, ajuntar formar retas e curvas. O livro tem formato externo de caixa retangular, internamente contendo linhas retamente paralelas, com letras que são, por sua vez, formadas por linhas curvas e retas. Parece haver uma predominância de retas no livro, mas o gesto de folhear é curvo...

Essa estrutura fez do livro uma invenção tão duradoura quanto o tijolo, tanto que livro grosso é chamado tijolo. E no livro cada capítulo segue o outro, como os pontos em seqüência formam a linha, como reticências que resolvessem continuar pontuando...

Mas continuemos nossa história, Sílvia e eu já no terceiro ou quarto cilindro de vidro também chamado garrafa, Ricardo Henrique ressonando, enquanto o poeta, com o passageiro ao lado estrategicamente dormindo, consolava o próprio silêncio vendo um filme, com fones no ouvido como Rosélia – que, no entanto, continuava de olhos fechados, decerto ouvindo música clássica, pensei. Talvez por causa da meia penumbra para a projeção do filme, talvez por causa dos dorminhocos em redor, Sílvia e eu passamos a falar baixo, quase sussurrando, as cabeças mais perto, trocando cheiros, a Primeira-Dama da Literatura cheirava a cravo e canela. Perguntei se era de perfume, ela disse que o cheiro de canela, sim, era de perfume, mas o de cravo vinha da boca, e esticou a língua para fora, na ponta um cravo já meio mascado e úmido.

Ligeiro peguei o cravo e enfiei na boca, ela arregalou os olhos:

– Você é louco!

– Queria provar.

Ela me olhou com aquele olhar e, quando vi, já não via mais nada, beijando de olhos fechados numa nuvem de canela, e descobrindo que a primeira-dama da literatura tinha o que se pode chamar de traquejo da língua. E minhas mãos, essas estruturas quadrondas de dedos retos que se abrem e retraem redondamente, de repente já estavam pegando aqueles seios, como quem aperta um fole, de onde saiu um *não* entre espanto e súplica. Me afastou e se aprumou na poltrona, olhando o filme.

Cinema: bobina cilíndrica, com uma fita de bordas paralelas que se desenrola projetando imagens numa tela quadrada. Mas o filme era chato, o roteiro linear e previsível, os personagens planos, a direção quadrada; preferi anotar idéias para Quadrondo, olhando de vez em quando as rugas de Sílvia na meia-luz da minha lâmpada de teto. Na outra face, estavam rugas parelhas das que eu via, aparente mas enganosa simetria.

Na natureza, vemos nervuras aparentemente paralelas numa folha, nada comparável aos paralelismo rígido dos dormentes e trilhos numa ferrovia, coisa dos humanos. Nosso paralelismo já começa no corpo, com duas orelhas, dois olhos, duas narinas, a boca com suas metades inferior e superior e respectivos lábios, as costelas, os quadris, os braços, as pernas, os pés, além do paralelismo de tantas rugas...

Dentro temos os órgãos parelhos, ouvidos, rins, pulmões, glândulas supra-renais, as trompas, os escrotos. Esse paralelismo, já embutido no corpo, estendemos para as construções e atividades, criando a simetria, o paralelismo desenvolvido. Exemplos supremos, as catedrais com suas duas torres, cada uma com sua cruz simétrica também, e de cima até embaixo simétricas até nos arabescos.

Mas, voltando ao corpo, com os órgãos unos a situação se inverte em alguns: o coração, o estômago, o fígado, o baço, a vesícula, estão em pontos do corpo fora da linha divisória central, assimétricos portanto. Essa linha passa pelo meio dos olhos, desce entre as narinas, passa escorreita entre os grandes dentes incisivos, desce pelo queixo e pescoço, dividindo em metades também o externo, cortando em dois o umbigo e... vai enfiar-se no buraco da uretra na ponta do pênis, ou no fundo da vagina, que tem suas duplas de lábios, como o pênis tem seu saco com dois escrotos...

Essa linha divisória também deixa de cada lado do corpo uma musculatura parelha, da qual o exemplo mais evidente são as nádegas, e também os ossos parelhos, porém dividindo ao meio os ossos unos, inclusive as vértebras da coluna e o crânio.

O pênis (e sua dependente bexiga), como a próstata, a vagina e o útero, órgãos de concepção, são divididos em metades pela linha central, assim como o cérebro, que também não deixa de ser um órgão de, entre outras tarefas, concepção, criação de idéias...

Os gânglios linfáticos também são parelhos, como as glândulas – mas na linha central estão a tireóide e a hipófise. Assim, o corpo humano é, como diria um acadêmico formalista, uma organização vertical de componentes parelhos, em simetria, e componentes únicos centralizados uns e deslocados outros... Já uma visão humanista talvez dissesse que nosso corpo é uma amostra da cultura, da humanidade, onde há a ordem e a revolução, as convenções e as rupturas, as normas e as criações, a burocracia e a arte, as ferrovias tão parecidas e o ikebana sempre único.

Também – anotei olhando meia cabeça de Sílvia – nossa cara é dividida em duas, com semelhanças e diferenças. Se montarmos uma foto com duas faces esquerdas, uma delas invertida para se casar com a outra, teremos uma outra pessoa, e outra ainda se a montagem for com duas faces direitas. A nossa cara é a integração das duas faces, rindo, chorando, falando, olhando, na forma quadronda da vida.

Acabou o filme, Sílvia apertou meu joelho para dizer que ia ao toalete. Foram se apagando as luzes aqui e ali, a penumbra escureceu, a quarta ou quinta garrafa de vinho ganhou a luta com os neurônios e dormi. Quando acordei, ainda na escuridão, acendi de novo a luz para anotar um sonho quadrondo. Eu voltava de viagem e era chamado pelo reitor, que estava com a careca tão luzidia que precisei botar óculos escuros.

– Então, professor, continua com essa mania de quadrondo?

– Eu e o planeta todo, reitor.

A careca dele ia brilhando e mudando de cor conforme eu falava:

– O mundo, para os antigos, reitor, antes das Grandes Navegações, era uma superfície plana como uma tábua, com muitos esforços para explicar como o mar não desaguava no fim dessa planície aquática... Depois, bem depois de Galileo, admitimos que o planeta é redondo. E só bem depois constatamos que não é perfeitamente redondo, mas achatado nos pólos, além de girar sobre uma linha, um eixo inclinado – e talvez por isso sua órbita em torno do sol não seja exatamente circular.

A careca roxeava, amarelava.

– Essa órbita elíptica do planeta é de tal forma alongada que, entre o ponto mais distante e o mais próximo do Sol – o solstício e o equinócio – vai causando as diferenças periódicas de clima que chamamos de quatro estações! E o mais interessante, reforçando que todo esse mecanismo planetário é quadrondo, é que, unindo por uma linha imaginária os solstícios e os equinócios, temos uma cruz...

– E o senhor vai ser crucificado pela comissão de avaliação acadêmica se não justificar, com um ensaio sério, essa obsessão quadronda, porque, até agora, parece mais um sistema de revelação do óbvio! Afinal, professor, o que é que a sua teoria revela de novo no mundo das idéias?!

Acredito que os sonhos são sinais do caminho a seguir, então anotei: *você precisa achar e mostrar utilidades, Tião Terra, práticas enfim para sua teoria!*

Mas é só olhar em volta para ver que só funciona o que é quadrondo! O volante, círculo que roda um eixo que move outros eixos, permitindo dirigir com pouca força um veículo muito mais pesado que o próprio corpo. Ou o timão, para dirigir navio milhões de vezes mais pesado. Ou o manche do piloto, a nos conduzir pelo céu.

Nuvens amanheciam lá fora. Quadrondo também seria o guarda-chuva que alguém ia abrir lá na terra por causa daquela nuvem. Anotei que a aeromoça passou com o carrinho sobre rodas, cheio de gavetinhas quadradas. Revejo as anotações espantado; eu estava em febre teoritiva:

Já pensou se as gavetas fossem redondas? Mas mesmo a mais quadrada das casas de madeira se ergue graças a cilíndricos pregos. Esta caneta esferográfica mesmo: por fora, uma coluna sextavada, que contém o cilindro de tinta, em cuja ponta em ângulo estreito há uma esfera, que rolando sobre o papel deixa vazar apenas a tinta necessária. Tudo é quadrondo, reitor, e entender isso deve levar a algo.

Contar história de Einstein, está anotado. História de Einstein? Ah, claro. Eu tinha acabado de ler sua autobiografia, onde Einstein contou que estava de bonde em Viena, a caminho do trabalho, para o que podia ser mais um dia comum, se sentasse olhando para a frente como os outros passageiros. Mas, aproveitando que o bonde tinha as laterais abertas, sentou de lado, olhando o casario que passava – e notou que, conforme o bonde aumentava a velocidade, as casas iam se borrando, se emendando, se confundindo, como as fatias coloridas quando o disco de Newton começa a girar até as cores se tornarem todas branco. Quando o bonde ralentava a marcha, as casas voltavam a ficar nítidas. Ora, pensou ele, a nitidez da visão tem *relação* com a velocidade. Assim, num velho bonde, mas olhando de forma diferente o que todos viam, teve seu primeiro pensamento para o que viria a ser a teoria da relatividade.

– Você sabe de alguém que tenha visto o mundo assim, quadrondamente? – perguntei a Sílvia quando ela acordou com as luzes e o movimento do café.

Estive pensando nisso, disse ela; não era formada em Letras, mas em Artes:

– E a História da Arte pode ser vista como uma evolução do plano para o redondo e daí para as três dimensões, ou quadrondo, como diz você.

Falou que as pinturas das cavernas pré-históricas não tinham perspectiva, eram planas e esquemáticas, mais escritas que desenhadas. Já no Renascimento, as pinturas tinham perspectiva ou aprofundamento, luz e sombra, expressão facial e posturas indicando movimento.

– O sorriso da Monalisa – ela sorriu – é o símbolo dessa visão já "redonda" da arte... – e continuou falando entre bicadas no chá, inclusive para eu ter tempo de anotar, muitas das expressões a seguir são dela.

Com o impressionismo, o tempo amiúda-se, a arte passa a flagrar o transitório, a realidade na forma como se apresenta a cada instante, como Monet pintando uma catedral várias vezes durante o mesmo dia, conforme o sol, a névoa, a chuva. Depois o pontilhismo chega a querer "entrar" nas figuras, representando na arte o desejo científico de penetrar no âmago da matéria, como fariam os cientistas atômicos.

Finalmente, o modernismo explode com as regras, as formas todas, dissecadas e dissolvidas do cubismo ao abstracionismo. A visão incide na realidade de todo ângulo, e da forma como o artista vê ou gostaria que fosse vista...

– ...como naquelas cabeças de Picasso, onde os olhos olham de frente mas o nariz está de perfil...

Assim Sílvia deu à teoria quadronda a noção de que na arte também tudo é relativo, dependendo inclusive do ponto de vista, como viu Einstein. E eu passei a ver Sílvia com outros olhos, a inteligência ilumina de dentro para fora.

De repente estávamos chegando à Alemanha, conforme o serviço de som em três idiomas. Eu teria de usar o velho Inglês de colégio, passando vergonha aqui e ali, mas vergonha maior devia estar sentindo quando anotei enquanto Sílvia ia ao toalete:

Q vexame, Tião, o q a bebida faz com vc! Meter a mão no peito da PDL (Primeira-Dama da Literatura), *pensava q era o q, uma das tuas aluninhas deslumbradas?!*

Quando ela voltou, não pude deixar de notar que ainda tinha cintura estreita e ancas arredondadas. E me sorriu com voz flauteada:

– A escrita musical também é quadronda, não? As notas redondas, com suas hastes verticais, sobre as cinco linhas horizontais da pauta...

Sentou e senti que tinha reforçado o perfume.

– ...e os instrumentos musicais também são quadrondos, não são? As cordas do violão até lembram a pauta musical, e a batuta do maestro é reta mas seus movimentos...!

Ricardo Henrique tinha acordado e ouvia nossa quadronda conversa, o cabelo assanhado pelo sono inquieto, vendo-se então que era uma prova viva da teoria do mestiçamento brasileiro de Gilberto Freyre: com a cabeleira piramidal, parecia um Lampião em versão de elite. Mas também foi ao toalete e voltou com a cabeleira em ordem de novo, grudada ao crânio; será que levava algum creme no paletó?

O poeta Carlos Frederico também entrou no toalete com uma maleta e a cabeleira esvoaçada, saiu presa por rabo-de-cavalo, camisa branca trocada, casaco branco. Só eu, com o cabelo cortado curtinho e a barba também curta, me dei ao luxo de ir ao toalete apenas para desaguar, aí vi que estava com olheiras; mas resolvi que caíam bem num antropólogo – e, para entrar no Velho Mundo, lavei o rosto com água ainda do Novo Mundo, trazida nalgum tanque quadrado embutido de alguma forma no corpo afunilado do avião.

E de repente estávamos chegando!

– A terra de Beethoven, disse Sílvia.

– De von Clausewitz disse Ricardo Henrique – e Sílvia perguntou: – Quem?!

– Von Clausewitz – respondeu ele tranqüilamente – Um filósofo.

Sílvia engoliu, mas eu fiquei com uma pergunta engasgada: o que um contista pernambucano teria a ver com o teórico alemão da guerra? Não seria a única surpresa com os companheiros de viagem. Saindo do avião, comentei com Rosélia Carneiro que ela devia gostar muito de música, tinha ficado quase a viagem inteira com os fones de ouvido.

– Oh – ela olhou em volta e sorriu cúmplice – Na metade do tempo, era com o som desligado, né... Mas também ouvi muita música infantil e rock.

– Rock?!

– É, eu gosto de um rockinho, afinal não sou tão velha, tenho menos de sessenta! Fui colega de escola da Celly Campello, sabia?

Na esteira rolante esperando as malas, o poeta me pega pelo cotovelo e sussurra olhando as malas que passavam:

– E o nosso contista usineiro, hem? Sabia que foi secretário de planejamento do Recife? Na época da ditadura, acredita?

Pegou uma de suas malas, com velhas etiquetas grudadas, a maioria de então países socialistas (enquanto durou a ditadura, o poeta Carlos Frederico fez palestras e recitais para as colônias de exilados, tornando-se a Voz do Exílio).

– Quando soube que ia viajar com usineiro, meu caro, achei melhor pesquisar um pouco. Quero saber com quem ando, não é?

Pegou a segunda mala, nova e só com uma etiqueta, de Cuba. Naquele tempo já tinha começado a crise dos países socialistas, mas ninguém acreditava que pudesse ser fatal para o regime, como nós íamos ver. Dois guias nos esperavam no aeroporto, germanicamente gentis e objetivos, e fomos pelos corredores e salões daquele imenso cais. Sim, pois num aeroporto o porto é lá fora, para os aviões; o prédio é o cais para as pessoas e suas bagagens, pequena cidade de ruas-corredores, coalhadas de símbolos: embarque, desembarque, sanitários, restaurante, lojas, tudo indicado por desenhos de compreensão universal – um homenzinho, uma mulherzinha, garfo e faca cruzados, e fui pensando na quadrôncia dos símbolos mais universais.

A cruz, encontro de duas retas em ângulo reto, duas linhas que se cruzam num mesmo ponto e daí partem para o infinito do cosmos, ou naquele ponto se internam no infinito do átomo. Além disso, a divindade, vertical, e a humanidade, horizontal, também se encontram na cruz.

A suástica é nada mais que a cruz com aletas em ângulo reto, sugerindo movimento de hélice, o dinamismo do nazismo, a partir de um ponto central, o Fuehrer...

A estrela de Israel tem seis pontas e é formada por dois triângulos de lados iguais, sobrepostos e invertidos sobre um mesmo ponto central. Já a estrela sarracena tem cinco pontas e é formada por cinco losangos, também de lados iguais, convergentes sobre o mesmo ponto central. É estranho ou é tipicamente humano que símbolos tão inimigos sejam tão semelhantes?

Parei num ponto para ver os aviões lá fora, suas bandeiras. As de países europeus, com suas listras iguais e horizontais ou verticais, evidenciando um caráter prático e objetivo. A dos Estados Unidos tem suas listras também, mas também suas estrelas, já numa mistura de elementos racionais – as listras paralelas, invenções humanas – e as estrelas, coisas naturais. A da Grã-Bretanha é toda racional, uma cruz e um xis sobrepostos, como a dizer que todos os caminhos do planeta (ao menos no auge do império) conduziam a um só ponto, a Inglaterra. O Japão, porém, é racional e natural ao mesmo tempo: o branco pode ser a página em branco ou um campo de neve ou céu de nuvem, com o sol ao centro.

A bandeira brasileira já mostra a tendência barroca dos povos da América do Sul e da África, a misturar elementos racionais – listras, círculos, triângulos, losangos – com estrelas, arcos, luas, sementes, frutos, aves, animais... bandeiras ingênuas e poéticas; dá para passar dias conjeturando sobre as quadradezas e redondices das bandeiras e suas relações com o caráter de seus povos, embora o caráter possa evoluir e a bandeira continuar a mesma... O certo é que a bandeira da paz é branca, a cor que é mistura de todas, ou conforme muito antes já nos mostrava a luz das estrelas. E também certo era que, a esta altura, olhando em redor, não vi mais nossa comitiva e, depois de procurar por aquele imenso cais, vi que estava perdido.

Meu Inglês, ressuscitado bruscamente, trouxe mais confusão que ajuda, acabei passando por vários tipos de uniformes e guichês, e ia sendo levado para uma sala quando Ricardo Henrique me achou. O pessoal já tinha ido para o hotel, ele tinha ficado para me procurar:

– Os dois guias não conseguiam lembrar de você, acho que aquele pavão de branco confunde até alemão, e, além disso, tenho de passar num lugar, falei que levo você de táxi – Ricardo Henrique decidia as coisas com a naturalidade de um senhor de engenho.

Eu ainda estava com a mala num carrinho, a dele já no táxi e era um Mercedes Benz. Ele disse que em Frankfurt a maioria dos táxis é Mercedes.

– Você é um contista viajado, né?

– Sou um advogado viajado.

– Direito Internacional?

– Não – ele riu – Clientela boa, mesmo. Dá pra viajar de vez em quando...

– Mas você gosta mesmo é de arte militar – arrisquei, e foi como espetar, ele quase pulou no banco da Mercedes:

– Como sabe?!

– Von Clausewitz.

É, ele falou desenxavido:

– Tive alguma formação militar, peguei gosto por tática e estratégia... Aliás, as táticas de guerra são misturas de retas e curvas, como diz você, quadrondas? Então: ataque frontal ou em pinça, flanquear o inimigo, defesa por quadrados e por linhas, a trincheira é uma linha, a fortaleza é um quadrado, Dien Bien Phu era uma série de quadrados! – já falava com paixão o contista, a linguagem universal ganhando um leve sotaque nordestino – E a defesa em círculo também é clássica, o exemplo mais famoso são os carroções dos pioneiros norte-americanos, com os índios atacando em volta...

O táxi parou num prédio de apartamentos de tijolos à vista, que um dia deviam ter sido pintados de vermelho com frisos brancos, e várias vidraças tinham adesivos; um deles grande de metro, voltado para dentro mas inconfundível como a cruz: a suástica. Quando o contista voltou, apontei a janela, que então se apagou, a suástica sumiu na escuridão, ele perguntou o que era, mas notei que tinha visto, e tinha torcido os lábios de contrariedade. Falou com o taxista em alemão e fomos para o hotel.

– Você tem razão quanto ao sistema quadrondo na guerra – cutuquei – As tropas marcham reto, em formações quadradas, cada soldado a uma distância regular do outro...

– Depende – ele falou distante – Em combate, tudo muda, aí predominam as ações curvas.

– Isso – joguei a isca com voz distante – depois que Hitler inventou a guerra-relâmpago, né, até então ainda havia trincheiras e fortalezas fixas, e muita geometrização dos combates.

Acho que é, ele falou suspirando:

– Foi Hitler quem inventou a *blitzkrieg*, é?

O taxista olhou pelo retrovisor, e Ricardo Henrique se recostou encerrando as manobras militares.

O pavão branco era uma fonte poética em plena ebulição no saguão do hotel, ainda segurando uma pobre repórter com um anglo-portunhol de sotaque carioca. Rosélia já tinha ido para o quarto e Sílvia escrevia um cartão-postal no balcão, enquanto os guias começaram a me passar instruções em português com tanto sotaque alemão que parecia outra língua. Não prestei atenção, vendo Sílvia entregar o cartão à moça da portaria. Devíamos nos encontrar no saguão, para o almoço, ao meio-dia em ponto, repetiram os guias, e Sílvia disse que também ia para o quarto. Falei que ia escrever um cartão, fiquei ali, aproveitei uma distração da moça do balcão, peguei o cartão de Sílvia, começava com *querido*, tinha *muita saudade* e também *muitos beijos com muito t.*, o que interpretei como tesão. Deixei o cartão de volta junto com o meu para Leo e Ana, fui para o quarto. Abri um champanhe, afinal estava no coração do Velho Mundo, com o coração renascendo e já ferido.

Perdi a hora do almoço, acordei com o telefone, tonto de sono e champanhe. Tomei banho gelado, quase endurecendo de frio, botei roupas amassadas da mala, até paletó porque esfriava, e no saguão soube que todos já tinham ido para o restaurante, menos eu e a guia que me esperava. Seria a reencarnação de alguma sargenta nazista da SS, se a SS tivesse tropa feminina; apertou seco com a mão fria e os olhos gelados, disse que se chamava Helga, apontou a porta:

– Siga-me, por favor.

Foi reta e eu em ziguezague atrás, ainda arrotando champanhe e descobrindo que, na pressa, tinha esquecido de calçar meias, os pés esfriavam. Helga entrou num desses carrinhos europeus onde parece que a gente não vai caber mas acaba cabendo, e foi dirigindo em silêncio. Tentei puxar conversa, ela disse que não podia conversar dirigindo. Estacionou apertado mas numa manobra só, saiu, checou se travei minha porta depois de sair, apontou a porta do restaurante – e, na entrada, já vi lá o poeta em pé, todo de branco brindando com uma taça de vinho branco:

– À união entre os povos!

Estavam numa mesa grande, com vários alemães, e um traduziu para os outros, que riram e brindaram de novo falando em alemão muito animados. O intérprete traduziu:

– Sabemos que seu brinde, à união entre os povos, foi por causa do nosso intercâmbio cultural, mas, na verdade... – brilharam os olhos do tradutor – o povo alemão também está se unindo finalmente, então esse brinde... – como se diz em português? – *significa* muito para nós!

Era começo de novembro de 1989; durante o ano, algumas centenas de milhares de alemães já tinham passado da Alemanha Oriental para a Ocidental, através da Hungria e da Áustria, enquanto na Rússia o Partido Comunista perdia o poder e a União Soviética começava a desmoronar. Preocupado com instruir um assistente na universidade, para assumir as aulas e provas finais do ano, eu não tinha dado muita atenção ao noticiário, afinal eram tantas as passeatas imensas naquele ano, pela Europa inteira, que parecia ter virado uma coisa normal para quem via de outro país. Mas ali, agora, começávamos a ver que os alemães viviam dias de um grande sonho acontecendo de repente.

Comendo joelho de porco com batata e repolho, o prato nacional da Alemanha, lembrei daqueles dois ou três primeiros dias de abril de 64, quando velhos comunistas, como meu pai, viveram entre o medo de ser presos e a esperança de uma resistência qualquer no Brasil, ouvindo rádio, esperando notícias ou a polícia. Meu pai passou aqueles dias colado no rádio, ao lado duma maleta com uma muda de roupa, pijama, escova de dentes, pronto para a prisão como de outras vezes, quando não tinham deixado usar na cadeia nada do que tinha levado na maleta, e até sumiam com ela, mas ele insistia em ser preso decentemente; ao menos faço minha parte, dizia. Morreu antes da anistia, achando que a ditadura ia durar muitas décadas.

Os alemães começaram a brindar alegres – A uma só Alemanha! – A um mundo de paz! – À liberdade! – e depois pediram aos brasileiros para brindarem também. Ricardo Henrique foi o primeiro:

– Ao povo alemão, que sempre soube escolher os melhores caminhos!

Aplausos dos alemães, enquanto eu pensava que o povo alemão também tinha escolhido o nazismo durante certo tempo... Comemos mais um pouco, Sílvia foi convocada para o brinde seguinte:

– À cultura alemã, que sempre superou todas as guerras e traumas nacionais!

Aplausos; como se a cultura alemã também não gerasse o prussianismo e o nazismo, causadores de guerras e de traumas nacionais... Depois foi a vez de Rosélia, já na sobremesa, e ela, a única que não bebia vinho, ergueu a taça com um refrigerante rosado e brindou à paz:

– À paz e à graça de ver tantos países mudando tanto de repente, sem violência, sem sangue, graças a Deus!

Os alemães brindaram de olhos úmidos, lembrei dos últimos dias da campanha da anistia no Brasil, quando os exilados chegavam e era aquele festival de abraços e lágrimas nos aeroportos. Alguns vinham da Alemanha, e eu tinha pensado em brindar à hospitalidade alemã, mas quando, já terminando a sobremesa, alguém lembrou que eu não tinha brindado, simplesmente brindei a meu pai. Ficaram esperando mais alguma coisa, repeti:

– A meu velho pai comunista que felizmente morreu para não ver desmoronar o mundo em que ele acreditava.

Os alemães concentraram a atenção nas suas xícaras de café, e eu consertei apenas para Sílvia:

– Também brindo ao novo mundo.

O decote de Sílvia, com outro vestido, continuava o mesmo ângulo aberto coalhado de sardas sem qualquer geometria, mas em tudo mais ela era simétrica: os cabelos rigorosamente repartidos ao meio por uma linha reta, que tantas vezes vi minha mãe ou as irmãs fazendo, passando a ponta fina do cabo do pente pelo alto da cabeça; e o cinto afivelado sobre o umbigo depois dos botões em linha. De ímpar, só a bolsa de couro, grande, que ela levaria em todas as visitas a museus, instituições, centros de cultura e universidades, onde iríamos dar palestras, falar em mesas-redondas, ler trechos de livros, ela enchendo a bolsa de folhetos, cartões, postais, revistas, livros, até originais de jovens poetas, filhos de exilados brasileiros, tudo ela enfiaria na bolsa a que mais se agarrava quanto mais estufada.

– O seu brinde foi o melhor – disse Sílvia baixinho – porque saiu do coração.

O poeta se debruçava sobre uma das guias, uma alemãzinha uns trinta anos mais nova; Ricardo Henrique falava de política com os alemães; Rosélia anotava; e Sílvia falou que continuava pensando em Quadrondo:

– Na literatura, a evolução do quadrado para o redondo, e daí para o quadrondo, é evidente! – ela já se animava, falando da minha teoria com a intimidade e a fé dos conquistados.

Contou, e anotei, que o romance, no começo, não existia de forma escrita; existiam as grandes histórias orais, de geração para geração, as lendas, as origens, as divindades. Depois existiriam os poemas épicos – *Ilíada*, *Eneida*, *Lusíadas* – que eram grandes histórias (ou romances) em versos.

Na forma de prosa, só lá pela Idade Média surgiram as crônicas de cavalaria, que contavam as histórias de lutas dos cavaleiros nas Cruzadas, com enredo *linear* (começo, meio, fim) e tempo cronológico (passado, presente, futuro).

Os figurantes eram *"planos"*: quem era bom, era bom do começo ao fim; quem era mau, também, e assim por diante. O enredo era basicamente a luta da Fé contra Maomé. Os santos cavaleiros contra os árabes hereges. O Bem contra o Mal, uma *dupla*:

– E a dupla é uma forma de paralelismo, ainda uma quadradeza, não?

Então um escritor criou uma dupla dos primeiros personagens *redondos*, que nem eram bons, nem maus, nem santos, nem demônios, mas humanos e contraditórios (um contrário do outro, e cada um também com suas próprias contradições); Sílvia se entusiasmava, agitando as mãos com anéis e unhas brilhantes como pérolas:

– Os dois tinham sonhos e paixões, defeitos e mesquinharias, heroísmo e covardia, crenças e ilusões. Os personagens devem ser *esféricos*, como se diz em teoria da literatura, devem alterar-se, mudar, evoluir, como a gente na vida. E, com isso, o tempo também passou a ser irregular, porque os personagens passaram a ter saudade, a lembrar do passado, a sonhar com o futuro, até chegarmos à ficção científica que se passa no futuro...

E quem é essa famosa dupla de personagens, perguntei, esse Adão-e-Eva do romance? Ela respondeu soletrando:

– Dom Quixote de La Mancha e Sancho Pança! O primeiro romance, uma história quadronda, como diz você! E não é pouca coisa se você considerar que o romance é o produto artístico mais consumido no planeta, junto com a música popular, sem levar em conta que grande parte dos filmes tem enredo baseado em romances!... Eu mesmo hoje ganho a vida mais com direitos de adaptação de meus romances para filmes!

Dois livros dela já tinham virado filmes e um terceiro estava sendo rodado, ela aparecia em entrevistas nos jornais quando saímos do Brasil, sempre sentada certinha com as pernas juntas e as mãos no colo ou nos braços da poltrona, simétrica e macia Sílvia (eu começava a roçar nas suas mãos e braços, servindo vinho). Rosélia olhava.

– Na poesia – continuou Sílvia – temos a quadra e o haicai. A quadra é quadrada, claro, com quatro versos, e é ocidental. É muito usada em poemas, música popular. Eu faço minhas quadrinhas de vez em quando:

Nada como matar tempo
sem nem saber até quando
sabendo que todo o tempo
o tempo está nos matando

Quanto mais ela falava, mais ficava claro que falava como quem escreve, de tão treinada nisso a mente da PDL:

– O haicai é oriental, com três versos, de 5-7-5 sílabas, de modo que o formato é arredondado...

– ...como o planeta, completei: o Trópico do Câncer, a linha do Equador, o Trópico do Capricórnio.

Rosélia até se curvava sobre a mesa para ouvir, enquanto eu pedia que Sílvia repetisse a quadra para eu anotar, e ela repetiu enquanto também tomava notas num caderninho. Perguntei se também fazia haicais; do meu jeito, ela falou:

Na verdade, diz
que acha a felicidade
quem se acha feliz

Rosélia também anotava, e na volta para o hotel acabamos sentando juntos no fundo da perua, a primeira dama escoltada em outro banco por um alemão prestativo e um poeta declamativo. Perguntei baixo a Rosélia se tomava notas para um novo livro, respondeu que sim.

– Mais um romance juvenil?

Ela disse que não mereciam ser chamados de romances, mas de romancetes.

– E já tem título?

Já tinha, sim:

– *Mundo quadrado e vida redonda.*

Enquanto por dentro eu me recuperava do espanto, ela explicou que, na verdade, não estava gostando do título, preferia um que dissesse tudo numa palavra só...

– ...mostrando que a vida é uma mistura de quadradezas e redondices.

Ela foi falando e eu fui engolindo. Falou que fazia anos pensava naquilo, as quadradezas e as redondices. Tudo que é quadrado, ou plano, é chato, a mesa de refeições é a rotina, o arroz-feijão diário, enquanto no churrasco ou na festa come-se de mil jeitos e formas, menos sentados na mesa cada um no seu lugar como sempre; como quadrado é o quadro-negro da escola, se você olhar apenas como quadro-negro, que na verdade é uma parede, a não ser quando entra em campo uma coisinha arredondada chamada giz, e aí a gente pode pintar e bordar no quadro-negro, que vira um janelão aberto para a comunicação, criando desde uma paisagem até uma história, como uma bola transforma um campo quadrado num jogo de futebol. A rotina é quadrada, limitada por horários, regras, metas de produtividade. O lazer deve ser redondo, como redondo é o sonho, a fantasia, a música, a dança, a arte, a mágica!

– Então – ela falava até com casualidade – ando relacionando coisas assim, quadradezas e redondices, como digo, para criar uma história, mostrando que a gente só é feliz se consegue superar as quadradezas com redondice! – e corou de repente – Oh, eu de novo falando das minhas criancices!

Calou-se o poeta que ia declamando duas fileiras adiante, a perua rodava macia e silenciosa pelo liso asfalto alemão, a voz de Rosélia solou no silêncio aliviado:

– Mas o senhor também anda tomando notas, professor, também para livro? Acertei? E também já tem algum título?

Sentado do outro lado de Rosélia, Ricardo Henrique também se inclinou para ouvir minha resposta:

– Quadrondo.

Os olhos dela brilharam, a boca abriu, fechou, abriu:

– Quadrondo, mas claro! Oh, desculpe – corou – É um belo título – a voz morrendo – Um belo títul...

Ricardo Henrique salvou a situação com uma piada:

– Por falar em quadrado, minha turma de formandos se reúne todo ano, e da última vez, um contou que foi a uma festa dos filhos e foi chamado de quadrado, aí reclamou com a gente: não mudei nada desde a faculdade, como me chamam de quadrado?!

Só Rosélia riu, e anotou.

Eu devia usar a tarde para dormir, depois de no quarto me espantar de novo com as olheiras, mas não consegui parar de pensar em Darwin e Wallace. Darwin correu o mundo a bordo do Beagle, olhando e vendo até descobrir a teoria da evolução. Mas deixou guardados durante décadas os desenhos e anotações, temendo os efeitos de demonstrar, entre outras coisas, que o homem, como dizem, "vem do macaco". Deixou até dinheiro para a mulher publicar seus escritos, caso morresse de repente; e continuou vivendo como um respeitado cientista.

Até que chegou uma carta de Wallace, outro naturalista, que tinha se enfiado na Amazônia durante décadas, colecionando espécimes e observações, até concluir que as espécies evoluem quase da mesma forma como Darwin tinha concluído. Wallace mostrava ao mestre um resumo geral da teoria, pedindo uma opinião. O que Darwin fez foi retomar seus originais e acabou rapidinho *A evolução das espécies*, antes que o mérito todo ficasse para Wallace.

Se Rosélia Cordeiro lançasse um romance ou romancete ou fosse lá o que fosse, mesmo juvenil, com o título *Quadrondo*, eu teria o nome de minha teoria batizado por ela, sem ter tido ainda ao menos a chance de mostrar a alguém a teoria inteira. Em redonda posição fetal debaixo da grossa camada de cobertas alemãs, fiquei me virando na quadrada cama até levantar, tomar banho e ligar a tevê. Passavam passeatas em todos os noticiários, imensas, alegres umas, tensas outras, conforme o país e o estágio de desmoronamento dos governos socialistas. Um noticiário juntou imagens de todo um ano de derrocada do regime, as primeiras passeatas, pequenas e tímidas, crescendo, imensas, e depois também imenso era o tombo das estátuas de Lênin e Stalin e Cia., caindo puxadas por cordas pelo povo em delírio, os soldados olhando de mãos na cintura a queda daqueles monstros de até dez metros de altura, mas que o povo agora brincava de rolar pela rua.

Desci para o bar, lá estava Ricardo Henrique com um vinho francês, aceitei uma taça que ele foi enchendo com a displicente generosidade dos ricos. Agora vestia um terno escuro, gravata sempre discreta, e perguntou se eu tinha visto televisão.

– Estamos num terremoto político!

O poeta saiu do elevador como uma mancha branca que evitamos olhar, mas brancamente veio direto para nós. No caminho, um casal pediu autógrafo num velho livro, o seu famoso – dava para ver a capa inconfundível – *Na escuridão eu semeio*, título anunciador de que em sua poesia, a cada quatro palavras, duas falam dele mesmo. Depois dos autógrafos seguidos de abraços e beijinhos, o Poeta do Exílio sentou-se curvado, passou as mãos no rosto, encarou cada um de nós como procurando algum apoio e desistiu, fitando um ponto neutro:

– Vocês têm visto tevê, viram o que está acontecendo? O mundo está caindo!

– O *seu* mundo está caindo – Ricardo Henrique falou frio – Ainda acredita em socialismo, poeta?

Carlos Frederico olhou com ódio:

– E você acredita em que, além de explorar a miséria dos trabalhadores?!

– Meu querido – Ricardo Henrique bebia tranqüilo – Tenho apenas dois funcionários no escritório de advogado, satisfeitos da vida. Aceita vinho?

O poeta, mesmo com os olhos ainda faiscando ódio, aceitou a taça trazida pelo garçom; bebeu e falou de olhar perdido no vinho:

– Derrubarem estátua de Stalin, vá lá... mas de Marx, de Lênin!

– Marx – Ricardo Henrique sorria – Marx escreveu meia dúzia de vezes a expressão "ditadura do proletariado" na sua obra de mais de metro... Já Lênin pinçou a expressão e usou cento e cinqüenta vezes nos seus livros que, juntos, não dão um palmo de estante...

Carlos Frederico olhava sem entender:

– E daí?

– Daí que Lênin é um picareta intelectual, um escroque, meu caro, pinçou uma expressão e repetiu como bem quis, para justificar seus métodos violentos e sanguinários.

– Sanguinários?! – o poeta deixou na mesa a taça pela metade.

– Sanguinários – repetiu calmamente Ricardo Henrique – Ou não é sanguinário mandar matar o czar e toda a família? O homem era um carrasco, meu caro, brilhante orador, político de gênio, mas um carrasco. Em nome da revolução era capaz de enforcar a mãe com as tripas do pai.

Carlos Frederico levantou-se devagar, balão branco inchando de dignidade, falou para mim:

– Com licença, professor, o ambiente está pesado demais para o meu gosto.

Um minuto antes, enquanto ele ouvia Ricardo Henrique, eu tinha notado raízes brancas nos seus cabelos, no fim da testa alta que já podia ser vista como calvície, e agora notava também que ele andava claudicando levemente quando se afastou.

– Nervo ciático decerto – adivinhou Ricardo Henrique – Coisa de velho. Sabe quantos anos tem essa figura? Sessenta e sete. Estou te falando, sessenta e sete. Vive à custa de governo estadual, com salário de conselheiro de cultura, só para aparecer numa reunião de vez em quando. Pesquisei um pouco, meu amigo, quando li que ia viajar com o poeta das rosas vermelhas...

Na volta do seu último exílio, Carlos Frederico tinha lotado teatros com seus recitais em todas as capitais, com uma rosa vermelha na lapela, e distribuía rosas para as mulheres no fim do espetáculo. Encerrou a temporada em São Paulo, onde eu fazia o mestrado, e onde depois saiu candidato a vereador; aparecia na tevê, no horário eleitoral gratuito, oferecendo a rosa vermelha, "símbolo do socialismo", dizia, "a todas as companheiras e companheiros de um futuro de igualdade e fraternidade". Teve alguns milhares de votos, não se elegeu e declarou que "o povo é soberano mesmo quando erra"... (reticências minhas).

– Mas é incrível mesmo – falou Ricardo Henrique – esses países todos caindo como dominós...

Falei que era mesmo engraçado, o chamado mundo ocidental sempre temeu o efeito dominó, os países duma região "caírem" no comunismo um depois do outro, daí os americanos terem se enfiado no Vietnã, daí terem apoiado as ditaduras latinamericanas, para conter o exemplo da revolução cubana... E, no entanto, agora se via o efeito dominó na Europa, quem diria, e num rumo inverso, os países passando do socialismo para o capitalismo, da ditadura "do proletariado" para a democracia liberal em questão de meses ou mesmo dias! Dava para sentir a tensão no ar como uma gelatina, os funcionários do hotel trocavam idéias durante o serviço, uma pequena tevê estava sempre ligada debaixo do balcão da portaria.

– É... – disse Ricardo Henrique – Como disse Marx? A revolução é como um parto, não é? E veja que a História se aperfeiçoou como a Medicina, agora são partos sem sangue! Fazem passeatas, derrubam estátuas, mas luta não há! O socialismo, meu amigo, está caindo de podre!

Ou de pobre, disse eu, ou as duas coisas, disse ele; e rimos e brindamos. Aí ele contou que tinha pensado em minha teoria, aplicada à arte militar:

– Por exemplo na reconquista do Pacífico, na Segunda Guerra. Os japoneses tinham ocupado e fortificado todas as ilhas e até ilhotas. Os americanos teriam de perder muita tropa e muito tempo conquistando ilha por ilha. Então MacArthur simplesmente foi cercando as ilhas, *redondamente,* uma a uma, cortando comunicações e suprimentos, afundando as embarcações japonesas e indo em frente, para enfim cercar o próprio arquipélago do Japão, sem gastar muita tropa nem muito tempo...

Lembrei que, no entanto, em vez de invadir as grandes ilhas japonesas, os americanos, que já tinham visto quanto custava cada colina na reconquista de ilhas menores, vendo então que perderiam pelo menos cem mil homens só na ilha maior...

– ...resolveram acabar com a guerra duma forma reta, através da bomba atômica.

Ficamos os dois, pois imagino que ele também, pensando no cogumelo atômico, sua coluna reta e a copa arredondada, a mais terrível das imagens quadrondas criadas pelos humanos. E de repente nos demos conta, ao mesmo tempo, do risco que correríamos ali se houvesse luta:

– Já pensou se soltam umas bombinhas atômicas?

– Acabei de pensar.

Brindei às revoluções sem sangue, e ele disse que aquela reviravolta, do socialismo para o capitalismo, era só uma mudança, não uma revolução, que revolução mesmo tem de ter sangue:

– As revoluções temperam o caráter de um povo – falou olhando de perto o tinto da taça – As revoluções e as guerras. Por isso, aliás, o Brasil é o Brasil, ainda não passamos por guerra ou revolução de envolver o povo todo, como a Alemanha, por exemplo.

Perguntei se a Segunda Guerra tinha então fortalecido o caráter alemão, ele disse que claro:

– Nunca um povo enfrentou tantos inimigos ao mesmo tempo, nem Roma! Isso marca qualquer povo. E o reerguimento depois, em poucos anos reconstruíram cidades inteiras, portos, indústrias, tornaram-se uma potência!

Com muito dinheiro americano, lembrei, o Plano Marshall etc., ele falou que seja. Perguntei se achava que o genocídio dos judeus, ciganos, comunistas e homossexuais também tinha fortalecido o caráter alemão, ele sorriu:

– Isso você tem de perguntar a um alemão.

Falei que sempre tive uma grande curiosidade, saber o que foi feito daqueles rapazolas que formaram a última defesa de Hitler, no *bunker* onde ele se mataria. Ele me olhou espantado:

– Que idéia, professor! Devem ser hoje homens idosos, talvez ainda dando aulas, plantando batatas, talvez avôs! Mas por que essa curiosidade?

Porque só quem esteve na guerra pode falar se é boa a guerra, falei, e ele riu, com um gesto de dedo pediu mais uma garrafa. Enquanto o garçom lidava com o quadrondo saca-rolhas, conversaram em francês e, depois, ele me contou que vários funcionários do hotel tinham parentes "do outro lado", como diziam, e andavam fazendo planos de como se encontrarem caso o Muro de Berlim caísse – sinal de que a queda do Muro já tinha a derrocada pressentida dias antes por toda a Alemanha, o povo parece sentir nos ossos os terremotos políticos.

Já que havia mais uma garrafa aberta, resolvi poupar o contista de conversas ásperas, perguntei dos seus contos, andava escrevendo?

– Professor, escrevo apenas nas férias, tiro um mês e fico na praia, só tomando água de coco com uísque escocês e escrevendo contos... Acho que meus contos são curtos porque correspondem a quatro doses de uísque cada um, professor, com mais do que isso já não consigo escrever, então na segunda dose já começo a pensar em como acabar a coisa!...

Pensei que fosse brincadeira dele, até ler alguns de seus contos, que começam densos e envolventes, porém ao virar da página já se resolvem com facilidade, sempre apelando para o insólito ou o fantástico. Mas mais estranho que o final de um conto seu, era o fato do contista desviar o assunto quando se falava de sua literatura, ao contrário dos outros escritores:

– Vamos falar mais da sua teoria, professor, na arte militar. Por exemplo, as lanças compridas inventadas por Felipe da Macedônia, pai de Alexandre, que com elas conseguiu anular as vantagens da cavalaria sobre a infantaria pela primeira vez! Formavam um quadrado de lanceiros e os cavaleiros não conseguiam chegar perto. Aliás, as armas todas são exemplos disso que o senhor chama de... quadrondismo?

– Quadrôncia. Alguém já me falou a mesma coisa sobre as artes.

Nesse instante, Sílvia saiu do elevador com Rosélia, que acabava de anotar alguma coisa, enfiou a caderneta na bolsa, parou no saguão olhando os quadros e os móveis. Sílvia rodou o olhar até me achar, abriu um sorriso cheio de luz e uma luzinha amarela acendeu na minha cabeça. A pessoa, quando se apaixona, fica com o olhar alegremente abobado, como certos loucos, olhando a pessoa amada como quem olha fogos de artifício. Um médico, professor de endocrinologia no curso de Medicina, me disse que a paixão é um verdadeiro seqüestro hormonal, capturando o cérebro e dominando o comportamento da pessoa, uma revolução de hormônios, lançados principalmente pela hipófise:

– Uma glandulazinha como uma ervilha, alojada numa pequena cova óssea bem na base do crânio, a sela túrcica do esfenóide, o ponto mais inacessível do corpo, e com poder de alterar todo o comportamento!

Sílvia parecia de repente menina na alegria de brincadeira nova:

– Como é, vamos pra passeata? Será bom levar passaporte?

Tínhamos a noite livre, podíamos ir a teatro, cinema, concerto, os guias providenciariam os ingressos num instante, mas Sílvia insistiu:

– Estamos no bojo de um processo histórico, somos testemunhas da História, vamos à passeata!

"No bojo de um processo" é lugar-comum que não devia andar na boca duma primeira dama da literatura, mas ela tinha razão:

– No Brasil não vão acreditar se eu contar que estive aqui e não fui a uma passeata!

Nossos guias naquela noite eram uma bailarina, que sabia português por ter sido casada com um exilado brasileiro, e um músico ainda casado com uma exilada, dois alemães joviais mas responsáveis e prudentes, disseram temer pela nossa segurança numa passeata. O poeta esperava um telefonema do Brasil, disse que ia ficar no hotel – ou melhor, no saguão, onde sempre podia aparecer alguma fã, conforme Ricardo Henrique:

– Em Recife ele chegou a levar para o quarto até uma menor de idade, escapou de ser preso graças ao governador socialista, deve ser a tal solidariedade de que tanto fala a esquerda, não é?

Já estávamos na rua, sentindo o impacto da diferença entre nosso trânsito apressado, bagunçado e barulhento, e o trânsito ordenado e silencioso dos alemães. É como sair duma feira e entrar num supermercado, disse Rosélia. É a velha Europa, disse Sílvia:

– Na primeira vez em que estive aqui, me apaixonei pelos parques, andava dias inteiros! Andava quilômetros só em museus! Como diz o poema do Leminski, no Brasil uma pedra é só uma pedra, aqui são pedras históricas! Uma pedra no chão pode ter sido da muralha de um castelo há um milênio!

Mais históricas então, disse eu, serão as pedras do sul da África ou de Pequim, os sítios antropológicos mais antigos do mundo.

– Discutem há décadas se o homem surgiu na África do Sul ou na China.

Ricardo Henrique até parou de andar, indignado:

– Ora, professor, acredita mesmo nisso? Se o ser humano vem de negros africanos, como evoluiu até se tornar um chinês? O cérebro do negro é dolicocéfalo, o do chinês é braquicéfalo, o senhor sabe, e um tem cabelos pixaim, outro tem os cabelos lisos...

Já estávamos no meio duma multidão a caminho da tal passeata, muitos com bandeiras e cartazes, e ele abria uma clareira abrindo os braços:

– Como é que um alemão loiro, ou um sueco, ou dinamarquês, poderia ter evoluído de um negro?!

Falei que essa transição se dava em milhares de anos, conforme as tribos iam subindo já do norte da África para as terras da Europa mais frias quanto mais ao norte. Ele riu:

– Ora, professor, está na cara que chinês é chinês, negro é negro e ariano é ariano!

Éramos agora uma ilhota falando português no meio da maré alemã, e falei que, se para cada raça tivesse de haver uma origem ancestral própria, o ser humano teria dezenas de origens, uma para os índios norte-americanos, outra para os sul-americanos, outra para os esquimós, outra para os patagões, isto só na América...

– ...e até os pigmeus africanos teriam de ter origem própria!

– Por que não, professor? Como os mongóis, os hindus, os mediterrâneos, os arianos!...

Eu não quis dizer a ele que os arianos já se misturavam com os hindus há milhares de anos, e que, conforme prova a lingüística e agora os estudos do DNA confirmam, a Torre de Babel simboliza a grande orgia genética a que se dedicaram os povos quando ainda eram tribos nômades, lutando por espaços e manadas, raptando mulheres dos inimigos, gerando mestiços que passariam a ser maioria, como eram nas bandeiras paulistas os mamelucos, filhos de portugueses com índias. Ricardo Henrique apontou um alemão grandalhão, de cabelos brancos e escorridos como um viking:

– Como poderia um tipo assim evoluir de um negro? E a cor da pele?!

Falei que a cor da pele muda conforme os negros mudam dos trópicos para as zonas frias, e o cabelo também afina e alisa, pois não precisa mais ser como um capacete protetor contra o sol.

– A pele negra tem substâncias protetoras contra o sol, que a pele quanto mais branca menos tem. Por isso os loiros têm muito mais câncer de pele nos trópicos, sabe disso, não?

Ele ficou me olhando como se eu tivesse dito uma ofensa, mordendo os lábios, os olhos estreitando de raiva. A multidão tinha parado e os espaços iam enchendo ao redor de nós. Lá adiante alguém começou a falar com alto-falante de som ranheta, e em alemão, claro, Sílvia brincou:

– Parem de falar que eu quero ouvir.

Mas Ricardo Henrique realmente entendeu, disse que avisavam para os da passeata não aceitarem provocações, e contarem com o apoio da polícia que estava ali para cuidar da segurança, não para reprimir. Acabou de traduzir quase junto com a voz do alto-falante, e a massa aplaudiu alegre, urraram felizes como público de futebol, e também aliviados, muitos casais estavam com adolescentes e até crianças. Mas sempre podiam aparecer provocadores, disse Ricardo Henrique, tinha lido nos jornais, comunistas já tinham bagunçado passeatas em outras cidades.

A multidão começou a se mover, Sílvia me pegou a mão – para a gente não se perder, disse, e vimos que já tínhamos perdido Rosélia. O guia foi procurar por ela, a guia começou a roer as unhas, era uma dessas alemãs loiras e lindas como naquelas folhinhas de antigamente, só faltava o lenço na cabeça e o trigal ao fundo. Começaram a gritar palavras-de-ordem, católicos levavam velas acesas, alguns levavam cartazes e até quadros com imagens de Adenauer, Ghandi, Guevara, sim, Guevara. Nas camisetas e blusões conviviam os símbolos hippie, anarquista, genéticos, gays, universidades, estrelas e conjuntos de rock, balneários e empresas. Barbas e cabelos de todos os tipos, alguns como fogueiras ruivas na multidão, cardumes de sardas no oceano de toucas e cachecóis, e fazia um friozinho de já soltar vapor pela boca. Parei para amarrar o sapato, um sujeito careca de terno e gravata tropeçou em mim; não pude deixar de reparar que tinha gravata de bolinhas e quadradinhos, e sua cara me pareceu conhecida: seria o garçom do hotel?

Começaram a cantar, Ricardo Henrique disse que era demais para seu estômago:

– Muita pieguice. E além disso, deixei a garrafa aberta no hotel. Até!

Nem deu tempo para a guia, sumiu na multidão. A guia, com toda aquela lindeza macia e seu sotaque duro, falou para a gente prestar atenção e não se perder. Por via das dúvidas, me pegou a mão. Sílvia apertava e esfregava os dedos da outra mão, os olhos abertos para tudo, às vezes me lançando um olhar apaixonado, e eu me sentia amarrado numa canoa a caminho duma cachoeira de hormônios femininos. Sílvia repetia alegre as palavras-de-ordem em alemão, a guia começou a gritar levantando o braço, Sílvia também, de modo que fui de braços erguidos e mãos dadas com duas mulheres, como paxá de baile de carnaval, participando da História ao vivo, como disse Sílvia.

Quando ela enjoou de passeatar, já um tanto rouca, perguntou de um restaurante típico e a guia nos tirou da multidão pedindo licença, os alemães educadamente abriam passagem, passeata de Primeiro Mundo é outra coisa. Saímos da maré, a guia tirou a mão da minha, mas Sílvia continuou, tirei eu. Sílvia enfiou as mãos nos bolsos do casaco, eu nos bolsos das calças, os bolsos são invenções de muitos usos.

No restaurante, fiquei olhando Sílvia e a guia, Helene, à luz das muitas lâmpadas de um candelabro: numa, as rugas, a pele coberta de maquiagem, os lábios cobertos de batom; noutra, o rosado natural das faces, os lábios também rosados, típicos da raça sanguínea adaptada para o clima frio, a pele lisa e os olhos azuis. Em Sílvia, olhos castanhos das raças misturadas como eu. As duas com cabelos brilhantes, nisso os xampus igualam as idades, mas de resto pareciam uma boneca nova e uma velha boneca.

Helene pediu os pratos por nós, eu pedi o vinho, um tinto chileno, em vez de branco alemão que me parecia mais suco de fruta que vinho. Comemos joelho de porco, e Helene disse que se encontra joelho de porco em todo restaurante e bar da Alemanha. Perguntei o que fazem com o, digamos assim, resto dos porcos? Oh, explicou a boneca loira, os alemães comem muito também as costeletas, e os dianteiros...

– ...mas as melhores carnes, traseiro e lombo, são para exportação.

Povo ordeiro e patriota, falei, come o pior para a nação exportar o melhor. Oh, sim, concordou Helene:

– O povo alemão é patriota! E agora, se Deus quiser, vamos ser de novo uma nação só!

Seus olhos brilhavam olhando a avenida por onde tinha passado a passeata e o trânsito já fluía ordeiro e silencioso como sempre. Nas ruas, voltando para o hotel, talvez também porque alegres depois de duas garrafas, vimos gente a se cumprimentar, a acenar, a rir, como, garantiu Helene, não fazem normalmente os alemães:

– Estamos... entrando num tempo novo! – e apertava as próprias mãos, enquanto Sílvia voltava a pegar a minha na travessia de cada rua, como se fosse perigoso aquele trânsito de BMWs e Mercedes devagar e quase em silêncio; Helene explicou que os motores têm sei lá o que para abafar o som. Eu estava me apaixonando pela eficiência e qualidade alemãs, desde as alvíssimas cobertas do hotel até as calçadas de grandes lajes retangulares de pedra, planas e lisas e tão bem emendadas que patins e cadeiras de rodas podiam simplesmente deslizar. E Helene, com seus olhos azuis e dentes brancos no rosto rosado, era uma protótipa encarnação genética da Alemanha.

Mas a guia Helga também era a encarnação de outra Alemanha, e nos esperava no hotel com a notícia dada em tom de intimação:

– Amanhã vamos para Colônia, partida às oito horas.

– Oito horas britânicas?

– Oito horas germânicas!

Eram onze da noite, ainda passava gente com bandeiras e cartazes de volta da passeata, sugeri mais um vinho no bar do hotel, mas Sílvia disse que estava muito cansada e – depois de me mostrar a chave do quarto com seu número bem visível – foi para o elevador. Mas eu não fui bater em sua porta naquela noite porque, mal ela se foi e Helga também, Helene deu um telefonema e depois me contou que o marido estava fora, viajando com a orquestra:

– Ele é segundo reserva, mas o primeiro cello está gripado, o segundo cello está de férias, ele finalmente vai tocar num concerto! Então nem preciso voltar pra casa hoje, posso dormir no seu quarto?

Olhou se algum funcionário nos olhava, mas estavam todos de olho na tevê, a passeata agora passava no noticiário, e a boneca loira me pegou pela mão e falou vamos? No elevador eu ainda pensava se ela ia mesmo só dormir, ela perguntou se eu tinha...

– ...como vocês chamam preservativo, camisinha, né?

No quarto, antes de ir para o banheiro, me entregou o telefone, docemente mandando pedir à portaria três camisinhas.

– Três?

Oh, explicou ela, duas para a noite, uma para a manhã, e assim fui apresentado ao pragmatismo alemão.

No café da manhã, Sílvia disse que tinha dormido feito uma pedra, e Helga disse que era bom mesmo, porque agora é que ia começar de verdade nossa viagem. Ninguém pareceu ter reparado que Helene estava com os cabelos úmidos de banho e continuava com a mesma roupa – e o poeta apareceu com um sobretudo cinza, mas de resto todo de branco menos os sapatos (que até usaria brancos também, explicou, se então não fosse confundido com médico). Era o sobretudo mais claro que tinha conseguido achar num supermercado, enquanto a gente andava na passeata; no Brasil quase não usava roupas de frio, vivendo no Nordeste e indo para o Sul apenas no verão.

– Graças a Deus – falou mordendo uma salsicha – cheguei a uma independência financeira (Ricardo Henrique me olhou com sorrisinho), uma independência que me permitiu viver sem cortejar o público, mas... não sei se não vou ter de voltar aos palcos, fazer turnê pelo país... Oh, meu Deus!

Passou a mão pelo rosto, a vestir uma máscara de angústia, talvez até por ser um poeta oficialmente materialista invocando Deus, mas continuando a mastigar metodicamente o pão com queijo, até que revelou:

– Telefonei pra casa, recebi péssimas notícias.

Fazia suspense entre garfadas de ovo mexido, para contar que seus livros estavam deixando de ser editados em todo o Leste Europeu, inclusive na Rússia. Ricardo Henrique sorria bicando café, e depois me contaria que as sucessivas edições dos livros do poeta, nos países socialistas, era coisa dos governos, que aliás só pagavam direitos autorais aos autores estrangeiros declaradamente socialistas; e agora, com a derrocada geral do regime, os livros teriam de ser publicados normalmente, para o mercado. Antes, eram distribuídos nas escolas e bibliotecas, vendidos em todas as livrarias oficiais por preços subsidiados, daí as tiragens de dezenas de milhares de exemplares de que o poeta se orgulhava nas entrevistas.

– Falta saber da Polônia, do Quisquistão ou Quaquistão ou coisa que o valha – mastigava desconsolado – mas de resto... Parece uma praga!

– E se chama liberdade – falou Ricardo Henrique, e o poeta continuou mastigando um bom tempo antes de sibilar:

– Liberdade... de comprar gente, de vender gente... liberdade de ganância, de exploração...

– Também chama-se livre iniciativa – Ricardo Henrique era a imagem da prosperidade com seu sobretudo bem talhado, enquanto o do poeta apertava nos ombros e na cintura, não era mais o magro poeta do exílio.

O poeta empurrou o prato e saiu da mesa, não sem antes enfiar na boca uma bolacha e nos bolsos uma maçã e uns queijinhos redondos como grandes moedas. Era um tipo de queijo embrulhado em papel alumínio e, visitando museus, de vez em quando o poeta mascava um queijinho que já tirava do bolso do sobretudo desembrulhado. No fechamento das contas, na portaria, Helga avisaria que o consumo do frigobar era por conta de cada um, com o que o poeta abriu as malas e devolveu uma dúzia de garrafinhas de bebidas variadas e uma caixa de bombons.

– Pensei que fosse brinde – explicou enquanto Ricardo Henrique sorria e eu tristemente pagava meus champanhes e vinhos.

No trem sentamos juntos, o mais possível longe do poeta declamando para uma Sílvia de olhos perdidos, eu ainda com a imagem de Helene na plataforma, acenando já com os cabelos secos ao vento, nunca mais vi minha protótipa alemã. Mas a outra protótipa paralela, Helga, continuava com a gente, sentada com Rosélia, que ia fotografando paisagens através da janela do trem. O vidro vai refletir na foto imagens do interior do vagão, alertei, e ela disse que era até bom, apareceriam dois mundos nas fotos:

– Lá fora, agricultura. Aqui dentro, cultura!

O trocadilho fez Ricardo Henrique gemer, foi fumar na plataforma entre os vagões. O poeta tinha atraído um casal de portugueses com sua declamação em alta voz, e Sílvia aproveitou para escapar, com o pretexto de ir ao sanitário; depois sentou ao meu lado. Passavam campos retalhados em retângulos de plantações, cobertos pelas linhas paralelas de plantio, triângulos de mata nas cabeceiras de riachos, e ela disse que eu devia estar pensando na quadrondice da agricultura, não? Falei que estava pensando num casamento.

– Com a... como é o nome dela, Helene? E bastou uma noite? Mas ela não é casada? – Sílvia fez as perguntas em série, com uma casualidade fria.

Contei que, vendo os tratores a lidar no campo, estava pensando no maior casamento da História:

– O casamento do eixo com a roda.

Houve outros casamentos históricos antes, o do arco com a flecha, talvez a primeira máquina quadronda. Também históricos foram o casamento do arado com o cavalo, o barco com os remos e depois com as velas, mas o casamento mais duradouro e prolífico é do eixo com a roda:

– Gerou todos os veículos a motor, até o trem.

Bem, disse Sílvia, já pensou no convite do casamento? E declamou:

– *As famílias Quadrada e Redonda convidam para o casamento de seus filhos Eixo e Roda, que formarão um casal inseparável pela História afora...*

Soltou um risinho amargo e continuou olhando as geométricas paisagens da Alemanha. Uma década depois, ainda lembro de seu perfil de Elizabeth Taylor recortado contra o vidro molhado da janela, parecia chover para combinar com a tristeza dela. Era uma mulher de quase sessenta, eu calculava, mas via-se que também ainda era uma menina. Passou a me responder com doce cortesia, mas seria preferível que fosse dura, monossílabos penetram como agulhas quando ditos com indiferença:

– Vamos falar a estudantes de português em Colônia.

– É?

– E depois uma mesa-redonda sobre "o papel dos intelectuais na nova ordem política", é isto?

– É.

Abriu um livro mas mal começou a ler, fechou os olhos para a paisagem molhada, pareceu dormitar com o livro no colo, fui para o vagão restaurante. No corredor Rosélia me pegou pelo braço, perguntou se podia ir junto, fomos encontrar Ricardo Henrique tomando champanhe de garrafinha, pediu duas para nós com aquela rica naturalidade. Meu pai lavrador dizia que dinheiro, quando a gente tem de sobra, serve para se gastar à toa e depois se arrepender quando faltar de novo, mas para Ricardo Henrique nunca deve ter faltado; e, já que estávamos tomando champanhe, pediu também torradas e caviar. Rosélia disse que tinha comido caviar uma vez na vida e não tinha gostado:

– São ovas, né, é como comer centenas de peixinhos que não nasceram, não é?

Ricardo Henrique passou caviar numa torrada dizendo que o alface também morre ao ser arrancado da terra, como morre o boi no matadouro, não do mesmo modo mas, de qualquer forma, morre. Viver é matar, disse, matar todo dia, e Rosélia teve um arrepio, falou pode ser, mas que ruim ver assim:

– A vida vira uma mortandade, não?

– E não é o que a vida é? – o contista de linguagem universal sorrindo massacrava na boca um cardume.

Rosélia bicava seu champanhe com relutância, afinal não era hora de refeição nem coquetel, manhã ainda; decerto não conhecia a norma de Madame Bolinger: beber champanhe quando se está feliz e também quando triste, para comemorar a vitória ou consolar a derrota, acompanhando aperitivo ou refeição ou, ainda, quando estiver com sede... Ricardo Henrique riu quando falei a frase da madame, mas Rosélia me pediu séria:

– Como é mesmo essa sua teoria quadronda, professor? – e era só do que eu não queria falar; mas, como o viciado que não pode ver droga e já quer, ou como o jogador que não pode ter dinheiro sem jogar, falei de Quadrondo.

Ela me ouvia muito atenta, balançando leve a cabeça como para anotar os pensamentos, até que perguntou para que pode servir essa visão quadronda da humanidade.

– Na verdade – lembrei – as invenções quadrondas já nasceram úteis, antes de tudo a serviço da sobrevivência da espécie.

O homem fincou uma vara no solo e, amarrando no alto dela outras varas inclinadas até o solo, fez uma tenda, um cone, antes porém de pensar em cone ou inventar uma palavra para isso. Quando os egípcios quiseram ir além da morte, acompanhando o faraó em outra vida, ergueram para ele um enorme túmulo em forma de pirâmide, quatro triângulos de lados iguais, linhas que partem do chão e se encontram num ponto no alto, simbolizando a própria civilização egípcia, onde tudo convergia para o faraó e daí para a imortalidade. Vista de cima, a pirâmide aparece como um quadrado cortado por uma cruz, tudo linhas retas, iguais e convergentes, numa construção erguida com blocos iguais de pedra retamente talhados.

Já Stonehenge, o imenso anel de pedras na Inglaterra, é um círculo onde se reuniam os senhores das terras e castelos da época, para combinar acordos e alianças, fazer as leis da convivência. Era portanto um ponto de encontro, daí circular, cada bloco de pedras simbolizando os clãs reunidos em torno de um terreno ponto central, a ancestral idéia de pátria, terra comum a defender dos invasores do continente. As linhas das pirâmides convergem para o alto, indicando o desejo de imortalidade, como imensa antena a captar energia astral. Já as linhas do círculo de pedra convergem para o centro, indicando o desejo de comunhão, de somar energia humana. Por isso até hoje tantas igrejas são altas, e tantos congressos são redondos ou semicirculares.

Rosélia balançava a cabeça como se já escrevesse o que ouvia, e falou com a voz longe:

– Que lindo, professor.

Racionalmente eu jamais usaria tal palavra para uma teoria, mas o ego é uma usina que aceita todo combustível para aquecer a vaidade; então falei da acrópole de Atenas, cuja arquitetura, mesmo em ruínas, ainda é um festival de formas geométricas e simetrias. Falei do Arco do Triunfo, que basicamente é um bloco de formas retas perfurado por um arco, como uma fortaleza vazada por um ataque vitorioso. Falei da Muralha da China, serpenteando em curvas pelos campos, mas formada por retos paredões e blocos regulares. Falei dos antigos aquedutos romanos, e de antigos sistemas asiáticos de irrigação formados por redes de canais retos e curvos; falei dos trapézicos tabuleiros dos incas para plantar nas encostas; falei das ruas retas convergindo para praças redondas em Paris e tantas outras cidades, como um sol urbano com seus raios-ruas; e falei das rodas do trem correndo sobre os paralelos e retos trilhos fixados em paralelos dormentes.

– Que fascinante, professor!

Mais lenha na usina, mais eu falava, mesmo vendo que ela nem piscava, decerto anotando mentalmente, balançando a cabeça a cada palavra minha:

– O próprio corpo humano é uma "máquina" quadronda. Os ângulos de braço e antebraço, e também de coxa e perna, transformam membros superiores e inferiores em alavancas, prensas e aríetes naturais – mas tudo isso só é possível graças à redondez das rótulas e cotovelos.

Os ossos dos membros são retamente cilíndricos, com pontas arredondadas para permitir encaixe e rotação. O queixo é um triângulo de ponta arredondada. Os dedos são linhas paralelas, que redondamente se fecham, formando nossa primeira arma, o punho cerrado.

O crânio é formado de placas, várias de formato meio quadrado, mas que se juntam redondamente formando a calota craniana. As costelas são paralelas mas em arco. No centro do X formado por braços e pernas esticados, está o umbigo, que nos manteve ligados à mãe no tempo fetal.

No útero, o feto vive voltado sobre si mesmo, numa postura arredondada, mas nascendo já começa a esticar braços e pernas, para ser um dia a única espécie que, com o corpo, é capaz de fazer um X, como desenhou Leonardo da Vinci, ou um T, ou um I, ou um 4, essas arquiteturas mínimas, como pôde fazer as arquiteturas máximas das Pirâmides ou da Muralha da China...

– ...aliás feitas por escravos – completou Ricardo Henrique; ele se divertia olhando Rosélia sempre a balançar leve a cabeça, como se os pensamentos caíssem feito fichas no cérebro.

Sim, concordei, o escravo foi a grande máquina de construir da Antiguidade. Os blocos das pirâmides eram trazidos de pedreira a dezenas de quilômetros de distância, rolados em toras sobre a areia, puxados por centenas de homens. Não há na natureza organismo mais preparado que o humano para os mais variados trabalhos, até porque acopla às mãos, pés e cabeças também variadas extensões quadrondas: armas, ferramentas e utensílios, aparelhos, capacetes, lanternas, luvas, marionetes, pincéis, canetas...

Rosélia chacoalhou a cabeça, talvez para acomodar os pensamentos, e suspirou fundo:

– Meu Deus, professor, me sinto pequena diante de tanta sabedoria...

– Sabedoria? Tudo que eu falei é óbvio, isto sim. Como digo na epígrafe de meu ensaio Quadrondo – que eu mal tinha começado a escrever, embora já com muitas anotações:

Olhar agudo
para ver o óbvio
olhar fundo
para ver o humano
até ver o mágico
no cotidiano

Rosélia achou lindo, ver o mágico no cotidiano, lindo, bateu palmas, perguntou se podia anotar. Anotou, aí lembrou que tinha de voltar ao vagão por causa sei lá do que, e se foi mas fui logo atrás, a pretexto de ir ao sanitário e, da plataforma entre os vagões, vi que ela sentou numa poltrona qualquer, para anotar mais, anotar logo antes que tantas idéias lhe fugissem da cabeça, que finalmente não balançava mais, agora despejava palavras no papel. Voltei ao restaurante e tomei seu champanhe, pensando que talvez fosse melhor escrever um pequeno ensaio, umas dez laudas sobre quadrondo em geral, e publicar numa revista acadêmica qualquer, ao menos para darwinianamente garantir paternidade da teoria.

Ricardo Henrique apreciava a chuva na janela e o caviar nas torradas, já na terceira ou quarta garrafinha. Peça mais uma, disse com aquela abastada displicência, e vi no cardápio que uma garrafa grande custaria bem menos do que o mesmo volume em garrafinhas. Sugeri pedir uma grande, ele disse que nas garrafinhas o champanhe não tinha tempo de perder o gás... Falei do preço, ele disse que isso não tinha importância, eu era seu convidado, bebesse à vontade.

Bebemos. Lembro que, a certa altura, e é a palavra certa pois já estávamos bem altos, ele disse que ali estava uma coisa que não era quadronda, só redonda, uma garrafinha de champanhe. Falei que não, que é preciso considerar as latadas ou caramanchões, com seus arames retamente esticados, onde as parreiras podem se esparramar acima do chão, ou não teríamos uvas...

Ele ria, e achei que não seria ainda a hora de expor a alguém inteligente e adulto a teoria inteira de Quadrondo. Mas o diabo é que ele continuava interessado. Começou a falar coisas que anotei, de interessantes, por exemplo o formato quadrondo da granada de mão, arredondada e no entanto com estrias formando uma rede de pequenos quadrados, como um abacaxi. Anotação ouvindo Ricardo Henrique:

A forma arredondada (da granada) ajusta-se à mão meio fechada, como um ovo grande num ninho pequeno, e as ranhuras permitem encaixe dos dedos e preensão firme, até para o caso da mão estar molhada de suor ou chuva. E, na explosão, as mesmas ranhuras facilitam a fragmentação do metal em estilhaços, aumentando o poder de provocar ferimentos na área em redor.

— Na guerra, professor, é mais vantagem ferir que matar: o morto se enterra ou se despacha logo, e o ferido é preciso retirar logo do local, que pode ser um campo de batalha, às vezes ferindo outros para retirar um moribundo que entretanto ainda precisará de médico, enfermagem, remédios, hospital... A granada é o símbolo quadrondo da guerra, professor.

Perguntei por que ele se interessava tanto pela chamada arte da guerra, e ele contou que, na família nordestina tradicional (leia-se rica inclusive), o primeiro filho ia ser fazendeiro (leia-se usineiro também), herdando o comando das propriedades, o segundo filho ia ser militar, o terceiro médico, o quarto advogado (leia-se político também), o quinto engenheiro e o sexto, se houvesse, ia ser padre.

— Eu era para ser padre, professor, mas nenhum seminário conseguiu me segurar. Eu não gostava de batina, gostava da farda de meu irmão mais velho, que vinha para casa de licença do quartel quando eu era menino. Então, com dezoito anos, fugi mais uma vez do seminário e me alistei no mesmo quartel, para fazer o curso de preparação de oficiais, o CPOR. Nem precisei cortar o cabelo, já estava curtinho, e, quando a família deu conta, já era tarde.

Com gravata de crochê e paletó de casimira riscadinha, era um nordestino de Primeiro Mundo falando sem sotaque.

— Eu sabia Latim, professor, e comecei a ler os clássicos da arte da guerra. As campanhas de César, de Marco Aurélio, as crônicas dos grandes generais, as inovações de Alexandre. Aníbal fez uma grande manobra quadronda quando invadiu

Roma por trás, cruzando os Alpes, em vez de atacar retamente pela frente apenas cruzando o Mediterrâneo, não?

– O reto – professorei – é quase sempre o caminho mais fácil e simples para o fracasso, o quadrondo é caminho difícil e complexo, mas para a vitória, tanto na guerra como nos negócios e empresas.

Ele brindou a isso, e contou que, depois de prestar o serviço militar, terminou o curso de Direito já como leitor de teóricos da guerra em inglês, francês e alemão.

– Li von Clausewitz no original, professor. Li Sun-Tse em Francês, e os marajás guerreiros em Inglês. Conheço quase todas as fortificações européias da Segunda Guerra, professor, a família diz que faço turismo bélico.

Não pude deixar de perguntar de sua família, ele revelou sorrindo amargo para a taça: tinha um casal de filhos, que viviam com a mãe, na verdade moravam separados numa propriedade com várias casas:

– A minha casa dá para uma rua, a deles para outra. Minha mulher, professor, eu conheci desde menininha, filha de um usineiro vizinho, foi o que chamam de casamento de conveniência. E eu topei porque já tinha sido militar, era advogado e, passando a genro de fazendeiro que só tinha filhas, virei fazendeiro também. Quando o sogro morreu, vendi tudo, dividi o dinheiro entre as irmãs, comprei uma dúzia de apartamentos em Recife e poderia viver só disso, professor. Por isso posso tirar um mês de férias por semestre. Se não fosse convidado para esta excursão, ia ao Vietnã visitar o que sobrou de Dien Bien Phu.

Contou que Dien Bien Phu era uma fortaleza terrestre, e a estratégia francesa era reta e imóvel, só admitindo recuo, e a estratégia vietnamita era flexível e móvel, atacando e recuando, voltando a atacar...

Estávamos no meio da fumaça de batalhas quando passou o poeta com Herr Helga, nos cumprimentando levemente e indo sentar longe. Pediram sanduíches e cerveja preta, Ricardo Henrique então pediu uma garrafa grande de champanhe:

– Para fazer inveja a ele, professor, comunista adora mordomia.

Revendo minhas anotações, vejo a caligrafia mudando movida a álcool, virando garranchos quase ilegíveis. Mas ainda é possível ler que – conforme Ricardo Henrique usando já a teoria quadronda – Napoleão invadiu a Rússia com o maior exército formado até então, e seu avanço foi rápido no começo, sempre reto em frente, com os russos recuando e queimando tudo, das casas às colheitas. Quando a grande investida cansou, até porque os suprimentos tinham de ser levados muito longe, chegou o inverno e o enorme exército teve de recuar, perseguido, emboscado e acossado pelos russos, perdendo centenas de milhares de homens... Os russos conheciam o terreno, desenterravam batatas congeladas e caçavam animais que os alemães sequer chegavam a ver no deserto branco de neve, enquanto as armas alemãs emperravam congeladas e as armas russas, engraxadas com gordura animal, continuavam atirando...

– Detalhes, professor – ainda lembro Ricardo Henrique falando com a taça erguida – Detalhes ganham as guerras.

Anotei que na guerra dos negócios também é assim, o detalhe é tão importante quanto tudo mais; muita gente pede pizza longe porque a pizzaria vizinha não coloca orégano. Depois há mais anotações, indecifráveis, lembro duma segunda garrafa sendo aberta pelo garçom já preocupado, que logo mudou de espírito com uma boa gorjeta de Ricardo Henrique. E através da fumaça de batalhas e duma chuva de estilhaços o trem deslizava entre borbulhas de champanhe.

Não lembro quando chegamos a Colônia, nem como fomos recebidos, nem como acabei no hotel, deitado de roupa debaixo das quentes cobertas alemãs. Lembro apenas que, no dia seguinte, na hora de ir para a palestra com estudantes de português, Herr Helga me perguntou se eu estava "em condições". Perfeitamente, respondi fazendo um 4 com as pernas, mas ela bufou em vez de sorrir.

Sílvia mal me olhou, mas Rosélia pegou pelo braço e disse que eu dançava muito bem. Diante do meu espanto, perguntou se eu não lembrava de nada:

– O senhor dançou na estação, professor, e no saguão do hotel, e dança mesmo muito bem!

– Mas... dancei com quem?!

Soube então que dancei sozinho, abraçando minha pequena mala, como uma vez dancei com uma vassoura num baile de formatura em que era paraninfo, já fazia anos e ainda havia colegas que me perguntavam, como se casualmente, como estava passando minha vassoura... Então entrei na perua e fiquei lá no último banco; como dizia meu pai, quieto e encolhido que-nem cachorro em noite de foguetório.

A mesa-redonda era numa Casa da Literatura ou coisa que o valha, um casarão cheio de móveis antigos e retratos de consagrados escritores, e Herr Helga avisou que na platéia haveria também alguns novos escritores alemães. Estudantes e novos escritores, pensei, deve ser uma moçada – mas no auditório estavam senhores e senhoras de quase meia-idade ou idade e meia, como dizia minha avó, aquela idade em que as mulheres não dispensam mais as meias. O auditório formava uma meia-lua voltada para um palco quadrado onde uma mesa retangular esperava com seis cadeiras de espaldar em arco.

Vamos tentar imaginar a cena pela ótica dos alemães, estudantes de português, sim, mas em cursos de tradução ou pós-graduação em literatura brasileira, enquanto os novos escritores já tinham cada um ao menos meia dúzia de livros publicados. Sentaram então os escritores brasileiros em seus lugares à mesa, com as duas mulheres ladeando o presidente da casa, e numa ponta da mesa o poeta todo vestido de branco (tirou o casaco cinza ao entrar) e na outra ponta o elegante contista e o barbado sexantropólogo.

– Booa noitê – começou o presidente – Temos o prazeer de recebeer um seleto grrupo de escritorres brasileirros, a quem temos o prazeer de comunicarr que todôs no recinto falam a língua portuguessa!

E quando vão começar? – sussurrou Ricardo Henrique para mim, iniciando nossa cumplicidade naquela noite. O microfone era passado de mão em mão pela mesa. Sílvia, claro, foi a primeira a receber o quadrondo cetro sonoro, que confere ao portador o dom de receber atenção coletiva mesmo sem falar qualquer coisa interessante. Devia ser interessante para os vários leitores de Sílvia, que trocaram idéias e sentimentos com ela sobre seus personagens, eles às vezes com dificuldade de achar as palavras em português, ela tentando falar simples e claro para eles entenderem, de modo que pareciam diálogos entre aprendizes de imbecis.

O poeta, porém, aproveitou uma pausa e, mesmo sem o microfone, com a voz tarimbada dos recitais, disse que aliás, isso lembra o poema tal, e começou a declamar, o que teve o dom de atrair o microfone, que então recebeu uma seqüência de poemas até ser atraído pelo pigarro do presidente, que apresentou a também consagrada escritorra brasileirra Rossélia Carneirrô.

Rosélia pegou o microfone mais acostumada que cantora de boate, deu boa-noite em alemão e contou que, quando era menina, tinha vizinhos alemães, que tinham uma filha da idade dela, cresceram juntas...

– ...e com aquela família aprendi até algumas cantigas alemãs.

Cantou em Alemão, no silêncio encantado dos alemães boquiabertos, que estrondaram em aplausos quando ela acabou a cantiga. Ela agradeceu em alemão, falou mais algumas palavras na língua de Goethe e de Goebbels, e ganhou mais aplausos, daí deu um pequeno show de citações em Alemão, comentando seus livros para jovens e anunciando "em primeira mão para vocês":

– Minha próxima história não será mais juvenil. Eu vinha escrevendo um romancete que, aqui na Alemanha, decidi reescrever, transformando em romance adulto.

Perguntaram de que se tratava, disse que só podia adiantar que era a história de dois mundos muito diferentes, mas que um dia descobrem que precisam se integrar para sobreviver, e mais não podia falar, senão "a energia criativa se esvai"; como se fosse um sangue artístico, sussurrou Ricardo Henrique, uma hemorragia criacional. Perguntaram o título, ela disse que ainda não sabia.

– Não será – perguntei alto – Quadrondo, não é? – mas ela já devolvia o microfone ao presidente, aplausos abafaram minhas palavras e ela, se ouviu, fez que não ouviu. De qualquer modo, serviu para o presidente nos descobrir, apresentando o contista pernambucano com contos traduzidos em coletâneas do conto brasileiro em vários países, e o professor e antropólogo autor do livro mais discutido no Brasil no último ano.

No mesmo instante levantou-se uma mulher na platéia e falou alto e claro:

– Quero perguntar ao professor Terra – sem qualquer sotaque – se não exagerou as diferenças entre homem e mulher para conseguir sucesso para o seu livro.

Falei que não, que me baseei em pesquisas científicas, biométricas e ergométricas, históricas, genéticas, endocrinológicas, e nos relatórios de treinamento de astronautas e de medicina trabalhista, comparando desde dados arqueológicos a psiquiátricos, para concluir que realmente mulher e homem têm naturezas e funções animais diversas.

Isso acontece não só com o homem, expliquei, mas com muitos animais. O lobo europeu acasalado faz uma ronda de caça de até cinqüenta quilômetros por dia, enquanto a loba fica na toca com os filhotes. Ele mata a caça, come, enterra, urina encima, para outros não mexerem na sua posse e para ser depois identificada pela loba. Ele volta para a toca à noite. No dia seguinte, fica na toca enquanto a loba vai, seguindo o cheiro dele, desenterrar a carcaça e comer sua parte, voltando logo para a toca.

– Mas não estamos falando de bichos, professor – a mulher me interrompeu – Estamos falando de gente, de mulheres que não querem ser confinadas a serviços baratos por causa de argumentos... zoológicos!

Falei que, no meu livro, eu não indicava serviços nem profissões a ninguém, apenas indicava o fato de que mulheres são muito mais adequadas para certos serviços do que os homens, e vice-versa.

– Para Jung, o homem "é um animal obcecado por comida, sexo, segurança e poder". E eu incluiria ainda diversão, somos obcecados por passar o tempo, procurar emoções, jogar ou ver jogos, brincar, devanear, sonhar, inclusive através das artes, não é?

– Não! – rebateu a mulher de pronto – Para mim, arte é antes de tudo responsabilidade social!

O presidente bateu a caneta na mesa, a mulher bufou cerrando os lábios, apoiada por balançadas de cabeça de Herr Helga e outros. Bem, continuei, eu dizia que o homem, para Jung, é um animal obcecado por comida e sexo, e isso vale para homens e mulheres, incluindo aí as derivações da comida e do sexo, que são a caça ou pesca e a culinária, e os filhos e a vida familiar.

– Já quanto à segurança e ao poder, as aptidões e comportamento de homens e mulheres são muito diferentes. A mulher quer segurança, o homem quer poder.

A mulher se levantou de dedo esticado:

– Isso é machismo requentado! – adjetivo que me deu a certeza de que era uma brasileira – A mulher em casa, o homem pelo mundo... É medieval!

– É primal – corrigi – e é biológico: a ânsia de segurança da mulher se deve, antes de tudo, à maternidade. Quadris largos. E a ânsia de poder do homem se deve, antes de tudo, à necessidade. Ombros largos.

— Ora, professor — a mulher botou as mãos nos quadris — Que homem e mulher têm diferenças no corpo a gente sabe desde criancinha, mas que isso gera ânsia de segurança nas mulheres... Eu não tenho ânsia de segurança! Nem de poder!

Falei que essa ânsia de segurança é não só quanto à segurança física, ter uma casa, com muros, grades, fechaduras, ter comida na despensa e calor no inverno:

— É também a segurança conjugal, a fidelidade do homem, a transmissão da herança, que fundamentam o casamento.

— Entendi — a mulher cruzou os braços — A mulher cuida da casa e dos filhos, o homem cuida dos negócios e da política, claro...

— Bem — contei — As mulheres se candidatam muito menos que os homens, mesmo nos países onde há leis mandando reservar para elas vinte ou trinta por cento das candidaturas nos partidos. Quase nunca aparecem candidatas em número suficiente. A política é atividade muito predadora para encantar mulheres.

Os murmúrios e resmungos viraram falatório, até que alguém perguntou:

— Então, professor, seria melhor a polícia ser feminina?

Sim, concordei, basta examinar os relatórios de desempenho dos policiais e das policiais, em vários países:

— A mulher, como policial, é mais diligente, mais perceptiva, mais persistente, rija e dura quando é preciso, mas mais cordial e humana no trato com o público. As delegacias comandadas por mulheres são mais eficientes, com muito menos queixas e reclamações de detentos, burocraticamente mais rápidas, com maior porcentagem de casos resolvidos. São até delegacias mais limpas.

– E como é pesquisada a limpeza das delegacias, professor? – a mulher, ainda de braços cruzados – Amostragem por metro quadrado?

Riram. Falei que, no caso da limpeza, usei a constatação direta, eu tinha visitado algumas dúzias de delegacias em várias cidades. Na tese de doutorado, claro, nem mencionei isso mas, no livro, achei que podia reforçar os argumentos científicos com observações pessoais, como fazem jornalistas e escritores.

– Observações pessoais ou preconceitos, professor? Uma delegada de polícia é muito melhor com uma vassoura, não será isso que o senhor quis dizer?

Não, lembrei que os relatórios de confrontos entre mulheres policiais e bandidos armados, nos Estados Unidos, mostravam que as mulheres também são melhores em eficiência de tiro, que exige controle emocional.

– E há o fato simbólico da guarda pessoal do coronel Khadaffi, da Líbia, ser formada por mulheres: são mais leais, mais observadoras e atentas, condições essenciais para cuidar de um governante sujeito a atentados de muitos inimigos. Favor notar que estou falando de segurança, não de guerra, para o que o homem é muito mais adequado.

– Oh – a mulher abriu os braços – E depois de Khadaffi, o professor vai citar quem, Hitler?!

Falei que, bem, se os campos de concentração de judeus na Segunda Guerra, por exemplo, tivessem sido dirigidos por mulheres, decerto não teriam se tornado também campos de extermínio, pelo menos não com tal eficiência. Baixou silêncio tal no recinto que dava para ouvir uma caneta arranhando papel, alguém anotava. Sim, argumentei, pois o anti-semitismo era uma política de poder, coisa masculina, como a própria guerra, que não mobilizava as mulheres, a não ser para ocupar empregos masculinos nas fábricas só até voltarem da guerra os soldados. Os teares mecânicos da indústria têxtil sempre foram operados por mulheres, pois exigem atenção e cuidados constantes. É o tipo de serviço adequado à mulher, ao menos à mulher padrão:

– Há exceções, claro...

– Mas se há exceções, professor – Rosélia falou com a voz clara de professora – As guardas do Khadaffi não podem ser exceções de mulheres másculas também?

Falatório e risos.

Ricardo Henrique, do meu lado, inclinou-se para dizer ao microfone que eu devia levar também em consideração que o tão falado genocídio pode não ter sido tão grande, e que só existiu...

– ...se existiu, porque a sociedade alemã não sabia do que estava acontecendo, como o senhor mesmo disse, essas coisas se passavam nos campos.

Falei que cem mil soldados passaram anos na guarda nos campos de concentração, e iam para casa nas licenças mais vezes que os soldados nas frentes de batalha:

– Podiam contar em casa o que viam nos campos, e claro que contaram, e no entanto...

Uma voz grossa com forte sotaque alemão, vinda não vi de onde, como se fosse o próprio espírito germânico, perguntou como eu podia saber o que viam na guerra e diziam em casa os soldados alemães meio século atrás.

– Já pensou que eles podiam ser leais e manter sigilo?

– Leais a que? – não pude deixar de perguntar – À matança de gente desarmada e inocente?!

Falatório alto. O presidente aproveitou para esticar a mão na direção do microfone, mas antes de entregar o cetro falei que é um grande paradoxo:

— Se mulheres governarem, talvez acabem as guerras, mas mulheres não governam porque não gostam de guerra, inclusive a guerra eleitoral.

Alguém riu alto. O presidente leu uma pergunta escrita, alguém perguntava de um personagem ou um poema de Sílvia, e a mesa-redonda voltou de novo à quadradice de sempre. Ricardo Henrique leu um pequeno conto, Carlos Frederico lembrou mais meia dúzia de poemas a respeito disso ou aquilo. Rosélia contou que começou a escrever aos quarenta e cinco anos, já professora aposentada, pois deu aulas desde os quinze anos, e escreveu a primeira história à mão, num caderno de caligrafia, sem nem pensar em publicar, quanto mais ganhar prêmios. Alguém perguntou que prêmios, ela falou, então o presidente se achou no dever de, consultando papéis, lembrar também os muitos prêmios de Sílvia e um acadêmico prêmio de Ricardo Henrique. Depois falaram de personagens e enredos, técnicas narrativas e influências literárias, o pós-modernismo e as artes de massa, a televisão e a leitura, e então Rosélia sentenciou:

— Se os jovens dedicassem tanto tempo à leitura quanto à televisão, o mundo seria outro!

Depende, rebateu Ricardo Henrique:

— Depende do uso que se faz da televisão e também do efeito. Foi vendo televisão do mundo ocidental, através de antenas parabólicas, que a população da Alemanha Oriental viu que não tem mais sentido o mundo socialista, não é verdade?

Várias cabeças balançaram concordando com o contista pernambucano, e ele continuou:

— Depende também da hora, é, da hora histórica. Agora, por exemplo, o que será melhor: ler ou ir para as ruas pela liberdade e pela democracia?

Falatório forte, o presidente bateu que bateu a caneta na mesa, pegou o microfone: se ninguém tinha mais perguntas a fazer, ia dar por encerrada a agradável noite etecétera, aplausos, e os aplausos nem tinham acabado, a mulher subiu no palco, agachou a meu lado:

— Desculpe a dureza, professor, mas foi para lhe mostrar que mulheres também podem ser duras.

— Mas quando escrevi que as mulheres não são duras? Você leu meu livro?

Ela confessou, com um feminino sorriso e um olhar maroto, que não, tinha lido resenhas...

— ...e as orelhas. E a contracapa. Mas nós mulheres temos que marcar posição contra toda argumentação ou provocação machista!

Sílvia sorria. E continuava com o mesmo sorriso no café da manhã no dia seguinte, quando fui o último a ler, num jornal que já tinha corrido de mão em mão, uma pequena notícia espremida entre desabamentos de estátuas e governos.

Antropólogo brasileiro discute genocídio nazista

O antropólogo Sebastião Terra, conhecido no Brasil por sua teoria das diferenças entre homens e mulheres, provocou polêmica em mesa-redonda ontem na Casa da Literatura.

Integrante de uma comitiva de escritores, o antropólogo disse, entre outras coisas, que não teria havido genocídio na Segunda Guerra se os campos de extermínio fossem dirigidos por mulheres.

Algumas de suas declarações provocaram viva reação, destacando-se a de que mulheres são policiais melhores, e também que são mais limpas as delegacias comandadas por delegadas. Também afirmou que o povo alemão sabia do genocídio enquanto acontecia, pois cem mil soldados guardavam os campos de extermínio e, nas licenças, teriam contado às suas famílias o que viam.

Herr Helga entrou no salão do café, me cumprimentou sem falar, apenas inclinando levemente a cabeça por funcionária obrigação.

– Então algumas de minhas declarações "provocaram viva reação"? – me espantei – Aquilo foi viva reação?

– Para o padrão alemão, professor – explicou Ricardo Henrique – foi uma viva reação. E veja que noticiaram no primeiro caderno, de noticiário, não no caderno de cultura.

Era verdade, o caderno de cultura o poeta folheava que folheava, caçando nos títulos a palavra *brasilien*, mas os jornalistas ainda não tinham despertado para a sua presença em território alemão.

– Incrível – concluiu falando sozinho – Nem uma palavra sobre nós, mas uma notícia... policial!

Uma distante Sílvia riu, Rosélia disse que Jesus também dizia coisas que incomodavam e confundiam. Herr Helga, assim que o último deles terminou seu café, embora eu ainda lidasse com ovos e salsichas, disse que sairíamos do hotel em meia hora para visitar um museu e a Catedral de Colônia;

depois o programa era almoçar num parque aproveitando o dia de sol, à tarde visitar uma biblioteca e um centro cultural, depois uma escola agrícola, com lanche de produtos da própria escola, daí volta ao hotel para banho, em seguida leitura de textos na universidade e jantar com o reitor e professores convidados.

É uma maratona, falei a Ricardo Henrique, e Herr Helga deve ter ouvido, falou que o programa não era *obrigatórrio*, cada um poderia ter o dia livre, encontrando-se às dezenove horas no hotel para ir à universidade. Ótimo, falei, pensando em andar sem rumo, almoçar nalgum mercado, ver o povo, o trabalho, as ruas, em vez de rodar confinado numa perua e andar enturmado em museus. Herr Helga abriu a agenda, disse que era uma boa hora para os pagamentos, e deu a cada um trezentos marcos pela mesa-redonda da noite passada. Cada um assinou um pequeno recibo, e eu não pude deixar de perguntar:

– Então pagam pra gente falar aquelas bobagens?

– No seu caso, professor – com olhar gelado – sim.

No Brasil, falou Rosélia, quando pagam pra gente falar, o pagamento é em cheque, nominal e cruzado...

– ...e tem contrato pra assinar, cadastro pra preencher, papelada.

A alemã perguntou por que.

– Por causa da corrupção, acho – respondeu Rosélia depois de pensar um pouco.

– Bom, aqui – disse a alemã – não é preciso muita burocracia porque costumamos ser honestos.

Fechou a agenda com os recibos, dando a sessão contábil por encerrada, e eu, com dinheiro do povo alemão no bolso, me achei na obrigação de dizer que também ia, sim, visitar os museus e tudo mais. Mas Ricardo Henrique falou em Alemão algumas palavras com que ela concordou, claro, claro, e ela foi para a rua esperar a perua. Perguntei a Ricardo Henrique que palavras mágicas ele tinha falado a Herr Helga.

– Ah, falei que já visitei várias vezes esses museus, e que vou visitar alguns amigos durante o dia. Na verdade – ajeitou a gravata – vou passear pelos parques, andar pelas ruas, ver gente...

Então várias vezes eu lembraria de Ricardo Henrique com inveja, durante aquele dia cheio de estátuas e armas antigas, armaduras de cavaleiros e ferramentas medievais, múmias e bispos, a voz de Herr Helga militarmente explicando que a construção da Catedral de Colônia levou seiscentos anos...

– ...mas houve várias interrupções que somaram trezentos anos.

Ah, bom, concordou Rosélia:

– Seiscentos anos ia ser tempo demais construindo uma igreja, não é, professor?

– Por mim – ela não perguntou? – qualquer minuto gasto com igreja é tempo perdido. Mas esta, pelo menos, inspirou o poema do Affonso Romano, não é?

O poeta se irritou só com o nome do outro poeta, jogou os cabelos para trás com indignação. Sílvia sorria. O silêncio se seguia às minhas opiniões, pedidas ou não. Por exemplo diante de estátuas gregas, com seus olhos vazados mirando a posteridade, como não perguntar como tinham vindo parar ali?

– Tudo pilhagem. Mas não é privilégio dos alemães. Os ingleses também pilharam o mundo, como os vikings pilhavam os ingleses... Os astecas foram massacrados pelos espanhóis, mas apenas um século antes os mixtecas tinham sido massacrados pelos astecas... A História é mortandade e os restos dos massacres acabam nos museus.

Rosélia anotava:

– Vou escrever crônicas de viagem.

– Então tenho de tomar cuidado com o que digo.

– Pelo contrário, professor, aí não valeria a pena anotar.

Comecei a prestar mais atenção em Rosélia. Quase não se maquiava, só um batom leve mas, apesar de mais velha que Sílvia decerto, parecia mais nova, até menina às vezes, quando ria ou fazia alguma graça. Estava sempre com os olhos brilhantes e olhava tudo como se visse pela primeira vez, mesmo que fosse o mais comum dos copos. No almoço no parque, em sólidas mesas de madeira debaixo de uma grande árvore, Herr Helga explicou que cada grande cidade alemã tinha seu próprio tipo de copo para chope, e bebemos ao som de violinos tocados por dois moços com roupas montanhesas. Um garçom passou com bandeja e copinhos, oferecendo schnaps, e o poeta tomou um, dois, três, eu solidariamente acompanhei. Estou arrasado, disse ele com os longos cabelos caindo tragicamente sobre o rosto.

– Telefonei pra casa ontem à noite, a Polônia também deixou de publicar meus livros, meu Deus, o que está acontecendo com o mundo?!

Chamava o garçom, pedia mais um chope, mais um schnaps, e estava com um pulôver colorido por baixo do sobretudo, um centauro metade homem do umbigo para cima, metade poeta – devido às calças ainda brancas – da cintura para baixo. Alemães passeavam pelo parque conversando animadamente, outros com fones de ouvido, e enormes rapagões e moçonas loiras passavam correndo em roupas esportivas. Um cego passou puxado por um pastor alemão. Numa mesa vizinha, várias mulheres de várias idades, até uma moça, todas em cadeiras de rodas, conversavam e comiam enquanto seus motoristas esperavam nos carros, e eram cadeiras de roda motorizadas, que elas comandavam apertando botões.

– Primeiro Mundo então é isso – falou Rosélia, e no mesmo instante apareceu um mendigo fuçando nos latões de lixo.

Herr Helga sentiu-se no dever de explicar que há mendigos alemães que vivem nas ruas por opção mesmo:

– Muitos recebem aposentadoria ou pensão, podiam viver normalmente – pela primeira vez seus olhos se descongelaram – mas preferem gastar tudo em bebida e viver assim.

Que triste e que irônico, disse Sílvia. O que é o vício, disse Rosélia. O poeta declamou alguma coisa. Eu perguntei ao garçom, com meu inglês, o que os mendigos bebiam na Alemanha; schnaps, disse ele. Então bebi mais um schnaps, brindando a todos os mendigos do mundo optantes ou não, e fui advertido por Herr Helga para tomar cuidado com o copo... De pirraça, tomei mais dois, com os respectivos chopes.

Depois nos enfiamos na perua como sempre e fomos para o anel de chácaras e pequenos sítios que cerca toda grande cidade alemã; conforme Herr Helga, o cinturão de abastecimento. Em propriedades de menos de hectare, mostrou, famílias plantam de tudo, fazem conservas, lingüiças, defumados, embutidos, queijos, criam animais e galinhas, cultivam cogumelos em porões, têm colméia, horta, pomar, nozes, peixes que comem o esterco dos porcos, que comem o milho adubado com farinha de ossos dos peixes, uma orgia biológica que ela narrava com entusiasmo, os olhos agora brilhando, era outra Helga:

– Muitas famílias moram metade na cidade e, nos fins de semana, todos se reúnem no sítio para trabalhar na terra ou nos artesanatos...

Para as urbanas Sílvia e Rosélia, como para o poeta, aquilo tudo não dizia muito, mas para mim, que fui criado na roça, que fui menino de arado do pai, ver tanta produção em pouco espaço dava gosto, era mesmo entusiasmante. Visitamos uma chácara de terreno totalmente ocupado com canteiros de plantas e ervas, viveiros e latadas, cercada por alambrados de arame trançado, e até eles eram usados para plantar trepadeiras. Eu fazia perguntas sobre o solo, a adubação, a compostagem, o plantio, a capina, as rações, e a nova Helga respondia alegre, mostrando tudo com orgulho, até que revelou:

– Esta é a chácara da minha família, cresci aqui.

A avó esperava com bolinhos e biscoitos na casa, onde visitamos o porão, ocupado com canteiros de cogumelos e tambores de batatas e maçãs já colhidas para o inverno, além de garrafões de vinho que Helga fez que não existiam. Rosélia fez questão de visitar o sótão:

– Sou tão infantil, mas é que não tem sótão no Brasil!

Visitamos a poeira do sótão, onde Helga disse que adorava ficar quando menina, e de volta à sala encontramos o poeta dormindo de roncar no sofá. Tomamos vinho da casa, ouvindo o poético ronco, até que ele acordou com a conversa, azedo, assustado:

– Sonhei com o Brasil, estava na fila do banco e...

Para esquecer o delírio financeiro, começou a tomar vinho como se fosse água. Eram velhos copos de barro da família, contou Helga, conhecia cada um desde menina. E como você conhece? – perguntou Rosélia olhando os copos iguais. Helga mostrou pequenas rachaduras e arranhões ou descascados na velha pintura de cada um. Sílvia anotava. Está me vindo um conto, disse com uma certa alegria e uma certa gravidade que decerto o parto artístico exige, apesar de continuar mordiscando biscoitos. Enquanto ela paria o conto, Rosélia e Helga continuaram a falar de brincadeiras e jogos de meninas, descobrindo que a meninice tem muito em comum por mais distantes e diferentes sejam os povos.

Aproveitei para anotar, revejo agora minha caligrafia apressada daquela tarde: *Pesquisar brinquedos. Quebra-cabeças. Bilboquê. Corda: os meninos usam nos arcos, ou como fieira de pião, ou para puxar arapuca de passarinho; as meninas pulam corda. Bola: eles jogam com os pés, elas com as mãos (queimado).* Eu andava pelo Velho Mundo com a cabeça no meu mundo quadrondo.

Naquela noite, anunciou Helga na perua, cada um teria vinte minutos para ler o conto ou poemas ou trecho escolhido que tínhamos enviado do Brasil, e eu nem me lembrava mais que texto tinha escolhido. Mas nem tive muito tempo de pensar nisso, dormi na perua, o poeta também, irmanados no silêncio pela primeira vez. No hotel, fomos para os quartos com o cansaço da maratona e a voz de Helga nos ouvidos:

– Uma hora de descanso, certo? – mas agora era uma Helga que sorria até para mim.

– O campo me faz bem – disse como se me devesse explicações – E desculpe por qualquer coisa, professor.

O mundo se recompôs em humanidade, perdão e afeto, e tomei banho feliz no banheirinho apertado, com o chuveirinho de mão e a água morna quase quente, talvez daí o sono que me pegou quando deitei vestido à espera da hora. Acordei com o telefone, no saguão todos me esperavam, inclusive Ricardo Henrique:

– Pronto para mais um front, professor?

Só aí voltei a me lembrar que tinha esquecido qual trecho ia ler, e fui para o front.

Quando entramos naquele auditório vi logo que não tinha um público pequeno, mais de duzentas pessoas, e muitas já estavam com fones de ouvido para a tradução simultânea, os fios se enfiavam nos braços das poltronas. Os tradutores já estavam a postos num pequeno estúdio envidraçado encravado numa das paredes, e eram três, explicou Helga: um para traduzir do português para o alemão, outro do alemão para o português, o terceiro para o inglês, e fomos chamados para a mesa um por um entre aplausos.

Rosélia, talvez pela idade, foi a primeira a ler, um capítulo de seu último romance juvenil, que, revelou novamente, pensava em tornar romance adulto depois de recentes iluminações em terras alemãs. Novamente com isso cativou o público, colheu aplausos, pigarreou longe do microfone e começou a contar que *eram duas vezes...* – e explicou: era uma história sobre dois mundos diferentes, e começava nos dois mundos ao mesmo tempo, por isso *não era uma vez, eram duas vezes dois mundos muito diferentes. Num, tudo era plano, reto, retangular ou quadrado. Noutro mundo, tudo era redondo, curvo, esférico ou circular... O mundo quadrado era cheio de cruzamentos e esquinas de ruas retas, onde todos acabavam trombando um dia, enquanto no mundo redondo os caminhos nunca se encontravam, todas as estradas e ruas formavam labirintos sem fim...*

Nisso foi interrompida pelo coordenador da mesa, que agradeceu à escritora brasileira, dali por diante continuariam as traduções para o alemão e o inglês, enquanto o original em português seria lido pelo terceiro tradutor, e todos se dedicaram aos fones de ouvido. Os três tradutores, por trás da vidraça no alto, pareciam eloqüentes mudos, e as pessoas também mudas, com os fones de ouvido, sorriam com a história de Rosélia, enquanto eu pensava que devia urgentemente publicar um artigo com o título *Quadrondo*.

Antes do final do capítulo, o coordenador voltou a pegar o microfone para avisar que agora a escritora leria as linhas finais. Ela leu, enquanto os tradutores traduziam, e colheu mais fortes aplausos, gostaram da história de Rosélia, em que mal prestei atenção pensando em Quadrondo. Seria agora a vez de Sílvia, mas como cada dupla na mesa tinha um microfone, o poeta aproveitou para dizer alguns versos, colhendo aplausos rápidos depois dos longos aplausos dedicados a Sílvia. Ela tirou da bolsa duas folhas de papel que desdobrou com cuidado, perguntou se seria possível trocar o conto enviado antes por outro...

— ...que comecei a escrever hoje, também tocada pela cultura alemã e por este radioso momento histórico que a Alemanha está vivendo.

O público aprovou com um aplauso entusiasmado, e dedicaram-se a ouvir cada palavra depois que ela começou a falar, frase por frase, com voz lenta e envolvente, tanto que o coordenador deixou que fosse até o fim, com as longas pausas preenchidas pela eloqüência muda dos tradutores na sua vitrine e pelos sorrisos enfileirados do público com os fones de ouvido. Quando ela acabou, seguiu-se o tempo da tradução da última frase, quando os sorrisos se abriram mais e, como tocados por uma mola coletiva, todos se levantaram e aplaudiram de pé a Primeira-Dama da Literatura Brasileira, modestamente ocupada em dobrar e guardar seus escritos na bolsa.

Em seguida Ricardo Henrique leu mais um de seus enigmáticos contos, com começo denso e realista, enredo conciso e rápido com final fantástico. Mas disse algumas palavras em alemão antes e depois, colhendo também generosos aplausos. Depois foi a vez do poeta, que declamou o poema escolhido e mais meia dúzia de memória, deixando os tradutores atarantados e o coordenador da mesa impotente e confuso, até que a palavra, como uma tocha para cada um acender com a própria lábia, passou para o professor antropólogo. Só ali na mesa, diante dos papéis, eu tinha descoberto qual texto meu seria lido, uma das partes já então escritas de *Quadrondo: o Quadrado e o Redondo na vida da gente*, meu livro inacabado sobre minha quadronda teoria:

Numa empresa, na parede quadrada fica pendurado o organograma que mostra a hierarquia dos cargos, quem manda em quem e faz o que. As linhas saem retas dos quadradinhos de diretorias e departamentos, mas, na prática, nada se desenvolve retinho assim.

Os quadradinhos não mostram as reuniões "redondas", onde várias cabeças convergem pensando sobre os mesmos problemas. Não mostram também as correrias, as idas e vindas em erros e desacertos, os desnorteios eventuais, as disputas de poder, os atalhos e abismos de comunicação entre diretores e chefes e funcionários, e os labirintos das decisões adiadas, o sumidouro das gavetas onde dormem planos e tarefas difíceis.

Basta um imprevisto ou um desastre para revelar que a liderança necessária para o momento pode estar não no topo da pirâmide de quadradinhos do organograma, mas no meio da empresa, entre os vendedores, ou mesmo na base, entre os operários. Uma boa idéia, que salve uma indústria, pode vir de um mecânico criativo.

Se pudéssemos colar no organograma também as caminhadas e as comunicações entre as pessoas, certamente teríamos um raio-X revelador do real organismo da empresa e seu funcionamento. Veríamos os quadradinhos envoltos em novelos de linhas curvas, emaranhados de idas e vindas, a convergir para certas direções mais que para outras, afunilando aqui, escoando melhor ali... como um organismo vivo mesmo, mutante, sujeito às circunstâncias e mudanças do mercado, da cultura e da vida.

A empresa não está nos quadrados na parede, mas nos detalhes e mutações que o líder percebe antes dos outros e corrige ou orienta. Esses detalhes e mutações sempre "arredondam", aprimoram ou desenvolvem algum invento ou atividade anterior. O líder tem essa visão quadronda, de ver a empresa em sua forma viva, como um bicho de muitas pernas e cabeças, avançando porém na mesma direção.

O público era um bicho de muitas cabeças, algumas balançando de leve, como a concordar, outras como a espantar o sono ou o tédio. Continuei:

Não é fácil ser quadrondo, que é a integração entre formas retas e curvas. Quando perguntam o que é uma forma quadrada, a forma mais fácil de responder é que é a mais direta e fácil de fazer seja o que for.

A forma mais fácil de, por exemplo, demonstrar unidade e conjunto de um grupo é fazê-lo marchar em linhas e quadrados, como as tropas convencionais. Mas, na prática, a vida e os mercados são zonas de guerra constante, onde os movimentos são mais típicos de guerrilha que de tropas regulares.

Agora muitas cabeças balançavam concordando, porém demoraram para perceber que acabou o texto, recebi fracos aplausos. Mas recebi a primeira pergunta, novamente de uma indignada mulher, que perguntou em alemão, tive de colocar os fones para ouvir a tradução:

— No seu livro, o senhor compara o pênis com a vagina e diz que a mulher é receptiva, envolvente, benevolente, generosa, porque a vagina é interna e macia, como diz o senhor, enquanto o homem o senhor diz que é direto e agressivo e etecétera porque o pênis em ereção é como uma arma, ereto e rijo. Mas quando o pênis amolece não desmonta sua teoria, professor?

Deu tristeza ver toda uma teoria, construída sobre toda uma comparação da estrutura biológica, ser condensada e deformada assim, mas também deu raiva a risada geral, até meus colegas de mesa riram bastante. Além disso, eu acabava de ler um texto inédito, que, revejo hoje, era uma profecia das exigências empresariais da globalização, e lá vinham com pênis e vagina... Então esperei pararem as risadas e o falatório, respondi que sempre noto em feministas um vivo interesse pelos detalhes genitais de minha teoria...

— ...mas são apenas detalhes genitais, embora decerto seja por isso mesmo o interesse das feministas.

Várias mulheres falaram ao mesmo tempo, algumas furiosas, levantando entre o público com dedos em riste. Falei que a mão humana é a mais quadronda terminação de membro de animal no planeta, serve até para apontar com o dedo em riste, como faziam ali, imitando uma arma no apontar e intimidar. Falei que só a mão humana tem cinco dedos que podem pegar, envolver, amassar, apertar, enfiar, acariciar, catar, intimidar, enfim, tantas habilidades e usos.

Falei que também nos movimentos do corpo o ser humano mostra que é um ser quadrondo, mistura de natureza, como todos os outros animais, e cultura, coisa que só nós temos. Os movimentos circulares são naturais e "femininos", a amamentação, a massagem, o aconchego, o abraço, a proteção. Mas os movimentos retos são indispensáveis, a começar pela penetração do pênis reto na vagina côncava. Como o homem primitivo abatia a caça com golpes incisivos, nós também usamos muitos gestos e posturas retas ou incisivas, a começar pela cozinha, com as facas e garfos, que espetam e cortam retamente, ao contrário das colheres, que concavamente colhem o alimento. Já a palavra "cadeira" vem do Latim "cair, caído" – pois, quando sentamos, meio como que caímos, ficando a meia altura, sentados no ângulo reto.

– Ao sentar – apontei as várias posturas das pessoas sentadas – podemos adotar posturas "redondas", curvadas e naturais, como fazem os animais para descansar. Ou podemos adotar uma postura reta, determinada pela cultura, seja para parecer bem postados conforme as convenções, seja para evitar problemas de coluna...

Vários se aprumaram nas poltronas. Falei que a coluna é um cilindro sinuoso que pretendeu ser reto, quando nosso ancestral quase-humano, o chamado antropóide, há alguns milhões de anos resolveu transformar as patas dianteiras em mãos, endireitando o corpo na vertical.

– Os problemas e dores de coluna, de tanta gente, são conseqüência dessa disputa evolutiva entre o reto e o redondo, a cultura e a natureza...

Quem queria fazer pergunta ia a um microfone com pedestal, e já havia uma pequena fila. Outra mulher queria insistir na área genital:

– Como o senhor encaixa os gays e lésbicas na sua teoria, professor?

Respondi que não encaixo nada:

– Eles que se encaixem – risos – Minha teoria pressupõe um homem e uma mulher padrões, ele bastante masculino e ela bastante feminina, mas é claro que, na realidade, mesmo o mais macho dos homens tem sua porção feminina, do mesmo modo que a mais feminina das mulheres tem sua porção masculina. Minha teoria serve para a população padrão, digamos assim, os homens bem machos e as mulheres bem fêmeas.

Feita a tradução, mais risadas e falatório, e um homem chegou-se ao microfone:

– O que é "quadrondo", professor, uma qualidade?

A quadrôncia, corrigi e expliquei, é um método, levando a um resultado e a seu desfrute:

– Como uma arma permite tanto a defesa quanto o assalto, não tem ética própria. Os discursos de Hitler eram quadrondos, com toda sua cenografia, um ritual, com grande preparação e mobilização de massas, uso de fogo, esse elemento ancestral símbolo da unidade e da paixão. Os altos estandartes com a águia e a suástica representavam a altivez tão própria dos alemães, estarei enganado? A *blitzkrieg* também era regida pelo método quadrondo de combinar formas retas e curvas, com atenção aos detalhes, atacando por água, ar e terra ao mesmo tempo. Quadrôncia é isso, a mais eficiente combinação de retas e curvas para um ótimo desempenho.

Citei o caso da chamada "conquista" da Lua. Enquanto os russos pensavam nalgum jeito reto e rápido de mandar uma nave até lá, os americanos inventaram um jeito quadrondo. Grandes foguetes subiram reto levando a nave principal, que entrou em órbita da Terra até se ejetar para a trajetória até a Lua, onde de novo entrou em órbita, para dela sair o módulo espacial que desceu "reto" até a superfície lunar. Depois o módulo com dois astronautas retornou à nave-mãe, onde tinha ficado o terceiro astronauta, e ejetaram novamente a nave agora de volta para a Terra, cruzando no espaço com a trajetória anterior e formando, em todo o percurso, o formato de um 8 deitado...

– ...que é o símbolo do Infinito. Os americanos chegaram lá porque usaram um sistema quadrondo, enquanto os russos só pensavam num modo reto.

Alguém levantou e perguntou sem microfone mesmo; riram enquanto eu esperava a tradução:

– Não será que os americanos chegaram lá primeiro, professor, porque tinham mais dinheiro?

O coordenador falou que havia uma pergunta escrita para Sílvia, a tocha da palavra passou para ela e eu fiquei matutando se não devia esquecer Quadrondo. Depois jantamos em mais um restaurante típico alemão, onde liquidamos mais alguns joelhos de porco, e recebemos mais trezentos marcos pela leitura dos textos. Sentada a meu lado na mesa, para ficar longe da nossa fonte poética, Sílvia pediu creme de aspargos e lançou olhares frios aos meus salsichões. Helga agora conversava comigo sobre plantas e animais, e lhe falei como meus pais tinham chegado ao norte do Paraná no tempo ainda da floresta, meu pai tinha derrubado mata a muque, e contava que de noite onça vinha arranhar os troncos de palmito do primeiro rancho, eu não era nascido. Helga ouvia fascinada:

– Então seus pais fizeram lá, há apenas meio século, o que nossos ancestrais fizeram aqui há séculos, não é?

Contei que menino ainda vi araras e macacos em matas de beira de estrada, e veados que cruzavam a estrada correndo, onças, antas, capivaras, até tamanduá vi numa fazenda uma vez.

– Depois, acabando as matas, acabaram-se os bichos.

Duas lágrimas rolaram dos olhos de azul antes gelado de Helga, agora azul de úmida luz; disse que ia sempre lembrar de mim:

– O escritor que entende de terra.

Tá no nome, falei, ela riu bonito, Sílvia olhou feio e quebrou firme uma torrada. No hotel, passei pelo bar antes de ir para o quarto e, quando deitei, tocou a campainha; era Helga com uma moça muito parecida com ela, pensei que era irmã:

– Não quero incomodar, professor, só vim lhe entregar isto, que a mãe mandou, a Hilde trouxe agora.

Eram duas garrafas de vinho da chácara delas. Contou que iríamos a Berlim no dia seguinte, ela tinha acabado seu trabalho. Me deu um beijo no rosto, desejou boa-viagem e foi para o elevador, eu quase fechei a porta, mas pela fresta ainda vi Helga e Hilde, que até pelos nomes pensei fossem irmãs, Helga e Hilde se beijando na boca enquanto o elevador não vinha. Quando veio, dele saiu Sílvia, as duas entraram e voltaram a se beijar enquanto a porta fechava – e Sílvia, antes de entrar no seu apartamento, decerto viu minha porta se fechando.

No café da manhã, abriu um sorriso e me estendeu um jornal:

– Parabéns, professor, parece que estão começando a entender sua teoria!

O antropólogo brasileiro Sebastião Terra voltou a provocar polêmica e reação indignada do público feminino ontem, ao participar de leitura de textos no Auditório Adenauer. Integrante de comitiva de escritores brasileiros, o antropólogo foi intensamente questionado por sua teoria das diferenças entre homem e mulher, e novamente emitiu opiniões polêmicas:

– Não encaixo gays e lésbicas na minha teoria, eles que se encaixem.

– Os discursos de Hitler e as blitzkrieg eram quadrondos (seja lá o que isso signifique).

– Os americanos chegaram à Lua antes dos russos porque tinham mais dinheiro (coisa que eu não disse, alguém disse).

Ao final, porém, parte do público se interessava e concordava com a teoria quadronda do antropólogo, como uma forma instigante de ver as empresas. Depois do sucesso de seu livro sobre homem e mulher, que para muitos é apenas uma sistematização do óbvio, tudo indica que Terra ampliou a teoria, rotulando de quadrondo e abrangendo tudo que possa existir, já que seria a soma de natureza e cultura... Tudo parece ser quadrondo para o antropólogo brasileiro, o que leva à conclusão de que não tem importância alguma saber o que é quadrondo. Mas certamente logo teremos nas livrarias mais um livro de auto-ajuda, baseado numa fascinante e vazia teoria.

Também leram textos as escritoras Sílvia Marcondes Alves e Rosélia Carneiro, o contista Ricardo Henrique Telles e o poeta Carlos Frederico dos Santos. (Kurt Bucher)

O poeta tinha outro exemplar do jornal nas mãos, amassado de ser estapeado e estrangulado, ele não se conformava de ser citado por último:

– Mas que jornalismo é esse? Quem é esse Bucher, como se pronuncia isso? Vocês não acham um absurdo a gente falar tanta coisa e só publicarem... isto?!

Já Rosélia estava feliz por ter sido chamada de escritora simplesmente, em vez de escritora juvenil, mas Ricardo Henrique perguntou se contista também não é escritor, o que fez o poeta ressaltar que, para um contista, pode ser melhor ser chamado de escritor...

– ...mas o poeta não, o poeta é poeta, né, é o vate, o bardo, o cantor do trabalho e da raça, e dos deuses, desde antes de existirem as outras artes!...

Rosélia perguntou se eu estava chateado com a notícia, falei que ao contrário, como disse Sílvia, alguns já estavam começando a entender minha teoria, embora outros começassem a detestar... Sílvia virou as costas e foi ver as malas. Rosélia disse que tinha pensado em Jesus:

– Quer dizer, na quadrôncia de Jesus, como o senhor diz, professor.

– Me chame de você.

– Sim-senhor – ela riu – Eu tenho uma bíblia que, nas páginas finais, tem alguns mapas, e dois deles mostram os caminhos de Jesus durante vários anos. No ano da popularidade, quando andou pregando pela Galiléia, saía de Cafarnaum e voltava para Cafarnaum, fazendo arcos cada vez maiores, indo cada vez mais longe...

– ...penteando o terreno – Ricardo Henrique completou, Rosélia concordou:

– É, andava em círculos, né, pra encontrar bastante gente. Já depois, no chamado ano da oposição, quando foi perseguido, ele passou a andar em linha reta, daqui pra lá, fugindo de um ponto para outro...

– E daí? – o poeta abriu os braços, já todo vestido até de negro e marrom, menos branco – O que é que importa se Jesus fugiu reto ou fugiu redondo?! – encheu os bolsos de queijinhos e iogurtes e se foi, enquanto Ricardo Henrique brindava com o copo de suco:

– A Berlim!

Para ir ao aeroporto, Sílvia e eu fomos os primeiros a entrar na perua, ela sorriu:

– Não está cansado, professor?

– Por que estaria?

– Se fosse apenas mais uma... – ela sussurrou sorrindo – Mas duas!

Só aí entendi, revi Helga e Hilde se beijando antes da porta do elevador abrir, e depois voltando a se beijar já no elevador, mas Sílvia de novo não viu pois já andava no corredor de costas para o elevador... Falei que ela estava enganada, ela deu um tapinha na boca:

– Oh, fique à vontade, não está mais aqui quem falou! São maiores de idade, não? Já conhecia Berlim?

O poeta entrava na perua e já foi lembrando de seus recitais em Berlim, logo após a anistia, inclusive para conseguir o dinheiro das passagens para o Brasil.

– Que tempo... fervilhante, aquilo sim era um tempo histórico! A ditadura caindo, a gente voltando, ah, que sensação, quanta festa, quanto abraço, quanta esperança, quanto...!

O poeta engasgou soluçando e começou a chorar com as mãos no rosto, fomos em silêncio até o aeroporto, a nova guia nos olhava procurando ajuda. Os longos cabelos do poeta grudavam no rosto lambuzado. Ricardo Henrique ofereceu um lenço branco de bordas rendadas, o poeta aceitou, disse que devolvia depois, o contista disse que podia ficar, fazia questão. No aeroporto, eu veria o poeta jogar o lenço no lixo, e logo depois Ricardo Henrique, quando o poeta foi ao sanitário, imitou a poética voz:

– A ditadura caindo, a gente voltando, tanta festa, tanto... emprego público!

– Você é cruel – disse Sílvia, e ele rebateu:

– Não, só realista. Já viu quanto comunista tem emprego público no Brasil? Não por concurso, claro, cargos de confiança, até ministérios.

Oh, disse Rosélia, democracia é isso:

– Um pouco pra todos, ué, por que só pra gente de direita e de centro? A esquerda também merece, e os gays também, e os deficientes, os índios, todo mundo, pois não são empregos públicos?

Ricardo Henrique foi tomar café, tão à vontade no aeroporto como devia ficar em sua casa ou fazenda; e eu fiquei pensando que Rosélia Carneiro bem podia comprovar a tese de que o cérebro amplia capacidade até a velhice, desde que acionado todo dia intensamente. Aquela mulher tinha começado a escrever depois de aposentada mas não tinha parado mais, estava com mais de vinte livros publicados e bem podia ter cabeça pra escrever um quadrondo romance. Naquele tempo ainda não havia computadores para os hóspedes nos hotéis, mas nas minhas anotações vejo que cheguei a pensar noutro meio: *Artigo Quadrondo: escrever e enviar por fax!*

Uma revista científica publicaria o artigo no Brasil e eu teria garantida a paternidade da teoria. Passei aquele dia, que deveria ser livre, tentando escrever o artigo. Primeiro, no avião e depois, em Berlim, no quarto do hotel, tomando vinho branco, depois em cafés e restaurantes, até desabar bêbado na cama ao anoitecer, o artigo pela metade e a bebedeira completa. Acordei com o telefone, Ricardo Henrique convidando para um ótimo tinto francês no bar. Tomei banho, vesti meu velho e único casaco naquela viagem, e no bar lá estava ele com outro terno, outro colete, outra gravata, outros sapatos, não era à toa que levava três malas enormes.

Acho que eu ainda estava meio bêbado da primeira bebedeira, de vinho branco e brandy, e emendei com a segunda de vinho francês daqueles bem encorpados; aliás vinhos franceses de várias marcas, pois chegaram amigos de Ricardo Henrique e a segunda garrafa durou tão pouco que ele mandou abrir mais duas, "para irem respirando". Mas o vinho respirou pouco, as duas garrafas foram logo e Ricardo Henrique olhou no relógio, disse que era hora. Seus amigos eram dois sujeitos que só falavam alemão, portanto só falaram com ele, bebendo e rindo como se fosse um concurso. Os dois tinham nossa idade, uns quarenta anos, vestiam sobretudos longos e fechados, e esperaram Ricardo Henrique subir para o quarto e voltar logo, também de sobretudo. Me deu boa-noite, saíram e eu, movido a vinho, achei que devia sair também e, mesmo de pé redondo, saí para as planas ruas de Berlim.

A primeira coisa que vi foi que ia me perder se não levasse um cartão do hotel para voltar de táxi. Depois me deixei levar pelo vinho, pela noite, pelas luzes, pela gente que passava. Lembrei que tinha seiscentos marcos, entrei numa lojinha de bebidas e comprei duas garrafinhas de vinho do Porto, enfiei nos bolsos do casaco e fui andar. Já não estranhava mais o trânsito silencioso, passei a me admirar da ordem do trânsito pedestre, as pessoas todas esperando o verde para atravessar a rua, todos na faixa e andando na sua direita, a não ser um ou outro turista tonto que, de tanto levar encontrão, acaba entrando na ordem também.

Esfriava, mas bares e restaurantes tinham todas as mesas lotadas nas calçadas. Comprei um jornal português e soube, então, que naqueles dias mais dezenas de milhares de alemães orientais tinham migrado para a Alemanha Ocidental pelas fronteiras da Hungria e da Áustria, tantos que o governo, para não se desmoralizar, tinha aberto as fronteiras, a evasão agora podia ser à vontade. Como uma pedra que cai na água e vai formando ondas em círculos, a desmontagem do regime socialista começada por Gorbachev, lá no Kremlin, chegava agora a Berlim. As quadrondas antenas parabólicas já tinham roído moralmente o quadrado Muro, mas eu não podia imaginar que o Muro desabaria de repente e seria naquela noite.

No entanto, era até uma questão de lógica: se as fronteiras rurais estavam abertas e todos podiam migrar pelo campo, por que manter a fronteira nas cidades? Hoje penso friamente assim, mas naquela noite tudo pareceu mágico, o momento grandiosamente mágico das revoluções, quando o povo sai para as ruas mesmo sem liderança mas também sem medo, surpreendendo até os que passaram a vida esperando o povo se levantar. Eu já tinha visto no trem alguns alpinistas com suas mochilas, cordas e machadinhas, ou seja lá como se chama aquilo que usam para grimpar no gelo – mas não esperava ver um grupo de rapazes com as tais machadinhas no metrô, onde eu tinha entrado para dar uma volta, ver gente.

Não resisti e, com aquele meu inglês, perguntei se iam escalar. Um ruivo triangular de queixo quadrado disse que iam escalar, sim:

– Vamos escalar o Muro de Berlim!

Quando saíram do metrô, fui com eles, e não fui o único, três ou quatro turistas me seguiram. Um grego disse, em inglês pior que o meu, que já tinha ouvido falar, desde o começo da noite, que tinha gente passando pelo Muro onde a guarnição deixava. E andamos que andamos, por ruas onde alemães gritavam das janelas, ouviam notícias em alto volume nos prédios de apartamentos. De vez em quando os alpinistas paravam para ouvir, vibravam e continuavam. O ruivo viu o grupinho de turistas que seguia atrás deles e chamou, viramos uma turma só, caminhando juntos por ruas que iam se enchendo de gente, embora o clarão da Berlim Ocidental tivesse ficado nas nossas costas, pela frente escuridão.

O ruivo explicou que tinham apagado as luzes do Muro naquele trecho, então talvez a guarnição tivesse até se retirado. E de repente já não havia rua, mas um deserto urbano, uma área sem prédios e escura, para onde convergiam outros grupinhos como o nosso, com lanternas. Vi mais machadinhas, e uma picareta nas mãos de um velho, me atrasei para conversar com ele, mas só falava alemão, e me perdi dos outros. Mas nem precisava mais deles, o rumo era aquele, em frente, passando por cima duma mureta de concreto, e depois um rapazola gritava, perto vi que era para tomarmos cuidado com os arames farpados, tinham sido cortados e se enrolavam nas pernas, precisei parar duas vezes para me desenroscar, apressado porque já via as lanternas reunidas lá na frente.

Era uma guarita cercada de gente com lanternas, naquela faixa de escuridão entre os dois lados iluminados da cidade. Um tenente, acho, falava alto e claro, alguém respondeu irritado, ele voltou a falar como um grande boneco de corda, já com a mão na pistola no coldre. O velho com a picareta falou alto também mas muito calmo, como quem fala a uma criança, e o tenente respondeu também calmo mas firme que não, não (palavra que em nenhuma língua precisa de tradução), e tirou a pistola do coldre. Um soldado ou cabo saiu da guarita e ficou ao lado dele. O velho ergueu a picareta, apontando para a frente, para a escuridão onde devia estar o Muro, e fez uma pergunta, alguém traduziu para alguém em Inglês que entendi: o Muro estava caindo em toda parte, por que não ali?

O tenente respondeu e o tradutor invisível traduziu que era um militar, tinha ordens de manter a guarda. Ordens de quem, perguntou o velho:

– Nem existe mais governo! Você está recebendo ordem de quem?!

Alguns gracejaram em Alemão, devia ser graça porque riram, o tenente continuou com a pistola erguida e o braço meio recolhido, em ângulo reto. O soldado falou alguma coisa para ele, ele respirou fundo, voltou a falar ao velho e o tradutor traduziu:

– Ele diz que existe governo, sim, recebeu telefonema para manter a guarda.

O soldado então falou alto e os alemães riram, depois o tradutor traduziu:

– O soldado diz que o telefonema foi de manhã, agora nem o telefone funciona mais e o resto da guarda sumiu.

O velho então foi até diante do tenente, com a picareta baixada, e o tenente esticou o braço armado, afastando as pernas, o velho parou e falou calmo, com pausa entre cada frase, o tradutor traduzia sussurrando alto, naquela zona de silêncio no meio daquela imensa cidade:

– Eu vou passar, filho. Você faça o que quiser. Mas eu vou passar e meter esta picareta naquele muro!

Passou do lado do tenente, que encostou na parede da guarita, o velho já indo para a cancela, e o tenente mandou parar, apontando a pistola, mas o velho não parou e o soldado baixou o braço do tenente, ao mesmo tempo em que o velho erguia a cancela e os outros iam atrás. O tenente se deixou escorregar de costas na parede, sentou no cimento, deixou a pistola cair entre os joelhos. Só então vi outro soldado espiando da guarita e, quando me afastei, saiu tirando o capacete, passou a mão pelo cabelo escovinha e foi correndo atrás dos homens, enquanto já começavam a passar também mulheres, e uma velha passou firme com um homem assustado e com uma machadinha de cozinha.

Sentado no chão, o tenente olhava as pernas que passavam. Fui em frente, e logo adiante já estava de novo a multidão, só que agora as lanternas estavam altas e, chegando perto, vi que era porque muitos já estavam trepados no muro. Subiam pisando nos ombros de outro, a quem puxavam para cima com a ajuda de mais alguém, gritando e sapateando, urrando de braços abertos para o céu, os punhos cerrados como se fossem demolir o Muro a socos; e então, quando pararam um pouco de berrar e uivar, dava para ouvir as picaretas e machadinhas batendo no concreto como grilos num brejo numa noite quente no Brasil: cri-cricri-cricricri-cri...

Mais gente chegava, mais urros, mais uivos, um volkswagen chegou tocando um rock e abafando os grilos, casais começaram a dançar em volta do carro com os faróis acesos, aí vi o Muro. Era só um muro mesmo, mas alto, calculei mais de três metros, grosso, de concreto, um bicho duro de roer mas as picaretas e machadinhas não paravam, e me lembrei de meu pai vendo o cafezal amanhecer branco de geada:

– Contra a força do frio ninguém pode. Nem contra a força do fogo, da água, do vento... e do povo, pensei, quando chega a hora.

Era 10 de novembro de 1989, perguntei as horas, meia-noite, no exato ponto entre ontem e amanhã, os dois ponteiros retos apontando para cima, juntos como uma cancela para os minutos passarem correndo como redondos carneirinhos. Pensei em Sílvia, Rosélia e até no poeta, podiam estar dormindo naquela hora, enquanto o mundo mudava de repente ali fora da janela, não agradeceriam de ser acordados para ver aquilo?

Para sair dali, agora eu já podia seguir uma fila de carros parados, alguns com música e notícias em alto volume, gente bebendo latas e um velho com um garrafão, bebiam no gargalo, dei um gole, até porque já tinham secado minhas garrafinhas, e molhei o casaco, me senti batizado alemão. O tenente não estava mais lá, umas velhas tinham colocado no peitoril da guarita, onde ficava a arma do sentinela, uma estatueta de Nossa Senhora e rezavam ajoelhadas diante de velas. Agora carros buzinavam pelas ruas, e de um prédio saiu um velho batendo duas tampas de panela, marchando pela calçada e cantando o que pensei ser uma canção infantil, dois meninos iam atrás dele cantando também. Peguei um táxi, dei o cartão do hotel e o motorista ia atento nas notícias do rádio, e num sinaleiro conversou alto com outro motorista, arrancaram rindo.

No hotel, os porteiros se juntavam com outros funcionários diante da tevê no salão. Um veio me atender, discou para o apartamento de Sílvia e me deu o telefone, voltou para a tevê, onde o Muro já era demolido por brigadas de picaretas, coberto de gente ululante como uma enorme taturana colorida, que se perdia na noite onde acabava a iluminação da reportagem. Sílvia atendeu logo, não estava dormindo, mas vestida:

– Pensando se não valia a pena sair para ver isso que a tevê está mostrando!

Falei que eu vinha do Muro, e que estava no saguão, pedi para avisar Rosélia e o poeta – mas ele Sílvia disse que não devíamos chamar:

– Tomou pílulas para dormir, coitado, está muito abalado com essa derrocada toda, o socialismo ainda é uma crença forte para ele...

Enquanto elas não desciam, peguei mais garrafinhas de Porto no bar do hotel, e estava bebendo uma no gargalo quando Sílvia parou diante de mim olhando de cima a baixo:

– Nossa, professor!

Só aí vi que estava com as calças rasgadas e sangradas de arame farpado, o casaco coberto de pó de cimento e cheirando a bebida, molhado na altura do coração onde botei a mão:

– Me perdoe, mas venho do front. Vamos?

Rosélia saiu do elevador de calças compridas, casaco de couro, cachecol e gorro brancos:

– Branco aparece bem na tevê, quem sabe me vejam no Brasil!

De braço dado com duas mulheres voltei para as ruas de Berlim, e o movimento tinha aumentado! Passava gente com malas e bolsas, até com carrinhos de supermercado cheios de malas e crianças. Seguimos a maré. Sílvia estava de luvas, e me apertava o braço quando via algo surpreendente, a todo momento. Bandeiras e toalhas e lençóis iam sendo pendurados em sacadas e janelas. Um moço numa esquina tocava violino alegremente, devia ser músico de rua porque o chapéu estava no chão virado para cima, Rosélia teve a curiosidade de ir ver se tinha moeda, tinha, ela deixou mais uma.

A multidão já ia ficando compacta pela avenida, fomos para um gramado e depois para outra avenida. De repente, vimos adiante o Portão de Brandenburgo, tão sólido e pesado e parecendo suspenso devido à iluminação, tão quadrondamente parecido com o Arco do Triunfo. Com os olhos úmidos, Sílvia falou que tinha visto o Portão já várias vezes, nas várias viagens a Berlim para a Feira do Livro de Frankfurt, mas sempre à distância, sempre fechado, e agora era a primeira vez que passava através daquele símbolo da Alemanha unida.

– E o Muro simboliza o que, Terra? A Guerra Fria?

– Inclusive a burrice dos intelectuais que militaram na esquerda ou na direita – falei e Rosélia apertou solidariamente meu braço.

Sílvia tinha sido uma autora "de esquerda" desde a juventude, no seu primeiro romance a protagonista é uma professora comunista santamente militante, casada com a Revolução como as freiras com Cristo. Eu não sabia que vários críticos já tinham chamado Sílvia de "Jorge Amado de saias", porque sua obra também era "engajada" até certa altura, depois picaresca. Ela largou meu braço, rodopiou olhando em volta, já num gramado de novo:

– Mas cadê o tal muro, o muro mesmo, pra gente pegar uns pedaços?

Rosélia bateu palmas:

– É mesmo!

Vi um homem passando com uma barra de ferro, perguntei em inglês se estava indo quebrar o muro, ele demorou a entender, aí abriu um baita sorriso e feito um bárbaro antigo urrou Iaaah! Fomos atrás dele, agora não mais de braços dados, duas meninas e dois meninos indo decididos na direção duma grande brincadeira. Mas tudo tem seu preço: Rosélia torceu o pé assim que chegamos a um trecho do Muro que já era meio muro; homens com marretas rachavam o concreto, apareciam os vergalhões de ferro, outros cortavam com serras, iam desmontando os pilares e os blocos, iluminados por faróis de carros e grandes lanternas. Um grupinho cantava o que pareceu canções folclóricas. Alguns vultos estavam ajoelhados aqui e ali, acho que rezando voltados para o muro, eu não via direito por causa das lágrimas, e uso lente de contato.

Uso *uma* lente de contato, ou a direita ou a esquerda, alternando toda semana: a partir dos trinta e cinco fiquei com a chamada "visão curta", astigmatismo, enquanto já tinha miopia, de modo que, para não ter de tirar as lentes para ler ou escrever, passei a usar só uma, para ver longe, deixando o olho sem lente para enxergar perto. E de repente, enxugando os olhos, me vi sem a lente. Contei a Sílvia e Rosélia, elas quiseram procurar pelo chão, falei que era loucura, o chão estava coberto de pedaços de concreto. Rosélia usava um pau como bengala, um dos pés pisando doído.

Uma mocinha começou a encher uma mochila e Sílvia e Rosélia agacharam para escolher pedaços, eu falei comigo: bem, as calças se foram, o paletó vai ser preciso lavar, a lente você perdeu e esqueceu a outra no Brasil, o melhor é fazer uma festa.

Subi no muro, peguei uma picareta que passava de mão em mão e mostrei que não era novidade para mim, rapazola ajudei meu pai a abrir valetas de irrigação em terreno bem empedrado, e fui arrancando faíscas do Muro de Berlim. Rosélia aplaudia lá de baixo num pé só, Sílvia segurava uma pedra com as duas mãos diante do peito, gritando alguma coisa que eu não entendia porque buzinavam e tocavam música enquanto a demolição não parava. Bati picareta até suar, passei a picareta a outro, desci e ela disse que eu era louco, podia me machucar! Falei que não podia era perder a oportunidade de ajudar a derrubar o Muro de Berlim, e Rosélia falou sabe que é mesmo? Foi pulando num pé só até um homem, emprestou uma machadinha e deu uns golpes no muro, devolveu a machadinha e voltou arrastando o pé e batendo as mãos.

O homem da machadinha ofereceu para Sílvia, mas ela sorriu agradecendo, abriu uma das mãos diante da boca e soprou forte na direção do muro, o homem riu e voltou a golpear blocos para quebrar em pedaços pequenos, enchendo mochila. Rosélia começou a procurar pedras para os filhos, os netos, as irmãs, os amigos, escolhendo a pedra conforme "o jeito de cada um":

– Esta, pro Nélio, esta pro Célio. Esta pra...

Ia mancando com o pau como bengala, devia ter sido pau de cartaz nalguma passeata, uma reta ripa ainda com pedaços de cartolina, ela apoiava naquilo para agachar pegando pedras. Sílvia pegou algumas pequenas, tão pequenas que Rosélia disse isso é pedrisco, pegue um pedaço de concreto mesmo! Tinha já enchido os bolsos do casaco e ofereceu uma pedra para Sílvia, do tamanho de um punho, a Primeira-Dama pegou dizendo que ia usar como cinzeiro, o pedaço de concreto parecia mesmo um cinzeiro rústico:

– Assim vou lembrar de você todo dia, Rosélia.

– Mas você fuma? – Rosélia perguntou inocente e Sílvia engasgou, tossiu, confessou:

– Meu... companheiro fuma.

A Primeira-Dama da Literatura tinha sido casada com um grande crítico de arte, depois com um famoso industrial mas, "há anos", conforme a biografia oficial, "vive sozinha numa ilha do litoral paulista". Rosélia, de qualquer modo, pediu desculpa. A demolição do muro tinha arrefecido, os homens bebiam café de garrafas térmicas e bicavam garrafas de conhaque, o que me lembrava de bicar minhas garrafinhas, Rosélia também dava suas bicadas. O céu começou a clarear, ia amanhecer! Sílvia disse tomara que seja também um novo dia para a Humanidade, eu disse não seja piegas, Rosélia disse que era piegas mas era tão bonito, começou a chorar e choramos os três abraçados ouvindo cantoria alemã e vendo criançada correr em bando para o que tinha sido o Muro de Berlim.

Depois Rosélia sentou num bloco de concreto e quase não conseguiu tirar o sapato, tanto tinha inchado o pé. Agachei para ela trepar nas minhas costas, não quis de jeito nenhum, falei faz de conta que é uma brincadeira de criança, ela riu dizendo que eu era um moleque, e me trepou nas costas agarrando nos ombros. Fomos até uma rua pegar um táxi, Sílvia atrás com sua pedra, Rosélia pesada de tantas pedras nos bolsos. No hotel, quisemos chamar médico, ela disse que só queria uma bacia com água quente para colocar o pé, e sal e arnica se tivessem. Quando a guia chegou às sete e meia, nos encontrou no salão do café, tomando champanhe com queijos e defumados, bêbados cantando A Marselhesa. A guia não viu o pé de Rosélia na bacia debaixo da mesa, e se espantou: prontos já?

– Não sei se estão sabendo, mas tem muita coisa acontecendo lá fora!

– E aqui dentro também – Sílvia apontou para o próprio peito, depois olhou para a pedra sobre a mesa: – Melhor do que virar cinzeiro essa pedra pode ficar bem é no fundo do meu aquário...

Eu não sabia que Sílvia estava, naquele momento, tomando a decisão de afogar um caso de anos, mas logo saberia. O poeta tinha deixado um bilhete: como não havia nenhum compromisso oficial durante a manhã, pedia para não ser incomodado antes do meio-dia, *estarei em processo de criação* dizia a letra floreada. O contista também tinha deixado bilhete na portaria, estaria de volta só no fim da tarde para a leitura de textos à noite. Perguntei à guia por que não nos deixava o dia livre, já que Rosélia precisava repousar o pé e tínhamos ajudado a demolir o Muro de Berlim. A moça deu pulinhos de alegria, saiu correndo para o seu país em festa lá fora. Levamos Rosélia para o quarto, Sílvia chamou duas camareiras para ajudar, e eu fui para o quarto com o corpo moído de quebrar pedra e carregar pedra, caí na cama, depois de ver que tinha borrado todo o artigo Quadrondo que estava no bolso do casaco molhado de vinho.

Acordei com o telefone avisando do almoço, e sentindo que as pernas estavam bem arranhadas e também tinha bolhas da picareta nas mãos, além da ressaca. E era para ser um mundo novo, falei a Sílvia no almoço a dois no restaurante do hotel, os garçons tão ligados na tevê que era preciso ir chamar algum para pedir qualquer coisa.

Gente comemorava ao longo do muro em toda a Alemanha. No campo as cercas e os cordões de arame farpado já eram atacados por tratores. Em Berlim, em alguns pontos o muro já era só monturo, que ainda era quebrado para virar lembranças portáteis. Com seu ótimo inglês Sílvia perguntou a um garçom o que estava achando daquilo, o homem disse que parecia um sonho, só esperava não acordar. Eu também, disse Sílvia, e me pegou a mão por cima da mesa.

– Desculpe, Sebastião, se andei arredia com você. Acho – e seus olhos sorriam – acho que ainda tenho de aprender muita coisa.

Acho que só a mãe e uma tia me chamam de Sebastião, nome de rei e de santo, conforme o pai; conforme a mãe, nome de peão.

– E por falar em aprender, sabe, Sebastião, agradeço o muito que tenho aprendido com você esses dias.

Perguntei o que, por exemplo.

– Falar o que pensa.

– Falar besteira.

– E viver a vida, como direi? Intensamente. Ontem, quando vi você ensanguentado, fedendo a bebida daquele jeito, pensei ah, esse aí não tem jeito, é capaz de ficar pelas sarjetas da

Alemanha. Aí você me leva para ver um espetáculo histórico! – me apertava a mão – Comecei a escrever mais um conto esta manhã, e já me veio idéia para outros dois, talvez dê até um livro, Histórias da Alemanha! E eu já andava me achando uma escritora infértil, me conformando em não ter mais livro inédito a ser publicado e, de repente... Obrigada.

Largou minha mão, com o que pude voltar a comer, e comemos, ela um prato alemão que me dava engulhos só de ver, eu um creme de aspargos que era o que a ressaca aceitava. Ela notou que bebi muita água, falei que é normal com trabalhadores braçais. Ela riu, disse que me amava, assim casualmente – Eu te amo, sabia? – e pensei que fosse só modo de falar. Perguntou o que eu ia fazer à tarde, falei que ia comprar calças e talvez um casaco, estava viajando só com dois pares de calças e aquele trabalho braçal histórico tinha me custado metade do guarda-roupa.

Ela se convidou para ir junto e, quando íamos saindo, cruzamos com o poeta de olhos inchados de sono.

– Oi, alguma novidade?

Nenhuma, falamos juntos, e fomos rir na rua. Berlim era uma festa e eu me sentia um personagem de Hemingway, andando por uma cidade em revolução com uma bela mulher, dinheiro no bolso para gastar e aquela alegria no ar. Comprei calças, casaco, cuecas, meias, já vestindo as roupas novas e dando as usadas para um mendigo. Gente lia jornais para acreditar no que estava acontecendo. Soldados sem armas conversavam com o povo em redor de caminhões militares, com crianças pulando na carroceria. Havia um trânsito de gente com sacolas levando pedras do muro.

Resolvemos nos aventurar do lado de lá do muro, onde prédios meio arruinados mostravam marcas de balas e obuses, ruínas ainda da Segunda Guerra. Velharia não, disse Sílvia, vamos voltar para o Ocidente; e voltamos.

Numa praça, casais dançavam ao som de uma sanfona, o sanfoneiro tinha o chapéu no chão e gritava animando os dançarinos. Sílvia estendeu a mão – Vamos? – e dançamos enquanto jatos militares passavam em paz no céu.

As danças de salão também tiveram uma evolução quadronda, disse ela como se fosse a própria autora da minha teoria.

– Já viu no cinema como eram complicadas as danças antigamente?

Uma linha de homens, outra de mulheres, defrontando-se paralelas. Depois juntavam-se as linhas, formando pares, depois se separavam, voltavam a se juntar formando novos pares, em movimentos simétricos para lá e para cá...

– Hoje, o homem – ou a mulher, né? – vai direto a alguém, convida para dançar, e dançam rodando pelo salão, um de frente para o outro...

...abraçando com um braço, pensei, o outro braço dando a mão, numa postura entre o abraço total, que já seria fraternal ou amoroso, e o aperto de mão que sozinho seria apenas formal.

– Esta dança de pares livres, não presos a uma coreografia coletiva – ela continuou – também foi uma invenção quadronda, não? Deve ter gerado incontáveis casamentos e famílias e...

Colou o corpo, transformando nossa dança numa preliminar vertical do horizontal ato amoroso. A certa altura o sanfoneiro parou de tocar mas não paramos de dançar, só quando riram de nós, na alegria inocente de gente em estado de graça. Voltamos de mãos dadas para o hotel, já não passeando mais em círculos e curvas, mas caminhando reto para um objetivo, movidos a hormônios e olhares seguidos de apertos das mãos.

Pegamos as chaves, a porta do elevador fechou e Sílvia ergueu a cabeça oferecendo os lábios. A porta do elevador abriu, ela me levou pela mão até a porta de seu quarto, me puxou para dentro e disse para esperar um pouco. Sentei na cama, sentindo o cheiro novo das próprias roupas, e ela apagou as luzes, deixou só a do banheiro. Tirou o casaco e os sapatos, o vulto recortado na claridade da porta, e veio para outro retângulo, a cama. Ficou em pé entre meus joelhos, eu sentado, aí seus peitos ficaram na altura da minha boca e, enquanto eu tentava tirar os botões redondinhos das suas casas retas, ela não parava de falar já arfando, que só pensava em mim desde aquele beijo no avião, e que graças a mim tinha resolvido começar uma nova vida, já tinha até telefonado para o Brasil e mandado o caseiro...

— ...o meu companheiro – corrigiu – alugar a chácara, vou voltar a morar na cidade, me beija!

Arfava e se contorcia, e me abraçou forte quando seus seios penderam. Quando deitou, a luz do banheiro mostrou que tinham cicatriz de plástica, enquanto minhas mãos descobriam todas as celulites que as roupas escondem. Por enquanto, ela arfou, vamos usar isto, tá? Era uma camisinha, que ela tentou colocar mas encontrava-se curvo e mole e não duramente ereto o órgão a ser vestido. Ela então tentou com as mãos consertar a situação, depois com a boca, e eu também tentei colaborar, retribuindo, com o que senti seu cheiro mais íntimo, aquele a que nenhum perfume se sobrepõe, e amoleci de vez, os hormônios totalmente obedientes ao olfato que dizia não, não, não; quer dizer, não mas não ao cheiro do órgão feminino, mas, sim, ao cheiro dela mesma, Sílvia, um cheiro doce e enjoativo que me lembrava o final do próprio casamento e já parecia antecipar os laços e cordões e liames do casulo que chamam de relação amorosa.

Acontece, ela falou quando ficamos olhando o teto, a camisinha sobre meu peito como de prontidão; acontece, repetiu suspirando. Era noitinha, fui para a janela envidraçada ver Berlim ir se acendendo, enquanto Sílvia repetia que de manhã tinha telefonado para casa:

– Resolvi, vou voltar a morar na cidade.

Na verdade, revelou em voz baixa, era para se livrar de alguém com quem vivia há anos:

– Ele é bem mais novo que eu, e quer mandar na minha vida, imagina, não quer que eu receba visitas, não quer que eu vá à cidade!...

A chácara era na serra, com criação de carneiros, mas ia vender todos, não queria mais ouvir falar de ração, vacina, frete, salário. Sim, o caseiro-companheiro, que ela chamava só de "ele", tinha seu salário e vivia querendo aumento...

– ...mesmo vivendo na minha casa e comendo da minha comida, acredita?

Imaginei "ele" na cama com Sílvia e falei que acreditava. Ela suspirava e repetia que agora, graças a mim e a minha teoria, tinha resolvido sair daquele exílio no campo, era uma quadradice, uma fuga reta; então agora ia "quadrondar a vida", voltar para a cidade e...

– Você vai me visitar?

Não respondi; falei que, ao contrário dela, eu queria sair de cidade, viver no litoral. Ah, disse ela vindo da cama para a janela, enrolada no cobertor, ah, o velho sonho do litoral:

– No verão, pernilongos e turistas, lixo e enchente. No inverno, frio e solidão...

Agachou diante de mim, lá fora Berlim piscando suas luzes, fogos pipocando em chuvinhas coloridas, mas o cheiro dela continuava nos bigodes e, mesmo com ela se esforçando agachada ali, a camisinha continuou imprestável. Ela levantou em silêncio, foi para a cama e se enfiou debaixo das cobertas, o rosto voltado para a parede. Cacei minhas roupas, me vesti no escuro e saí.

Mal cheguei ao quarto, tocou o telefone, a guia nos esperava no saguão, em meia hora começaria mais uma leitura de textos. Sílvia não iria, informou a guia, estava indisposta. O poeta também tinha comprado roupas e agora se vestia todo de cinza ou escuro, enquanto eu estava com uma jaqueta amarela escolhida por Sílvia e calças azuis, camisa branca de que só aparecia a gola por cima do pulôver verde; vestido com as cores da bandeira do Brasil, conforme anunciaria o coordenador da mesa na leitura de textos, de novo no salão cheio de gente com fones de ouvido e os tradutores na sua gaiola de vidro na parede.

Rosélia foi de bengala, o pé ainda inchado no sapato desamarrado, falou com a perna esticada sobre uma cadeira ao lado da mesa:

– Boa noite, gente de Berlim... (e esperava traduzirem, já tinha aprendido com Sílvia a usar frases curtas e dar pausas entre elas). Desculpem meu estado, mas é que ajudei a demolir um certo muro a noite passada...

Os alemães esperaram a tradução com o respeitoso sorriso de gente bem educada, daí abriram enormes sorrisos e rindo levantaram para aplaudir de pé a participante escritora brasileira, como diriam os jornais no dia seguinte. Rosélia leu mais um trecho de seu romance do mundo quadrado e do mundo redondo, e cada vez mais o título ideal para aquilo parecia ser Quadrondo...

O poeta declamou apenas versos de amor, nada de política, solidariedade ou heróis. Enquanto o contista lia mais um de seus contos comumente fantásticos, o poeta chegou a me dizer, entre dentes, que nem estaria mais ali não fosse pelos marcos:

– Perdi – sussurrou – o tesão filosófico.

O contista recebeu prudentes aplausos: diante do enigmático mesmo o público mais entendido, por via das dúvidas, nem aplaude muito nem pouco. Em seguida era minha vez e falei que, considerando que sempre que falava de Quadrondo criava polêmica, ia falar de quadrondos mas inocentes aspectos da vida.

Falei que, no Brasil, em algumas cidades interioranas, ainda existe uma invenção quadronda para aproximar pessoas e propiciar encontros, a praça.

A praça é-era geralmente quadrada, mas com passarelas em círculo, ao redor de um chafariz no meio de um lago circular no centro da praça, atração e também símbolo da beleza e da fluidez da vida.

A passarela menor, mais perto do centro, recebia mais luz do chafariz, e ali ficavam os rapazolas e mocinhas, até crianças, enquanto os moços e moças preferiam a passarela maior, menos iluminada e mais quieta.

Por essa passarela circular as moças andavam no sentido do relógio, desfilando para os moços postados nas margens, enquanto representavam conversar entre elas.

Alguns moços, os afoitos, jamais os tímidos, também andavam pelas passarelas mas no sentido anti-relógio, de forma a ir defrontando com os grupos de moças vindo em sentido contrário. Olhares, sorrisos e palavras soltas eram disparados nas passagens deles por elas.

Quando algum deles se interessava por alguma, ia andando atrás, acompanhado de um ou dois amigos, até emparelharem com o grupo delas, quando ele procuraria puxar conversa. Sendo aceito, passaria a andar ao lado dela junto do grupo de amigas, conversando no primeiro dia, desfilando de mãos dadas no segundo dia, ela exibindo sua conquista para as outras e ele para os outros.

No terceiro dia, já podiam sair do círculo iluminado e transitado da passarela, para disputar algum dos bancos sombrios debaixo das árvores nos bicos da praça...

Toda essa coreografia amorosa, em círculos dentro e a partir do centro de um quadrado plano, mostrava que a praça é uma invenção quadronda das mais importantes, pois terá gerado tantos casamentos e gerações.

E não é que fui bastante aplaudido? Um aplauso parecendo até apenas formal no começo, embora simpático pois muitos sorriam, mas se manteve aplauso e cresceu, tornou-se um forte aplauso mas, como todos os aplausos, acabou em seguida, começaram as perguntas e novamente uma mulher levantou falando de dedo esticado para mim:

– Ainda bem que o senhor fala nessa praça no passado, porque esse tipo de praça não deve mesmo existir mais – os tradutores iam traduzindo e umas cabeças concordavam balançando na vertical, outras discordavam balançando na horizontal – Na sua praça só os homens tomam a iniciativa, as mulheres se oferecem mas eles escolhem, eles abordam, eles conduzem todo um processo rotineiro e automatizado, não é à toa que andam em círculo!... Mas hoje, nas nossas praças e nas nossas cabeças, não é mais assim – ela já discursava – Hoje as mulheres tomam iniciativas, sim, até no processo amoroso, e não ver isso é simplesmente saudosismo machista!

Mulheres aplaudiram, mas alguns homens até vaiaram. O coordenador elegantemente disse que, realmente, o professor Terra tinha o dom de causar polêmica...

– ...por isso mesmo é uma grata presença neste dia em que a Alemanha inicia uma nova era de liberdade e tolerância.

Aplausos. Alguém levantou a mão e perguntou com voz humilde, o que mais ainda me irritou:

– Mas para que, afinal, no mundo de hoje, pode servir essa teoria quadronda?

– Para enriquecer – respondi de imediato – Para ficar milionário, bilhardário, por exemplo.

No silêncio total, que parecia ainda mais silencioso vendo-se os tradutores a falar sem som lá na gaiola de vidro, os alemães prestaram muita atenção. Falei que o dinheiro "vivo" – não o dinheiro em forma de ouro, artes, ações ou outros papéis – tem quase sempre duas formas: notas retangulares ou moedas redondas.

A vantagem do dinheiro em notas é que pode ser empilhado para ser contado ou guardado ou transportado em grandes quantias. Mas as velhas moedas, ancestrais ainda vivas do dinheiro, conservam as vantagens miúdas de fazer troco, pagar pequenos gastos, durar muito mais, molhar e secar sem desbotar, e ainda permitir o jogo do cara e coroa, iniciando todas as partidas de futebol...

Enquanto isso, acrescentei, os cartões de crédito conservam a forma retangular das notas.

– Logo as próprias notas poderão ser substituídas por um cartão individual, que só poderá ser usado pela pessoa, identificada pelas máquinas através da íris ou das impressões digitais – mas, naquele tempo, isso ainda parecia distante e vi alguns sorrisos tortos de descrédito.

Bem, concluí, agora, assim como o mundo parecia estar entrando numa nova era geopolítica, também estava entrando numa nova era tecnológica e econômica, com a informática e os satélites, e milionário seria quem inventasse um tipo de cartão eletrônico que fizesse mais que só substituir as notas de dinheiro:

– Que seja resistente e durável como as moedas, que não permita a sonegação de impostos para ninguém, seja rico ou pobre, recolhendo já no ato de qualquer compra a parte do Estado, e permitindo um balanço diário e transparente de toda a arrecadação estatal. Os cidadãos saberiam quanto o Estado estaria arrecadando de cada um todo dia, e isso decerto aumentaria a cidadania e a exigência civil por governos mais eficientes. Já tivemos revolução industrial, revolução política, revolução tecnológica. Falta a revolução financeira, um tipo de dinheiro que ajude a fiscalizar o Estado.

Alguns riram, outros aplaudiram. Como sempre, alguém se levantou – e disse que, realmente, não dava para saber se minha teoria era na verdade uma teoria científica ou cultural, se era uma provocação intelectual ou se era ficção ou até mesmo piada.

Falei que o "quadrado" é reto, rígido, seco, autoritário, simplista, fácil, rápido, contundente, perfurante, artificial, "masculino". O "redondo" é curvo, maleável, úmido, compreensivo, complexo, tranqüilo, envolvente, cicatrizante, natural, "feminino". Quadronda é a integração de quadrado e redondo, formas retas e curvas em processo, para o melhor funcionamento seja do que for:

– Pode-se fazer uma festa quadrada, com as mesas separadas para cada família, de forma que, ao final da festa, todos os desconhecidos ainda se desconheçam. Ou pode-se fazer a festa redonda, as pessoas sentadas em círculo ao redor de fogo ou de mesa de comida. A festa fica quadronda quando as pessoas se integram e isso cria o clima festivo.

Falei que se pode dar a uma criança um conselho em pé, dedo em riste, numa relação reta e superior, de autoridade para comandado. Ou pode-se agachar para falar com a criança, forma redonda, que funciona em vez de apenas intimidar.

– Ou ainda, quadrondamente, pode-se brincar e conviver com a criança, passando-lhe na prática exemplos e formas de conduta.

Uma mulher começou a aplaudir sozinha e parou logo. Falei que dar conselhos é quadrado. Conversar e compreender é redondo. Perdoar e ajudar é quadrondo.

Falei que quadrado é o vinhedo, redonda é a uva, quadrondo é o bom vinho. E que autoridade é quadrada, liderança é redonda, o bom político ou o cidadão consciente é a mistura quadronda dos dois.

Alguém levantou a mão:

– Está parecendo, professor, que quadrado, redondo e quadrondo são apenas nomes de fantasia para as conhecidas etapas do método dialético: tese, antítese e síntese, não?

Falei que sim, por que não?

– Mas é muito mais gostoso analisar as coisas quadrondicamente do que dialeticamente.

Alguns riram de gosto, outros riram de deboche, outros acho que de desgosto. Falei que o método quadrondo pode ser aplicado a qualquer empreendimento humano:

– Uma escola pode ser quadrada fornecendo apenas instrução, pode ser redonda oferecendo educação, pode ser quadronda desenvolvendo também cidadania.

Falei que uma empresa pode ser quadrada, negando emprego a mulheres, pessoas de meia-idade, gays, obesos, portadores de deficiência. Ou pode ser redonda, empregando gente pela sua capacidade produtiva, sem qualquer distinção, como aliás mandam as leis. Ou pode ser quadronda, empregando a todos sem distinção, mas por mérito, e ainda estimulando a criatividade, a iniciativa e a responsabilidade de todos, inclusive com participação nos lucros.

– Muito já se falou que crise é mistura de risco e oportunidade. Mas para superar crises é preciso iniciativa, desempenho e também criação. Toda iniciativa tem o mesmo reto fundamento, a necessidade. E só sobrevive se oferecer uma redonda qualidade, seja de produto ou serviço. Mas só tem sucesso se for iniciativa criativa, quadronda, oferecendo uma melhoria ou uma vantagem a mais, uma, mesmo que pequena, evolução.

Acrescentei que, de qualquer forma, mesmo numa atitude pode-se ser quadrado, redondo ou quadrondo.

– Por exemplo os vietnamitas, quando foram para a conferência de paz com os americanos, em Paris, exigiram uma mesa oval, por entender que a mesa quadrada não traduzia a complexidade das forças em luta. A discussão do formato da mesa tornou-se uma aguda discussão política, que ocupou a imprensa e, durante meses, entreteve a idéia de que os vietnamistas queriam a paz, quando só queriam dar a impressão de que queriam a paz, pois tinham certeza de que com o tempo teriam também a vitória militar. Fizeram da mesa oval uma quadronda trincheira de luta política.

– Mas não quero terminar com um exemplo de guerra, mas com um exemplo de paz – continuei – Por exemplo quando Ghandi foi a Londres negociar a independência da Índia. Os ingleses tentaram levar o velhinho de carro para as reuniões, até com honras de chefe de Estado, mas ele preferiu ir a pé, cruzando Londres de sandálias, túnica e bengala, sem qualquer segurança mas seguido de um batalhão de repórteres e fotógrafos. Cada caminhada se transformava num exemplo de paz e civilidade para o mundo. Assim, sem levantar ao menos a voz, mas com atitudes e exemplos quadrondos, o velhinho derrotou o maior império do mundo na época. Ser quadrondo é isso.

Novamente fui bastante aplaudido, e no dia seguinte não um, mas três jornais, noticiaram que o antropólogo brasileiro foi novamente o destaque da noite, *com sua visão polêmica ou quadronda visão do mundo.* Com isso considerei merecidos mais trezentos marcos, e passei o dia livre tomando vinho e comendo salsichas pelos parques e praças de Berlim, sozinho, confortado e esperançoso entre um povo que naqueles dias parecia viver para rir e se abraçar. Eu me sentia num mundo novo no Velho Mundo, até a hora em que voltei ao hotel.

O poeta agora se vestia de escuro total:

– Já soube? A Sílvia foi internada.

Tinham estranhado ela não descer para o café, nem atendia telefone, até que ao meio-dia Rosélia entrou no quarto, com uma camareira, e Sílvia estava na cama, no criado-mudo uma cartela de comprimidos vazia. O poeta se sentia meio culpado:

– Ontem à noite, quando voltamos para o hotel, ela me ligou perguntando o que tomo para dormir. Falei que ela não ia conseguir comprar sem receita, perguntou se eu não tinha para emprestar, falei que isso não é coisa que se empresta, mas se dá, mandei levar uma cartela inteira para ela, eu devia ter pensado que...

Mas no hospital já tinham avisado que ela estava bem, Rosélia estava lá junto; e nossa leitura daquela noite, num centro cultural, tinha sido adiada, o poeta lamentou:

– Tomara que marquem para amanhã mesmo, quero ganhar mais desse quadrondo dinheiro alemão, como diz você, e comprar muita roupa escura, agora só vou usar roupa escura.

Um poeta pós-Muro, disse Ricardo Henrique quando o poeta se afastou declamando para a guia. Iam jantar, eu não quis, e Ricardo Henrique novamente saiu com os calados amigos alemães em seus longos sobretudos. Saí, comprei um jornal português, voltei para ler no hotel e, num canto do saguão, vi de novo aquele sujeito da gravata de bolinhas e quadradinhos, agora com gravata de listras; tinha jeito de funcionário público e ergueu seu jornal quando encarei.

Sozinho e culpado, fui ficar no quarto vendo na tevê, durante horas em muitos canais, a repercussão da queda do Muro no mundo. Depois saí andando pela noite, Berlim já não era tão festa, voltava à vida normal; anotei: *A revolução demora para acontecer e passa depressa na vida do povo, as pessoas têm de continuar a trabalhar para viver, ao contrário dos militantes e políticos.*

Entrei no que pensei fosse um restaurante qualquer, no cardápio escolhi um vinho pelo preço e um prato pela sonoridade das palavras. Devido à fumaça, mal via o violinista e o pianista tocando, fumavam muito e riam alto nas outras mesas – e numa delas, me olhando com um sorriso, estava Ricardo Henrique numa roupa esquisita. Levantou, sentou à minha mesa, vi que era um uniforme militar e entendi por que ele e seus amigos usavam sobretudos, para esconder a farda, até porque a braçadeira tinha uma suástica bordada.

– Boa noite, professor – ele já devia ter bebido bem, falava mole – Conhecendo nossa Berlim?

– Nossa? – vi que a parede da entrada estava coberta de sobretudos pendurados.

Ele chegou a cadeira mais perto, os músicos puxavam uma cantoria.

– Nossa Berlim, professor, a Berlim que nunca se rendeu. Sabia que nenhuma bandeira branca foi levantada no *bunker* de Hitler? O Reich nunca se rendeu, professor!

Soava endurecido o sotaque nordestino; pensei num cangaceiro desfilando em passo-de-ganso.

– Aqueles meninos que defenderam o *bunker*, muitos só entregaram as armas porque ficaram sem munição, professor, sabia? Claro que não sabia, a versão dos vencedores é que prevalece, não é? Como se diz no sertão – o sotaque passou a ser bem sertanejo – "a caça não conta o caso, quem conta o caso é o caçador". Mas tem o dia da caça e o dia do caçador, num tem?

Perguntei o que ele queria dizer, o Reich ia voltar ou o que? Ele me pegou o braço e se inclinou para falar tão perto que senti o bafo:

– O Reich nunca morreu, professor! – e isso dito com sotaque bem sertanejo fica ridículo mesmo, fazer o que? Eu ri.

Ele se encrispou dentro daquela bela farda, me olhou com ódio mas pedi desculpa, disse que tinha pensado ser brincadeira dele, como ia imaginar que veria uma pessoa como ele vestida daquela forma?

– É um uniforme da SS, professor, uma tropa de elite. A elite, professor, é a vanguarda do mundo, a ponta da flecha do futuro! Já pensou numa flecha sem ponta, para que serviria? Seria como um povo sem elite, professor, enfie isso de alguma forma na sua teoria quadronda!

Acho que eu continuava tão atarantado com aquilo que ele passou do ódio ao riso também, um riso de lábios fechados, sacudindo o corpo como soluços seguidos, até que botou os cotovelos na mesa e me olhou bem nos olhos, falando fino de repente feito menino:

– Professor, eu não sei como entrou aqui, é a última pessoa que eu pensaria que ia entrar aqui, mas – engrossou a voz – espero contar com sua ab-so-lu-ta discrição quanto a isto. No Brasil, eu sou um cabra casado e com filhos!

Falei que ele podia contar com minha total discrição, mas que ele devia tomar cuidado com as camareiras do hotel, se vissem aquela farda... Ele riu me pegando o braço:

– Você é um encanto, professor – a voz mole de novo, ele mudava de minuto em minuto – Mas não precisa se preocupar, não viajo com farda na mala, o pessoal aqui sempre tem uma para mim.

Perguntei se o pessoal dele tinha participado da demolição do Muro.

– Claro, pensa que estamos comemorando o que?

Mostrou as mãos, tinham bolhas. Mostrei as minhas, e ele pegou, olhou e apertou.

– Bem, temos algo em comum: alguns calos pela mesma causa.

Falei que eu não tinha ajudado a demolir o Muro por alguma causa, mas para acabar com as causas antigas. Ele sorriu triste:

– Causas antigas se renovam, professor. Antes do final do século vamos voltar através de eleições, a guerra agora é de votos, não é?

Suspirou fundo, ia levantar, tinha chegado minha comida. Falei que só gostaria de entender por que um cidadão brasileiro, filho de tradicional família nordestina, ia se envolver com...

– ...o nacional-socialismo, professor? Esse é o nome, nazismo é apelido.

Relaxou o corpo, me vendo comer aquilo que eu nunca soube o que era, e disse sabe, professor, gosto de você, vou lhe contar, posso? Falei que podia, com a condição de não me chamar mais de professor.

– Tá bom, mestre – ele soltou uma risadinha e, olhando longe, começou a contar que, primeiro, não era bem filho de usineiro: – Aos dezoito anos me contaram que meu verdadeiro pai já tinha morrido, eu era filho adotivo, daí entendi inclusive por que me pareço tão pouco com meus irmãos. Eu sou filho de alemão, mestre, acredita?

Falei que, olhando assim agora bem de perto, acreditava: geneticamente a Alemanha é formada por quatro tipos básicos, que graduam do tipo mais louro e claro para o tipo ainda claro, como todos os tipos do Norte da Europa, mas de cabelos escuros, às vezes até enroladinhos embora sedosos. Só não falei que há um tipo de judeu muito parecido, eu queria ouvir a história daquele neonazista tropical; perguntei se ele sabia quem foi seu pai. Ele disse que, com o tempo, foi sabendo. Muitos ex-SS ou outros oficiais de elite migraram principalmente para a Argentina depois da guerra, eu sabia disso, não? Também foram para o Paraguai, alguns para o Brasil, a maioria para os estados do Sul, mas uns poucos foram para o Nordeste:

– Meu pai entre eles, mestre.

Era oficial da Marinha, abriu um estaleiro de barcos de pesca, ficou rico, conheceu uma filha de usineiro, engravidou a moça, mas o pai nem quis ouvir falar em casamento, mandou a filha para a Europa e uns jagunços dar uma surra no alemão.

– Aí meu pai matou um homem, mestre, e fugiu ninguém sabe pra onde, nunca mais souberam dele. E eu, veja que ironia, nasci na Europa, embora Portugal, até por isso não é tão disparatado eu participar da política européia, não?

É preciso lembrar que, desde que sentou ali, ele já tinha pedido dois sei lá o que, que vinham num pequeno cálice que ele virava de vez, e tomou o terceiro, a voz molemente nordestina:

– Quando me contaram filho de quem eu era, mestre, ganhei, acho que como consolação, uma viagem à Europa. E andando pelos parques de Berlim, sem falar a língua, sozinho e triste, comecei a escrever, primeiro pensamentos, depois pequenas histórias, que vieram a chamar de contos. No último dia de viagem, entrei num bar, acho que como fez você aqui hoje, e dei com uns tipos cantando, um maneta, um perneta, e em inglês perguntei ao garçom, eram veteranos de guerra. Puxei conversa, um também sabia Inglês, e quase tive um troço quando disse o nome de meu pai e ele ficou em pé, apoiado na muleta, bateu continência para mim, disse que tinha servido com meu pai e era uma honra me conhecer. Aí falei que pena que o Reich tinha acabado tão mal, ele disse não, o Reich não acabou, não enquanto tivermos filhos e netos. Conversamos depois várias vezes, depois voltei para Recife pensando em voltar a Berlim, como voltei muitas vezes.

Contou que depois de formado, e principalmente depois da morte do sogro, passava um mês por ano viajando sozinho pela Europa, descansando e escrevendo o livro de contos que publicava a cada dois anos.

– Meu casamento acabou faz tempo, os meninos já estão virando homens e todo mundo finge que está tudo em ordem, família é para essas coisas, não é? E ainda me dão prêmios e viagens por causa dos contos, não é ótimo? – a voz estava bem mole e o olhar meio boiando.

Acabei de comer aquilo, meti a rolha na garrafa ainda pela metade, falei que estava com muito sono, fazia tempo não trabalhava braçal tanto como ali na Alemanha... Ele ficou me olhando com um sorriso, disse que eu era um encanto e me abraçou suspirando fundo, falou no ouvido:

– Não me traia, por favor.

Falei que ele podia confiar, paguei e fui saindo, na entrada parei para olhar os sobretudos pendurados, só aí vi uma grande foto no alto da parede: um comício nazista com aqueles milhares de soldados enfileirados, altos estandartes com suásticas e o palanque com o Fuehrer falando lá no fundo. Saindo, dei uma última olhada para trás, vi Ricardo Henrique voltando para sua mesa, sentando e – demorei um pouco para acreditar no que via – beijando na boca um de seus amigos em uniforme acho que da Luftwafe. Só aí notei que nas outras mesas só havia homens, e entendi por que ele tinha falado que *em Recife* era um cabra casado e com filhos.

Andei perdido pelas ruas, tentei beber o resto do vinho, não descia, despejei num bueiro, deixei a garrafa na boca redonda de uma caçamba quadrada, peguei um táxi, fui para o hotel, caí na cama e só acordei com o telefone de manhã.

Sílvia estava bem, contou Rosélia, tinha passado a noite com ela no hospital e podia garantir que os alemães cuidam bem dos seus convidados: Sílvia estava num apartamento, tinha recebido flores do Ministério da Cultura, só não queria falar e continuava de olhar perdido.

– Mas estava tão bem quando derrubamos o Muro!...

O remorso é uma seta que entra reta e lá dentro vai se torcendo em espiral, essa outra invenção já usada antes pelos cipós que sobem se enrolando no tronco de árvore, e o remorso também torce apertando como um cipó, e me apertaria o peito durante anos depois daquele outono em Berlim. Os parques, anotei, estavam *cobertos de folhas vermelhas e amarelas se misturando com o vento, como um tapete em movimento, em alguns pontos com até um palmo de espessura, onde os pequenos cachorros, levados por senhoras ou senhores bem encapotados, têm de abrir caminho com o peito como pequenos barcos num mar de folhas.*

Sílvia continuou em Berlim, enquanto continuamos o périplo pela Alemanha, e ela voltaria ao Brasil antes de nós Só anos depois eu daria com os olhos nela novamente, primeiro através de fotos na imprensa, quando lançou *Histórias do mundo*, livro de contos sempre com a protagonista em alguma capital do mundo, coincidentemente, conforme a própria Sílvia na orelha, as capitais que conhecia, "assim não preciso pesquisar nem inventar, estive lá". Num dos contos, uma brasileira em Berlim abandona o marido, que tenta então se matar tomando uma cartela de pílulas. Com isso pensei que ela tinha se sentido vingada e eu transformado em marido e castigado, ao menos ficcionalmente. Na realidade, o cipó do remorso só pararia de torcer quando vi, numa Caras no consultório do dentista, Sílvia na sua chácara, com piscina e caseiro ("ele"?), feliz e sorridente em convenientes roupões de banho, brindando ao sucesso do livro e à sua publicação em várias línguas. Nem imaginei que ainda veria de novo, ao vivo e em fúria, a Primeira-Dama da Literatura Brasileira.

Hoje vejo que eram dias de demolição política e emocional, como também revelações. Na última noite na Alemanha, depois de leituras em várias cidades, com a carteira cheia de marcos e me achando até rico, sonhei com o professor Gaudêncio, chupando chimarrão a cada três palavras:

– O caso, Terra... é que a genética... manda muito mais na gente... do que a gente pensa... Essa sua mania de largar tudo... largar casamento... largar mulheres uma depois da outra... largar empregos... pode ser herança ainda do índio e do árabe... que eram povos nômades...

Acordei agoniado com aquela chupação de chimarrão, lembrei do professor Mauri:

– Não vá arranjar brasileira na Alemanha, que brasileira tem por aqui!

Mas ganhei uma amiga, Rosélia, eu que não tinha amigas há muito tempo, se é que realmente tive alguma. Antes da partida o pé dela já estava bom, e a cabeça, contou, tinha crescido... como dizer? Tinha crescido... (quadrondicamente, esperei ela dizer) fantasticamente, disse finalmente para meu alívio.

Ricardo Henrique tinha entrado numa espécie de alheamento agudo, a tudo olhando como se nada visse, passando também a tomar notas, contista em gestação artística. Em outras cidades depois de Berlim, também tinha saído do hotel de sobretudo, embora não mais com amigos; talvez eu tenha contribuído, sem querer, para que passasse a ser mais prudente. E prudente também, notei, muito prudente, era aquele sujeito da gravata de bolinhas e quadradinhos, que de novo vi atrás de um jornal num hotel de Heidelberg!

Também ficaria na lembrança que, no aeroporto de Frankfurt, na partida para o Brasil, o detector de metais alarmou quando Rosélia passou. Ela abriu a bolsa na mesa ao lado da esteira e, junto com tudo aquilo que as mulheres levam nas bolsas, tinha pedras, pelo menos uma dúzia de pequenos blocos de concreto, do tamanho de um punho no máximo, e vários pedaços de ferro de construção com as pontas serradas recentemente. Um sujeito já tinha me oferecido, na porta do hotel, um pedaço autêntico do Muro de Berlim por apenas trinta marcos, o muro ironicamente tinha virado comércio; mas Rosélia disse ao guia que aqueles pedaços eram para seus netos.

O guia conversou com os policiais, que balançavam a cabeça, não, não, e voltou a falar com Rosélia que, infelizmente, eram normas de segurança; mas ela nem ouviu, debruçou na esteira e autografou um livro para cada policial, perguntando o nome, e se tinha filhos e seus nomes para dedicar a todos, enquanto uma fila se formava atrás de nós e o guia e os policiais se olhavam, ela falou ao guia como se fosse a uma criança:

– Diga a eles que sou uma escritora brasileira, olha minha foto na contracapa, uma escritora brasileira que acredita no bem e na paz, e jamais iria fazer qualquer mal a alguém com algumas pedras e uns pedaços de ferro velho!

O guia traduziu, os policiais folheavam o livro em português olhando as ilustrações. Um ficou falando com o guia, outro voltou para a máquina, o guia traduziu:

– Ele diz que não são só pedras e ferro velho, são pedaços do Muro de Berlim, é patrimônio alemão, não é mercadoria.

– Isto?! – Rosélia pegou uma pedra e apresentou ao policial sobre a palma da mão – Eu não comprei isto, eu arranquei daquele muro com as minhas próprias mãos como vocês deviam ter feito há muito tempo – traduza!

O guia traduziu, eu mostrei os calos da mão. O policial olhou bem, enquanto ela continuava falando doce:

– Eu não vou embarcar sem isto, não comprei de ninguém, peguei como alemães pegaram um dia, lá nos seus países de origem, todas aquelas estátuas gregas e romanas e múmias egípcias que hoje estão nos museus alemães. Traduza!

O guia traduziu. O policial olhou bem Rosélia, controladamente furiosa, uma mão apoiada na esteira, outra no quadril, tipo pronta para o que desse e viesse. O guia e o policial começaram a discutir, dava para entender que o guia falava várias vezes que éramos convidados do governo. O outro policial chamou, a fila crescia, o policial fez um gesto a Rosélia como quem diz vai, vai, e ela foi enfiando as pedras na bolsa e cantarolando, *ninguém, ninguém vai tirar de mim, meu bem, minhas pedras do Muro de Berlim...*

Julguei ver de novo, lá numa saleta, aquele sujeito novamente com sua gravata de bolinhas e quadradinhos, mas a esteira rolante me levava.

No avião Ricardo Henrique já estava de olhos fechados, com fones de ouvido, e vagavam poltronas noutra banda, fomos para lá. O poeta tinha ido a Paris, com os marcos e a vontade de fazer um recital para brasileiros, algumas noites de autógrafos em livrarias, "inaugurando uma nova fase na arte e na vida", agora só vestido de negro "e sem falar de política mais, de injustiça, de igualdade, de revolução, sabe, cansei":

– Esta viagem me valeu para ver que ainda tenho uma vida pela frente.

Foram suas últimas palavras para mim, e me admirei de tanta esperança num homem que, talvez por não ter podido renovar a pintura dos cabelos naqueles dias, ficava grisalho de dia para dia. Até comentei com Rosélia e ela disse que há muito tempo tinha escrito uma quadrinha sobre isso:

Tem artistas que cedo
ou tarde o tempo matará
e tem artistas que o ego
se encarrega de matar

Perguntei o que ela achava da, digamos, arte de Ricardo Henrique.

– Digamos – disse ela – que eu nada digo sobre o que não me diz nada. E não gosto de gente dissimulada.

– ?

– Ser gay e fingir que não é.

– E como você soube?

– Ah, meu pai era boiadeiro. Batia os olhos num garrote, sabia se ia dar um bom touro, via mais detalhes num boi do que um crítico vê numa obra de arte. Nunca vi ninguém comentando um livro ou um filme como meu pai conseguia falar de uma vaca assim só de olhar à primeira vista. E eu herdei isso, bato os olhos e vejo fundo.

Perguntei do seu livro dos mundos quadrado e redondo, ela disse pois é, tinha tantas idéias para a história mas...

– ...quando comecei a ouvir você falar da sua teoria quadronda, vi que eu só estava começando a enxergar o que você já viu e sistematizou, uma teoria...

– ...que não serve para nada – emendei – além de causar polêmica inútil e me fazer passar por palhaço.

Ora, disse ela, se Galileo pensasse assim, jamais teria falado que a Terra é que gira em torno do Sol. Ora digo eu, disse eu, a teoria de Galileo, que era científica, mudou a visão do mundo, a minha teoria não mudava coisa alguma. Ela fuçou na bolsa, escolheu uma das pedras:

– Leve de presente, bote na escrivaninha, para olhar sempre e lembrar disto: a gente sempre pode mudar o mundo, começando por mudar e melhorar a gente mesmo! Eu era uma professora aposentada há uma década atrás, meu amigo, e agora sou uma escritora voltando da Europa com pedras do

Muro de Berlim escolhidas pessoalmente para cada filho, nora, genro e até para o aquário e o cachorro!

A aeromoça perguntou o que eu ia beber, e Rosélia tinha pedido chá, aí me ouvi pedindo chá também. Fazia dias sentia um muro caindo também dentro de mim, olhava para trás e só via pedaços de vida, destroços, um casamento acabado, uma profissão contrariada, um livro equivocado, outro mal começado, uma teoria inútil, garrafas boiando num mar de bebedeiras, e de repente deu vontade de deixar tudo aquilo para trás, a começar pelo álcool. E entre chás voltamos para o oeste do mundo, desta vez seguindo e não contrariando o giro do planeta, saindo do outono no hemisfério norte para a primavera no hemisfério sul, outono-primavera, norte-sul, e minha vida também passaria por uma virada, uma, como disse o poeta, nova vida pela frente.

Dez anos depois, com a Pedra da Rosélia aqui na escrivaninha, olhando Marina a brincar com os meus e os nossos filhos lá fora na praia, isto mesmo, os meus e os nossos filhos, penso que as palavras de Rosélia, sobre renovar a vida, foram mais uma profecia que valeu, como aquela do professor Mauri, de que brasileira se acha por aqui mesmo – mesmo quando não se está procurando, como aconteceria comigo, pois assim é a vida: quando você não procura é que acha neste mundo que é uma bola.

REDONDICE

PARTIR É BOM, voltar é melhor, já disse não sei quem; mas decerto alguém também já deve ter dito que, como anotei no avião, *nascemos marcados por um ponto: um ponto no mapa, o local onde nascemos, que geralmente inclui nacionalidade, descendência, raça, língua, cultura, pátria, História e folclore, costumes e crendices, serviço militar, corrupção e burocracia típicas de cada país. O ponto de nascimento é o princípio da nossa arquitetura de vida, como uma pirâmide invertida que, em vez de convergir para um ponto, cresce a partir desse ponto.*

Essa pirâmide surge a partir do feto embutido na escuridão do ovário, então talvez seja melhor não considerar a vida uma pirâmide, mas uma árvore mesmo, a partir da sua semente-sêmen, ramificando em ações e opções pela vida afora.

Está claro agora – mas então eu não via – que me encontrava enovelado nas caraminholas mentais do quadrondismo, o vício de tudo ver e pensar teoricamente. Mas, mesmo com minha teoria alcançando já o feto, depois de até ter ido à Lua, sentia nela o gosto de esterilidade que tem a atividade intelectual quando gera apenas mais atividade intelectual, como quanto mais se joga xadrez mais se consegue apenas jogar melhor mais xadrez.

Na universidade me esperava um palmo de ofícios e memorandos empilhados, e convocação para assembléia, o pessoal queria entrar em greve no começo das aulas; aí lembrei das últimas palavras de Rosélia no aeroporto em São Paulo:

– Bote Quadrondo no papel, quer dizer, no disquete – riu – Eu ainda sou do tempo do papel...

Podia aproveitar as férias seguidas de greve, emendando com duas licenças acumuladas, e teria um semestre inteiro para botar Quadrondo no computador portátil, que tinha comprado com o dinheiro do primeiro livro e ainda não tinha usado. Vendo a pilha de burocracia por responder, senti uma baita vontade de largar aquilo e virar escritor, viver na beira do mar escrevendo de manhã e à tarde pescando os peixes da estação.

Professor Gaudêncio já adiantou que, fosse qual fosse a decisão da assembléia, ia continuar trabalhando, era o único contra a greve. Na última, tinha sido o único a votar contra acabar a greve quando o governo ameaçou descontar os dias parados. Agora, achava que greve, se era para acabar com qualquer ameaça, melhor nem começar:

– Não sou marxista, mas não foi Marx quem falou que greve deve ser levada até as últimas conseqüências ou desmoraliza as greves seguintes?

Professor Mauri estava achando a greve ótima, por coincidir com a temporada de não sei que peixe no Mato Grosso, ia pescar:

– E também enfiar a vara nuns buracos diferentes... Por falar nisso, Terra, e as alemãs? Vamos tomar aquela no fim da tarde e você me conta.

Falei que não tinha o que contar, e que também tinha parado de beber.

– Você está ficando é mentiroso. Não vai me dizer que não deu umas quadrondadas por lá...

Nos corredores, alunos me cumprimentavam perguntando como se fosse de um filho recém-nascido:

– E o Quadrondo, professor?

Teriam feito o mesmo com Einstein nos corredores de Viena?

– E a relatividade, professor?

E teria Einsten ouvido cochichos e risadinhas pelas costas? Teria encontrado coisas escritas no quadro-negro assim?:

QUÁ QUÁ QUÁ
Quanto quadrondismo!

Toda universidade tem seus professores folclóricos. O matemático que anda falando sozinho. O veterinário de botinas embosteadas. O piramidal professor gay de Educação Física. A obesa mas competente professora de expressão corporal. A professora de teatro que bebe de balde nas festas, agarra um homem pela mão e quer levar pra cama. A enfermeira líder sindical que dá de mamar aos gêmeos mesmo dirigindo assembléia. O professor de Latim que era padre, só se veste de negro, como uma batina civil, e é quem fala as coisas mais avançadas. Universidade, universo de diversidades.

Numa reunião com meia dúzia de pós-graduandos, senti que também tinha virado folclore, o antropólogo autor de uma teoria já popular antes sequer de ser publicada. Cobrei de alguém por que não tinha lido tal ou qual livro fundamental para sua tese, a resposta foi:

– Ah, professor, é tanto livro pra ler que esse aí quadrondeixei pra lá...

No apartamento eu não tinha plantas, para não morrerem por falta de água nalguma viagem. Decoração quase nenhuma, tudo ficou com essa instituição moderna, a ex-mulher, para conforto emocional dos filhos, como ela explicou:

– Vendo em redor tudo que sempre viram, não sentirão tanto a perda da presença do pai.

Agora, meus poucos móveis pós-casamento também podiam ser doados aos vizinhos, e eu dispensaria o apartamento e seu aluguel enquanto fosse escrever Quadrondo na praia, decidido a mostrar aos incréus como se faz um best seller, a melhor vingança seria ficar rico. Foi quando ligou a secretária do reitor:

– Ele quer falar com o senhor – me chamando de senhor uma pessoa que já tinha uivado meu nome na cama.

Perguntei a que hora, o reitor tinha fama de cuidar de cada minuto da agenda. Ela deu uma risadinha:

– Ele disse que pode vir a qualquer hora, mas é melhor o quanto antes.

Fui no dia seguinte no fim da tarde, parei diante da escrivaninha coberta de fotos do reitor pelo mundo, com diferentes chapéus e barretes e togas e fardões, mas sempre com o mesmo sorriso deslumbrado de quem acabou de ganhar na loteria, diziam que ele tinha ligação direta entre as câmeras e os músculos faciais. Falei boa-tarde, ele levantou os olhos, não só sério mas bravo, e só falou sente-se. Sentei.

Ele abriu uma pasta, folheou papéis:

– Recebi fax do consulado alemão com vários recortes de jornais, sobre a comitiva de escritores brasileiros, e vi que o senhor foi o destaque, como diz o cônsul, não sei se para o bem ou para o mal.

Pedi a pasta, vi que minhas declarações tinham repercutido em outros jornais. Um deles, ao que parecia, tinha feito enquete perguntando às pessoas o que achavam de uma declaração minha, suponho que aquela sobre os campos de concentração, pois um forno crematório aparecia numa foto. Mal tive tempo de olhar direito, o reitor foi disparando:

– O senhor não teve receio de criar um incidente internacional?! Imagine um escritor paraguaio vir dizer, aqui no Brasil, que o povo brasileiro sabia e gostou que nosso exército massacrou o povo paraguaio durante e após a Guerra do Paraguai! Deve ser verdade, mas para dizer isso é preciso provar, principalmente quando se é também um professor universitário!

Ele levantou.

– E o senhor pensou na universidade?! O senhor não tem receio de cair no ridículo com essa história infantil de quadrado com redondo?! – ele já estava vermelho – Ora, professor, ou o senhor expõe isso de forma científica, numa tese, como convém a um pesquisador universitário, ou pára de falar nessa... nisso!

Falei que eram situações diferentes os massacres na Guerra do Paraguai e o genocídio nazista, e ele passou para outro tom de vermelho:

– Professor, eu lhe peço apenas uma virtude muito antiga: moderação.

Falei que, cientificamente falando, não existe moderação.

– Como dizer a verdade pela metade?

Ele soltou ar pela boca e sentou como um boneco furado de repente, me olhou desconsolado:

– Professor, não me force a pedir que seu caso seja examinado pelo Conselho de Ética.

– Meu *caso*?! O senhor já ouviu falar de Galileo Galilei, reitor?

Ele passou do desconsolo para a frieza:

– Sim, ele *provou* o que dizia, demonstrou cientificamente! Mas o senhor pode provar, professor, que essa tal teoria quadrunda serve para alguma coisa, não é pura masturbação mental?

Fiquei mastigando aquelas duas palavras, e pensando que ele já tinha aproximado minha teoria da bunda, ao chamar de quadrunda; e ele deve ter pensado que eu ia lhe dar um sopapo ou coisa que o valha, afastou a cadeira da escrivaninha, olhou para a porta. Falei que ia pedir as licenças e férias, para desfrutar depois da greve:

– Vou dedicar o semestre a fazer o que o senhor está querendo, não na forma de um tratado científico, mas na forma de livro, um ensaio popular.

– Ensaio... popular?

– É, para as massas, reitor, coisa para ser entendida por gente, não para tirar meia dúzia de cópias especialistas...

Ele ficou me olhando, coçou a cabeça – por que dá coceira na cabeça o que a gente não entende? – e só me desejou boa sorte, perguntou apenas quem ia cobrir minhas aulas no semestre. Falei que era problema do departamento.

– E volta em julho, professor?

– Ou não volto – e saí de cabeça erguida, mas antes de chegar ao carro já não tinha tanta certeza do que ia fazer com Quadrondo, tratado ou livro popular ou nem sabia o que.

Mara só me deixou ver Leo e Ana no fim de semana, como o juiz mandou. Vieram para pousar, e já entraram perguntando do canivete e do urso. Com aquele muro caindo e tudo mais, eu tinha esquecido de comprar na Alemanha, comprei em São Paulo. Leo pegou o canivete, abriu todas as lâminas e utilidades, ficou feliz. Ana procurou etiqueta alemã no urso, eu tinha cortado com o canivete a etiqueta de Hong Kong, mas ela também ficou feliz. Fizemos sanduíches, compramos frutas e sucos, fomos fazer piquenique na beira do lago. Leo usou o canivete, Ana mostrou o mundo ao urso Franz, e só no fim da tarde, já de novo no apartamento, contei que ia viver no litoral por um tempo para escrever Quadrondo. Ana perguntou onde era o litoral; é na praia, sua boba, disse Leo.

– Então eu também quero ir.

– Você vai, nas férias – e com isso pareceu mais aceitável para ela, mas Leo questionou por que eu precisava ir tão longe para escrever um livro se meu primeiro livro tinha escrito ali mesmo.

Falei que esse seria um livro diferente, como o suíço é um canivete diferente ou como os ursos de Berlim são diferentes, e isso foi convincente. Mas Ana perguntou se poderiam de vez em quando acampar no apartamento, falei que não ia renovar o aluguel, o contrato vencia no fim daquele novembro e dezembro eu já passaria no litoral. E os móveis, perguntou Leo. Falei que ia vender, o carro também, ia para uma tal Ilha do Meio que tinha visto num caderno de turismo do jornal, uma ilha sem ruas nem estradas, só trilhas para andar a pé.

Eles ficaram olhando o apartamento como se já estivesse vazio. Ana disse que ia sentir saudade, Leo ficou olhando no batente da porta suas marcas de altura riscadas a faca. Pegou o canivete, encostou no batente e ele mesmo fez a última marca; tinha crescido mais de palmo desde a separação dos pais.

Vendi alguns móveis a vizinhos por mixaria, dei outros, doei os livros à biblioteca, os talheres aos porteiros do prédio, guardei as melhores roupas em malas no apartamento de Mauri – e, só com uma mala pequena, a maleta do computador e uma mochila, tomei o ônibus pensando no que tinha me dito o engenheiro Orlando.

Era um engenheiro, disse quando me ligou na universidade, um engenheiro que gostava mesmo de engenho, riu, e queria me mostrar uma coisa:

– Uma coisa quadronda, professor, como diz o senhor. Tenho um filho que estuda aí e me contou da sua teoria. Mas o senhor tem de vir aqui para ver a coisa em funcionamento.

Fui até o endereço, era um prédio em construção – e a coisa quadronda era uma carrinhola de mão. O engenheiro me explicou:

– Lembra a tradicional carrinhola de pedreiro? – apontou uma carrinhola antiga encostada num canto – Tinha o formato de uma colher quadrada, uma pequena caçamba, certo? Boa para carregar massa, areia, pedrisco. Mas, para carregar tijolos, era um desastre.

Mostrou: tijolos são retos, e o fundo da carrinhola antiga é curvo, abaulado, e as quatro bordas inclinadas, de forma que os tijolos iam desalinhados, friccionando, lascando, quebrando. Além disso, cabiam ali poucos tijolos. Aí mostrou a nova carrinhola que os pedreiros usavam para levar tijolos ao alto do prédio: era uma plataforma maior e reta, sem bordas como uma mesa, de modo que podia levar quatro vezes mais tijolos bem empilhados e sem quebras.

– O segredo, professor, está no ponto onde colocar a roda, bem no centro, para a carrinhola não pesar para a frente nem para trás.

Parou um pedreiro que passava com uma carrinhola, perguntou qual era a melhor de levar, a antiga ou a nova?

Vichi, falou o pedreiro, nem dava para comparar:

– É que nem a diferença duma carroça prum carro!

O engenheiro mostrou que a antiga agora só carregava as outras coisas, massa, areia, entulho, e eu fiquei pensando como é que ninguém tinha pensado nisso antes, décadas de construções usando a mesma carrinhola curva para as cargas a granel e os tijolos... Falei que era mesmo uma invenção quadronda.

– Mas não vai me cobrar direitos autorais, professor, vai?

Perguntei se ele tinha patenteado a invenção, ele riu:

– Professor, inventei isso aí faz menos de um ano, e todo mundo já copiou, tem em toda obra, é do mundo, né?

Minha teoria funcionava tanto que era de domínio público...

Fui para "casa", aqueles quartos quadrados empilhados sobre outros no prédio retangular, e as únicas coisas redondas à vista eram as lâmpadas e umas laranjas. E a privada. Urinei pela última vez no apartamento vazio, peguei o computador, a mala e a mochila com metade do dinheiro em cada uma, fui para a rodoviária sabendo que não ia escrever mas esquecer Quadrondo, isto sim. Ao fim de seis meses, estaria desempregado e sem dinheiro. Mas me sentia feliz, só de saber que ia ficar longe da quadradeza do apartamento, das ruas, dos corredores da universidade, as salas de aula, a mesa do departamento, os livros de chamada, o armário de cada professor, o quadro-negro, o olerite, a vaga no estacionamento, adeus, quadradezas!

Últimas palavras dos colegas:

Professor Gaudêncio: – Vai mesmo, quem não segue o coração não tem razão.

Professor Mauri, que seria novamente profético:

– Não vá ser fisgado por alguma filha de pescador, hem...

Últimas palavras de Mara, ao telefone:

– Boa viagem então. Acho que as crianças vão sentir falta, mas o importante é *você*, né, Terra, *você* é o centro do mundo, né, *você* resolve o que é bom pra *vo-cê* e o resto que se rale, certo?

Certo, talvez ela estivesse certa e eu errado, talvez eu devesse voltar a sentir seu cheiro doce no meu travesseiro, e recolher seus cabelos da pia e ver seus chinelos ao lado dos meus, e conversar sobre os filhos e o orçamento doméstico, olhando o teto e suspirando juntos, mas uma força dentro de mim dizia não, não, Terra, não finque raízes, vá mais fundo ainda, vá para as origens, vá para o mar, o mar sem formas e em movimento sempre, o mar.

Passeei pelos parques em Curitiba, desci para o litoral de trem, apreciando os viadutos do engenheiro Rebouças, pensei naquele negro a comandar a construção duma ferrovia na serra, um herói. Um negro, nosso engenheiro mais notável; voltei a pensar na genética para esquecer Quadrondo.

Em Paranaguá, naquele tempo, onde hoje é o calçadão da praia, era uma prainha de areia escura, coalhada de urubus bicando as tripas de peixe que os pescadores limpavam ali antes de levar para o mercado – e de tardezinha os bêbados do dia, aqueles que mal conseguiam parar em pé depois de beber de boteco em boteco, eram jogados na agüinha rasa e fedida, espantando os urubus e xingando os que se divertiam fazendo aquilo.

Era quase sempre a mesma meia dúzia de jovens pescadores, mais uns empregados do comércio, que todo dia, na hora em que o sol bicava o horizonte, saíam caçando os bêbados para jogar na água, mas naquele dia um resistiu. Estava de pé redondo mas resistiu, seis contra um e ele resistiu, ou tentou, e decerto conseguiria se não estivesse tão bêbado, chegou a derrubar três com golpes de capoeira, mas caiu tonto e os seis pularam por cima, socaram, chutaram, e o povinho do comércio, que antes ria, agora fazia de conta que nada via.

Iam levando o rapaz desacordado, quatro agarrando pelas pernas e braços, dois mancando atrás, e já estavam quase chegando na água, os urubus pulando em volta, quando uma mulatinha clara apareceu correndo com uma faca de peixeiro quase maior que o próprio braço. Larga ele, foi gritando, larga ele, e todos correram para não levar facada, inclusive os mancos, aí o povinho riu. Ela enfiou a faca na areia e agachou para cuidar do rapaz jogado entre tripas e cabeças de peixe. Era um mulato do tipo piramidal, a cintura estreita e os ombros largos, a barriga com todos os músculos aparecendo como modelo de anatomia, e ela passou a mão por aquela musculatura, como quem afaga um cão.

Ele começou a acordar, ela falou brava, ele levantou tonto, caiu, ela ajudou, ele voltou a levantar e foram para o mar, andando com água pela cintura até uma bateira que estava ali ancorada naquele mar-de-dentro da baía, sem ondas.

Eu queria o mar de fora, ondas altas e praias sem forma definida, sem retas, sem ruas, sem esquinas, sem postes e fios, céu limpo, cabeça limpa; perguntei da tal Ilha do Meio. Aquela bateira lá, alguém apontou, vai pra do Meio. Era a bateira onde tinha se enfiado o casalzinho, e agora mais gente ia pelo mar com mochilas e sacos na cabeça, água pela cintura, subiam na bateira por uma escadinha encostada no casco de madeira. Fui o último a embarcar, aí vi que debaixo da cobertura tinha mais gente e até cachorros.

Na maioria eram jovens, naquele tempo a ilha ainda não tinha conforto, estava sendo descoberta pelos turistas, é depois da Ilha do Mel e antes da Ilha das Cobras, por isso chamada do Meio, e disseram que nem polícia tinha ainda, nem telefone, dei graças. Vários rapazes levavam barracas, e polaquinhas de Curitiba iam já afogueadas e com creme no nariz. O trapézio de músculos ia deitado, a cabeça no colo da mulatinha sentada no piso. Ele às vezes se ajeitava gemendo, ela ia olhando baixo e longe, como se visse o mar e os peixes além do casco, com uma blusinha fina sem sutiã, de modo que, sentado ao lado, eu não podia deixar de ver seus peitinhos. Seriam dois cones perfeitos coroados pelo biquinho dos mamilos.

Era mulata clara como leite com bem pouco café, os cabelos encaracoladinhos e finos, pensei que deviam ser sedosos para serem tão brilhantes. Estava de calças jeans cortadas como bermudas, com longos fiapos, e tirou o cinturão de homem com fivelão, para não machucar a cabeça dele no colo, os peitinhos balançavam acompanhando os movimentos dos braços. Tinha os dedos de um pé esmaltados de rosa; os do outro pé, sem esmalte. Lembro que pensei eis uma pessoa assimétrica ou terá sido interrompida enquanto esmaltava as unhas?

Acho que sentindo meu olhar, ela olhou para mim, viu que eu lhe olhava os pés e riu:

– Pra dar sorte.

Recostou a cabeça no banco e fechou os olhos, um peitinho encoberto pela blusa, o outro aparecendo até quase a ponta do mamilo, e então tive uma ereção. Botei o computador no colo, eu estava de maiô, como faziam muitos para não molhar as calças no embarque. Ela abriu os olhos, virando o rosto para mim, e eram olhos verdes.

– Que é isso?

Falei que era um computador, ela levantou a cabeça para olhar melhor:

– Cabe nessa malinha?

Falei que a malinha era o computador, ela falou pois mesmo assim, e ficou olhando, o corpo inclinado de um jeito que eu via os dois peitinhos inteiros, ela percebeu e voltou a olhar o mar através do casco, resmungando alto:

– Barba branca e tarado...

Minha barba mal começava a ficar grisalha... Então abri um livro de antropologia sobre o computador e fui lendo, mas vendo que de vez em quando ela virava a cabeça para me olhar. Horas depois, no desembarque na ilha, de novo com água pela cintura, esperei a moçada sair primeiro, alguns rapazes levando as moças nos ombros, acabei por último com o casal, vendo que ela tinha de descarregar compras e ele ainda mal parava em pé. Ajudei, levando caixotes de legumes, bujão de gás, caixas de latas de cerveja, enquanto o moço ressonava na areia. Era começo de noite e fazia lua cheia, a praia se estendia branca, afunilando nas duas pontas da baía como enormes chifres cutucando o mar escuro.

Eu tinha até esquecido dela, olhando a lua a levantar do morro, prateando o mar, quando ela parou na minha frente com uma latinha:

– Quer cerveja quente?

– Não, mas o tarado agradece.

Ela ficou me olhando e seus olhos verdes pareciam fosforecer ao luar.

– Sua mãe é clara, quase loira?

– Como que sabe?

– E o seu pai é mulato?

– Sabe só de olhar assim?!

Acho que foi aí, nesse "sabe só de olhar" que comecei a perceber que ela falava só três ou quatro palavras por vez. Expliquei que também podia ser o contrário, pai bem claro e mãe mulata, o resultado seria uma mulata clara como ela, de olhos verdes. Ela sorriu leve, me olhando de lado, depois resmungou alto para o mar:

– Lá vem lábia...

Falei que eu estudava raças, ela olhou o livro sobre o computador encima da mala na areia, pediu desculpa de novo, cavocando a areia com o pé, menina encabulada.

– Vem, nego bebum! – ela chamou e chacoalhou com o pé o moço na areia, ele levantou, foi atrás dela cambaleando e tropeçando, as calças sujas, a camisa amarrada na cintura, calcanhando os tênis desamarrados. Perguntei se iam deixar as compras ali, ela falou sem se voltar – Alguém vem buscar – e foram para os matos depois da praia, havia luzes por lá. Gritei se sabiam de casa ou quarto para alugar, ela gritou ainda sem se voltar:

– Vem co'a gente!

Não fui. Para que caminhos fáceis, para que percursos retos? Fui sem rumo pela praia, os tênis amarrados no pescoço e os pés afundando na areia fina e mole da Baía das Pontas, ainda sem nem saber esse nome nem o que ia significar na minha vida. Via luzes lá na ponta e pensei: bem, nada como uma caminhada ao luar e uma casinha ao pé do morro...

Passavam vultos de casebres, todos sem luz ou com lamparina, e aqui e ali os casais recém-chegados armavam barracas debaixo de árvores, com lanternas, vozes e risos. Quando vi, estava chegando às últimas casas, já quase na ponta, onde a praia acabava nas rochas do morro. Uma das casas estava acesa, bati palmas. Apareceu uma mulher na janela, depois um homem. Perguntei de casa por alugar.

– Não tem não – falou o homem.

– E quarto?

– Também não.

– Aqui nesta ponta, moço – falou a mulher – a gente não gosta de turista, viu?

Voltei pela praia, os casais já tinham erguido as barracas, numa delas duas sombras se mexiam cadenciadamente projetadas na lona pela lanterna. Passei pela trilha no meio da praia, por onde tinha ido a mulatinha de olhos verdes, e fui para a outra ponta, onde via outras luzes. No caminho, outras barracas, uma fogueira com moçada em redor assando lingüiças, violão e garrafão de vinho. Na outra ponta, bati numa casa acesa, a luz apagou e, mesmo com a lua cheia, a casa ficou escura porque era cercada de árvores e palmeiras. Uma voz falou da escuridão:

– Fala, moço – era a segunda vez que me chamavam de moço e resolvi dizer que era professor, mostrei a mala (símbolo de estável quadradeza se comparada com a mochila ou a bolsa de viagem preferidas pelos jovens), falei que queria alugar uma casa pequena ou um quarto, e a luz acendeu.

Um homem estava na varanda, estendeu a mão, disse que era Arlindo dos Santos e estava às ordens, tinha vários tipos de acomodação, num instantinho ia pegar as chaves, e voltou para a casa, a luz voltou a apagar. Ele saiu com algumas chaves, foi me mostrar casinhas espalhadas em volta da casa, debaixo de árvores, aninhadas entre coqueiros. Usei minha lanterna para ver que eram quartinhos de madeira com cozinha e uma varandinha, telhado sem forro, uma cama de casal, uma mesa e duas cadeiras, um fogãozinho a gás, uma pia. O banheiro era um cubículo com chuveiro quase encima da privada; perguntei para onde ia o esgoto.

– Ah, vai pra fossa, cada chalé tem uma fossa.

Ele chamava as casinhas de chalé, e chamava de praça um bangalô no meio de um terreiro, erguido com esteio central e coberto de palmas, com churrasqueira, mesas de madeira rústica e cadeiras de assentos e recostos de palha.

– Aqui o pessoal faz churrasco, assam peixe, tocam violão...

Me perguntei que pessoal, se ele tinha me mostrado quase todas as casinhas menos uma que estava ocupada, e percebi por que quando ele disse o preço, era o mesmo que de um hotel quatro estrelas em Curitiba. Voltou a luz. Perguntei se o preço era por dia ou por semana, e Arlindo dos Santos, um mulato claro de olhos verdes, sorriu dizendo que era por dia, sim...

– ...mas ficando uma semana, paga só seis dias.

Perguntei por que a luz apagava e voltava. Ah, é assim mesmo, disse ele, de vez em quando acontecia isso, mas mais de noitão era difícil, acontecia mais de noitinha. Pensei que difícil ia ser usar o computador com a energia falhando tanto. Arlindo dos Santos falou que o hotel – chamava aquilo de hotel – também tinha bar, perguntei o preço da cerveja; era o dobro do que no continente, mas ele disse que era devido ao transporte.

– E pro senhor, que é professor, deixo uma semana por cinco dias, pronto.

Falei que ia pensar, voltei pela praia. A fogueira não ardia mais, ninguém à vista, as barracas apagadas. Arriei no meio da baía, botei o computador sobre a mala, sentei na areia usando a mochila como encosto e fiquei vendo as estrelas, acho que cochilei; acordei vendo a Lua já no meio do céu. Tirei roupas da mochila, vesti e dormi ali mesmo. Acordei com o mar me lambendo os pés, pulei para levar a bagagem praia acima, aí sentei vendo um amanhecer tão borrado e colorido que devia estar de boca aberta, pensando quanto tempo não via um amanhecer, quando ela falou agachada do lado:

– Fecha a boca, homem!

Era a mulatinha, com um biquíni que devia ter sido comprado quando ela ainda era menor, cobria quase só as pontas dos peitinhos.

– É bonito, né? – ficou ali agachada olhando o sol subir do mar, aí falou já correndo:

– Vem pro mar, homem!

Sumiu mergulhando, aparecendo e voltando a sumir. Quando voltou, o sol já me tinha feito botar boné da universidade e ela perguntou se eu era professor. A calcinha ficava tão abaixo do umbigo que apareciam os primeiros pelos enroladinhos, e as coxas tinham uma penugem loira. Com os cabelos molhados, as espirais dos cachos gotejavam.

– Não gosta de mar?

Falei que gostava, estava ali por causa do mar, ela não sabia de casa para alugar? Ela caiu de joelhos na minha frente, os peitinhos vibrando:

– Me dá o que?

Uma semana de aluguel, falei, eu lhe pagaria uma semana do aluguel de uma boa casinha para alugar por vários meses, nem precisava ser perto da praia. Ela sorriu com dentes muito brancos.

– Então vem comigo – foi para a trilha e fui atrás, vendo as nádegas redondinhas separadas pelo triângulo curvo da calcinha.

Passamos casas de aluguel e barracas de veranistas acordando, mulheres com crianças, maiôs em varais. A trilha ia estreita através de um matinho à altura do peito, com muitas flores agrestes e passarinhos cantando, e subia por um morrote com degraus de terra ou pedra. No alto tinha uma casa entre árvores, com varanda, quarto, cozinha, caixa-dágua com bomba elétrica, ela mostrava sempre com três palavras:

– Bomba da caixa-dágua.

– Colchão tá novinho.

– Tanque de lavar roupa.

Perguntei do preço, disse que o dono pedia muito, que eu oferecesse menos, disse quanto.

– Espere que vou lá.

Fiquei esperando na varanda, vendo o sol subir e o mar brilhar, canoas e barcos saindo das duas pontas da baía para a pesca, famílias armando guarda-sóis na praia, casais passeando de mãos dadas pela areia brilhante de molhada. Ela voltou com um grande chapéu de palha, formando um cone de sombra para a mulatice clara, uma saia sobre a calcinha, mas o sutiã continuava o mesmo e ela pegou meu olhar:

– Gosta de coisa bonita, hem?

Abriu os braços:

– É uma casinha bonita, né? Fica pelo preço que falei.

Juntou as mãos, olhando para mim e, como não entendi, estendeu uma das mãos com olhar maroto. Lembrei do trato, dei-lhe dez dias de aluguel, ela devolveu a nota a mais:

– Trato é trato.

Dobrou as notas, enfiou no lado da calcinha.

– Qualquer coisa, tô na venda – e se foi pela trilha, me deixando de novo com ereção diante daquele dia azul e uma casa por arrumar.

Achei uma velha vassoura, panos e um detergente pela metade, e varri, limpei, pendurei roupas, achei lençóis e fronhas, arrumei a casa, catei flores para dois velhos vasos de barro. Botei o computador na mesa ao lado da janela, escreveria olhando a baía. Comi bolachas com sardinhas em lata, bananas secas, suco longa-vida. Depois tomei banho de chuveiro, botei maiô por baixo das bermudas e chaveava a porta, para ir para o mar, de novo a voz dela me pegou de surpresa:

– Toma banho pra ir pro mar?

Perguntei como sabia que eu ia para o mar, ela apontou a toalha e a máscara de mergulho nas minhas mãos, e eu estava de cabelos ainda úmidos do banho. Ela como sempre foi direta:

– Vim falar do lixo.

Eu devia deixar o lixo ensacado, e pendurado ali no galho da árvore, para cachorro não fuçar, que alguém vinha recolher.

– Quer geladeira, é só falar. Eu alugo, televisão também.

Aluguei uma geladeira, meu plano era comprar peixe barato direto dos pescadores na praia, fazer minha própria comida, tinha cinco quilos de arroz integral na mochila, mas precisava de panelas. Ela adivinhou:

– Vou lhe emprestar panela. E frigideira.

Descendo a trilha, ela apontou onde vendia os legumes e frutas que eu tinha ajudado a descarregar, a venda era um galpão aberto com prateleiras de madeira e meios-tambores de cereais. O moço mulato estava lá, ela chamou – Valdo – e disse que ia para o mar. O sol ia se pondo, ela disse que tomava banho de mar todo dia de manhãzinha e de tardezinha. E mergulhou, sumiu. Botei a máscara e me esqueci dela, vendo peixes mesmo com a água já escurecendo, o sol se pondo atrás do morrote onde eu via no topo a minha casinha.

De repente, com água pela cintura, ela aparece nua ao meu lado:

– Perdi o sutiã. Empresta isso aí?

Falei que eu procurava, botei a máscara e mergulhei várias vezes por ali, mas a água já estava escura. Emergi e, olhando o céu borrado atrás do morro, vi que estava borrado demais. Eu tinha acabado de perder a outra lente de contato, a que deixei no Brasil para ir perder a outra na Alemanha, agora estava sem qualquer lente. Mas podia ver perfeitamente que ela nada fazia para esconder os peitinhos gotejantes como os cabelos – e de novo pegou meu olhar:

– Gosta mesmo de coisa bonita, né, professor?

A onda vazou, me deixando com água abaixo da cintura, eu estava de novo com ereção e de maiô colante, ela arregalou os olhos, disse nossa, tá armada a barraca! Riu virando as costas e foi para a praia. Nadei mais um pouco, mergulhei e algo passou pelo meu rosto; peguei, eram dois triângulos de pano amarelo unidos por um cordão, o sutiã. Fui para a praia, pedi um refrigerante numa barraca de palmeira, na luz da lamparina li o nome bordado na beirada do sutiã: Marina. Um bordado miúdo e resistente como os de minha avó.

Na hora não liguei os nomes: fugindo duma Mara, a amarga, eu dava com uma Marina, filha do mar. Fui à venda, comprei mantimentos, legumes, frutas, o moço Valdo atendia cabisbaixo, devia estar ainda com resto de ressaca. Quando fui pagar, ela apareceu de camisolão, cabelos quase colados na cabeça, mais uma vez pegou meu olhar:

– Passei babosa. Leva a geladeira dele, Valdo.

Ele pegou uma geladeira pequena, tipo de frigobar de hotel, botou sobre o ombro, outras duas geladeiras ficaram num canto. Lanternas se enfileiravam na parede, perguntei se também eram para alugar, ela riu, claro que não.

– São pra vender. Mas lhe empresto uma.

Pegou uma lanterna, ficou me olhando enquanto enfiava as pilhas cilíndricas no buraco redondo.

– Como é seu nome?

Valdo já ia pela trilha com a geladeira, falei meu nome e ela disse o dela, falei que já sabia, devolvi o sutiã. Ela pegou e os olhos verdes se molharam, disse que era um presente muito querido, e me deu um beijo no rosto, senti o cheiro forte de babosa e os peitinhos me cutucando as costelas.

Naquela noite, depois de jantar, vi a lua subir lembrando de Marina e, não me envergonho de confessar, lambuzando a mão com, como diziam os poetas antigos, o leite do desejo, depois me achando um moleque, sem saber se isso era bom ou ruim.

De manhã, liguei o computador, fiquei olhando a tela, de repente apagou. Interpretei como um sinal de que devia mesmo esquecer Quadrondo, e então anotei o que vinha acontecendo comigo naquela ilha, como faria dali por diante. Depois peguei o boné, a mochila com frutas secas e o cantil, fui andar pela ilha. Marina estava na venda, atendendo turistas que a toda hora chegavam em barcos, carregados de bagagem e fazendo de cada desembarque uma festa. Era início de dezembro, começo da temporada do verão, e eu esperava que a ilha não enchesse tanto como a do Mel, tão cheia de lixo enterrado que às vezes, cavando um buraco para enterrar lixo, achava-se mais lixo enterrado.

Em vez de ir para a baía, fui para o outro lado da ilha, o lado voltado para o mar aberto e não para o continente, o mar-de-fora. Ali as ondas eram altas, o vento forte, a areia mais fina ainda, quase uma pasta, a praia larga de centena de metros e comprida a perder de vista. Os turistas solteiros nadavam ali, as famílias preferiam a baía com seu mar calmo para as crianças. Já que não tinha mesmo mais lentes para perder, fui furar ondas, brincar na espumeira da arrebentação. Quando vejo, ali está ela de novo, com o sutiã.

– Sabe pegar jacaré?

Mostrou como era: esperar uma onda grande e propícia, quando já avolumou e encurva para a frente, uma faixa de espuma já na crista começando a se quebrar; aí lançar o corpo na direção da praia, deixando a onda quebrar sobre as costas, os pés juntos e os braços esticados para a frente. Com a cabeça na água e a onda quebrando sobre as costas, envolto no turbilhão de espuma e rumor, eu segurava a respiração quanto podia, mas acabava erguendo ou virando a cabeça para respirar, e apenas com esse gesto já perdia a hidrodinâmica, a onda ia, eu ficava. Ela ia quase até a prainha, levantando com água abaixo dos joelhos, a onda virando uma ondinha que ia morrer na areia logo adiante.

Nada pode ser menos quadrado que uma onda rolando para a praia, e Marina foi me ensinando como manter o fôlego: não me lançar fazendo força, "pra não gastar ar", mas simplesmente inclinar o corpo para a frente, enfiando a cabeça na água, esticando os braços e deixando o resto com a onda. Também não bater os pés, também gastava ar. E encher bem os pulmões antes, não só para ter bastante ar mas também para flutuar bem e ser levado longe pela onda. E a cada onda eu conseguia chegar mais longe, mais perto dela, até que levantamos juntos na praia, soltando o ar velho e puxando ar novo, juntos. Ela estendeu a mão, apertei, tinha dedos finos e fortes.

– Até aqui, até hoje, só o Valdo chegou!

Perguntei se era ele quem tinha lhe dado o biquíni, ela se espantou:

– Você é esperto, hem, professor!

Perguntei o que Valdo era dela, primo?

– Tem os mesmos olhos verdes.

Ela confirmou, era primo.

– Mas por que esse interesse? – ela gritou, estávamos de volta à arrebentação.

– Eu estudo gente! – gritei – Raças, origens!

Antes de pegar a onda, ela me olhou de lado sorrindo:

– E você quer me estudar, professor?

Pegamos mais ondas, até que ela olhou o sol e disse que já eram dez horas, precisava voltar para a venda. Pegamos o último jacaré, e, saindo do mar, ela contou que era sobrinha de

Arlindo dos Santos, que tinha deixado de ser pescador para viver do turismo, alugando as casinhas que eu tinha conhecido. Falei que o tio cobrava muito caro, ela sorriu triste:

– É, ele é assim.

Falei que eu nem tinha pechinchado e ele já tinha baixado o preço.

– Se pechinchasse – ela contou – ele deixava pela metade.

Mesmo assim era mais que o dobro do que eu pagava pela casinha no alto do morro, que era de outro tio dela, revelou, e tinha vista da baía e vento ou brisa sempre. Por que preços tão diferentes?

– Um tio é gente boa – disse ela na praia – Outro tio não é.

Na trilha para a venda, lembrei de minha vó dizendo que toda raça tem gente boa e gente ruim. Na venda, Valdo ensacava frutas, enchia caixotes de compras, enquanto ela falava comigo atendendo gente, fazendo troco, era a hora de maior movimento do dia. Sem parar de atender, contou que na Praia do Meio era assim. Duas pontas, duas gentes. Numa ponta, os que viviam da pesca, não queriam saber de turista. Turista só deixa lixo, diziam. Turista se enrosca nas redes-de-espera. Turista começa incêndio com fogueira, cigarro. Turista toma banho de mar pelado, turista bota som alto.

– Turista mete na praia – falou como se dissesse estas bananas estão maduras.

Turista namora as moças da ilha, faz nenê, some no mundo. Turista canta mulher da ilha, o marido quer matar. Então a gente duma ponta da ilha, a Ponta da Velha, nem queria ver turista. No Pontal do Mangue, a outra ponta, tudo era para os turistas. Os pescadores dali tinham parado de pescar, alugavam as casas, moravam em casebres na temporada, catavam mariscos nas pedras para os turistas, pegavam caranguejos no mangue além da ponta, que se estendia por todo o lombo da ilha, falou assim, lombo da ilha, e olhei suas costas, tinha uma pinta a meia altura. Perguntei se outros da família tinham pintas, falou que sim.

– E eu tenho mais outra. Não posso mostrar onde – vendeu cigarros a alguém, prática no troco – Ou até posso mostrar, quem sabe – e sorriu marota – Vou pensar.

Gente começou a sentar em banquinhos debaixo dum pé de jambolão ao lado da venda, as mesas eram tambores meio enterrados, o fundo para cima. O terreno era irregular, até por causa das raízes da árvore, e mesas ali sempre ficariam bambas, de modo que enterrar os tambores era uma solução quadronda para o caso, completada pelos banquinhos que, com três pés e miúdos, se adaptavam bem ao terreno. Perguntei de quem tinha sido a idéia, ela falou que dela mesma.

Os tambores estavam bem pintados, cada um duma cor, perguntei por que.

– Porque gente gosta de cor.

As prateleiras da venda eram caixotes empilhados, mas também pintados. De branco, os caixotes da farmácia: remédios, fraldas, repelentes. Em caixotes pintados de vermelho, salsichas, lingüiças, enlatados, toucinho defumado. Em caixotes verdes, legumes, frutas e as poucas verduras que o ar marinho deixava vingar na ilha, salsinha, cebolinha, coentro.

– Quem come com coentro – ela recitou botando a mão no peito – fica aqui dentro.

Era um ditado da ilha, queria dizer na verdade que, quem comia a comida da ilha, ficava morando ali, no mar-de-dentro da baía, vida mansa e água fresca.

– Conhece a cascata? Depois vou te levar.

Peguei alguns olhares nada amistosos de Valdo. Ela disse que passava em casa lá pelas três, quando a venda serenava depois do almoço, agora tinha de servir as mesas e atender no caixa, corria para lá e para cá. Perguntei onde podia comer comida da ilha, ela sorriu:

– Já lhe disse, professor. No Pontal do Mangue.

Claro, a ponta dos ex-pescadores agora turistários, conforme Marina:

– Pensam que turista é otário. E otários são eles.

Fui para o Pontal do Mangue, entrei na primeira casa com placa de refeições, tinha algumas mesas na varanda e outras na sala, cada uma com um cinzeiro sobre meia folha de cartolina já desbeiçada pelo tempo e com o cardápio escrito à mão. Moqueca com pirão, caranguejos, casquinha de siri, mexilhões, camarão, tudo a preços bem salgados. Um ex-pescador, agora de camisa branca e calças azul-marinho, mas ainda de sandálias, veio atender já com uma cerveja nas mãos, pedi água mineral e, enquanto ele voltava contrariado, vi que os preços das bebidas também eram de hotel quatro estrelas. Pedi moqueca com pirão, perguntei se vinham legumes, ele disse que podia botar legumes, perfeitamente, e verduras, pedi, perfeitamente disse ele e foi para os fundos.

Voltou com a tijela de moqueca, a vasilha de pirão e um prato com tomate e cebolas cortados em rodelas. Perguntei da verdura, ele apontou a salsinha picada sobre a salada. Perguntei do arroz, afinal não se come moqueca sem arroz, ele disse claro, trouxe uma porção de arroz, que depois descobri ser cobrada à parte e custar caro, como a salada. Quando reclamei, ele disse então o senhor pague quanto achar que deve, sorrindo.

Fiquei sem jeito, paguei, fui para casa pensando que, se dependesse da comida, eu não ficaria muito tempo na ilha ou passaria a cozinhar mais.

O mar tinha me cansado, dormi até acordar com as batidas dela na porta meio aberta:

– Boa tarde, professor. Vamos pra cascata?

Ela estava com o chapelão de palha e uma bata branca ou coisa que a valha, que descia até quase os pés, cobrindo todo o corpo menos os braços. Peguei o cantil, o boné, perguntei se devia ir de tênis ou sandálias, ela disse que descalço era melhor, calcei os tênis. Fomos pela trilha até uma encruzilhada, depois outra, mais outra, falei que eu estaria perdido ali sem ela.

– Você aprende logo, professor.

A trilha era estreita, capim alto ou matinho dos dois lados, ela ia na frente, nas lombadas altas, contra o sol, eu via sua silhueta através da bata branca, era magra mas tinha suas redondezas muito bem colocadas. Subimos por uma encosta onde já era preciso agarrar em arbustos e pedras para continuar, até o sopé de um morro onde a trilha serpenteava entre cristas e depressões, com grandes pedras gastas nos pontos mais pisados.

– Que tá esperando, professor?

Ela foi na frente, aranhando aquele rochedo, fui atrás, descobrindo que, na verdade, melhor seria descalço. Ela era ágil como macaca, pulava duma crista de pedra para outra, passando sobre valetões fundos onde o mar entrava ribombando. Há milênios devia ter se esfacelado aquela face do morro, onde o mar agora avançava sobre os pedaços desabados, espumando contra as rochas lá embaixo; falei que o mar até parecia com raiva das pedras.

– Não, ele gosta delas. É o jeitão dele – e continuou em frente, contornamos o morro grimpando pela sua meia altura, e de repente num patamar se abriu visão de quase toda a ilha, o mangue se estendendo verde como um tapete crespo, as árvores irmanadas com a mesma altura pela sina de viver no barro e com maré nos pés todo dia. Agora escute a cascata, ela falou baixinho, e vinha de perto rumor de água. Ela mostrou que o último lance até a cascata era um corredor estreito de dois palmos, onde o rochedo desabara como se perdendo uma grande máscara de pedra, que agora estava lá embaixo quebrada em pedaços no mar, e ali tinha ficado aquele ressalto na barriga do morro, que lá acima tinha sua cabeleira de capoeira com coqueiros e até algumas grandes árvores.

Seu pai e outros pescadores, contou, tinham tirado de lá até troncos grandes para canoas, agora só tinha lá árvores miúdas. Aquela água era a vida para a gente e o turismo do Pontal do Mangue, e a Ponta da Velha tinha outro morro, com uma mina que também dava água que bastava, já que lá não iam turistas. Perguntei por que chamava Ponta da Velha, ela disse descubra você mesmo:

– Vai lá de manhãzinha. Vamos pra cascata?

Era preciso colar o peito no rochedo e ir pé depois de pé, o mar nas costas, rocha diante do nariz. Mas o trilho se abria num platozinho de pedra, onde a quebra tinha sido mais funda, as lajes pareciam humanamente colocadas para formar um recanto ao lado de onde o riacho batia, depois de despencar de alguns metros acima. Estávamos a meia altura do morro, por isso se chamava Riacho do Umbigo, ela explicou.

– E ali é o pinto – apontou uma ponta de rocha mais abaixo.

Entrou na cascata, sumiu atrás da cortina de água, voltou com a bata toda colada ao corpo. Eu estava com maiô por baixo das bermudas, mas preferi me banhar só tirando a camisa, para não ser flagrado em mais uma ereção. A água da cascata era fria, a bata dela era fina, os mamilos cutucavam, o pano encrespava escurecendo em triângulo no meio do corpo. Atrás, o pano entrava vincando entre as nádegas. A ereção foi tal que chegou a doer, fui ajeitar com a mão, ela agachou na minha frente, afastou minha mão, abriu o ziper, aí me olhou com aqueles olhos verdes:

– Vou te ensinar uma coisa, professor.

Puxou as bermudas para baixo com as duas mãos, arregalou os olhos para o maiô, disse nossa, como a barraca tá armada! Olhando de cima, parecia mesmo uma barraca de cume arredondado, e ela voltou a me olhar:

– Tesão recolhido faz mal.

Puxou o maiô e olhou bem antes de pegar:

– Que bonito, professor. Funciona?

Pegou como uma criança pega brinquedo novo, olhando, apalpando, mexendo, olhando mais perto, até que deu um beijinho, eu ali em pé com a cascata nas costas e diante do mar, ela ajoelhada sobre um joelho, o outro em ângulo reto, uma das mãos só me pegando, a outra mexendo no meio das próprias pernas, a bata levantada até as coxas. Deu mais beijinho e aí enfiou na boca, gemendo e sugando e mexendo com a mão, a outra mão mexendo mais depressa lá embaixo enfiada na bata molhada. Chacoalhou a cabeça, voaram círculos de água, e então me olhou de novo com os olhos verdes estreitando e falou avisa quando for gozar, professor.

Enfiou na boca, se contorcendo e mexendo lá embaixo quase furiosamente, até que falei que ia gozar e gozei, urrando acima da cascata e do mar, ela segurando na mão e olhando, olhando e se contorcendo cada vez mais furiosa, o gemido virando quase um urro também, até que enfiou na boca e cheguei a sentir medo com aquela mulher naquelas alturas. Subi as bermudas, ela me olhou com olhos pedintes:

– Me ensina alguma coisa, professor.

Ficou em pé, puxando a bata pelos ombros, jogou para o lado. Abraçou com os peitinhos me cutucando as costelas, as mãos me pegando nas nádegas e puxando firme.

– Nosso primeiro beijo, professor – me olhando de boca aberta e fechando os olhos.

Senti o gosto do próprio esperma, enquanto ela voltava uma das mãos para o meio das próprias pernas, beijando sem parar, começando a ofegar. A outra mão me puxou para baixo pelo ombro, agachei e ela deitou de pernas abertas apontando com o dedo:

– Aqui, professor, agora é sua vez.

Então vi onde era a outra pinta, perto de onde ela apontava com o dedo. Ajoelhado diante do mar me inclinei e beijei ali, até ela gozar com seu gemido meio urro, para dentro, apertando tanto minha cabeça entre as coxas que quase sufoquei. Ela relaxou de repente, as coxas caindo para os lados, levantei sufocado, ela riu mole:

– Ai, quase te enforquei, né? – e fechou os olhos, deitando de costas naquela cama de pedra, e deitei também de olhos fechados. Quando abri, uma nuvem tinha coberto o sol e ela estava na cascata, de bata de novo. Saiu sorridente da cortina de água, olhou o sol saindo da nuvem, disse que logo ia começar o movimento da noitinha.

– Obrigada, professor. Vamos?

Falei que ia ficar mais, vinham turistas ali? Não, disse ela, achavam o caminho perigoso, e aquela água ia para as caixas das casas, o povo do Pontal nem falava da cascata pra turista não saber. Deu com a mão e se foi pela trilha de pedra aranhando a rocha, o rosto voltado para a frente, de modo que eu via sua nuca mas, antes de sumir de vista contornando a rocha, virou a cabeça e me olhou sorrindo:

– Tiao, professor! Levo comida de noite!

Fiquei ali entre pedra, céu e mar, pensando naquela mulher ou moça, quantos anos teria? Devia ser vinte anos mais nova que eu, se tivesse vinte. E olhando a Pedra do Pinto e pensando nela, fiquei de novo com ereção; e fiquei feliz pensando na noite que logo chegaria, olhando nuvens avermelhando no poente e vendo que, sem as lentes, eu andava vendo tudo com outros olhos.

À noite esperei por ela na casinha no alto do morro, olhando a lua subir e outra ereção também. Quando não agüentei mais de fome, comi bolachas, sardinhas em lata, figos secos com granola, dormi me achando um otário, estapeei pernilongos com raiva, levantei para botar o repelente na tomada, chutei uma pedra de segurar a porta, a ponta do dedão ficou latejando. Quando pegava no sono, começou a chover e descobri que a casa tinha uma goteira, bem encima da cama. Afastei a cama, para baixo de outra goteira, descobrindo que a primeira goteira ainda pegava no pé da cama. Arrastei de volta para o primeiro lugar, tirei o colchão e fui dormir na varanda, em guerra com os pernilongos, até que começou a ventar e eles se foram, mas o vento trouxe o friozinho da madrugada. Amanhecendo, vi que não tinha dormido nada, levantei, fui para a praia.

A venda ainda estava fechada, os turistas não levantavam cedinho, mas Valdo já botava os banquinhos debaixo da árvore. Me viu, fez que não viu, virou as costas. Na praia, fui para a Ponta da Velha e, a meio caminho, vi um vulto de cócoras na areia, cobrindo a cabeça com pano; parecia uma pequena tenda, debaixo da qual estava uma velha muito velha, a cara enrugada e ressequida, os olhos verdes apertados contra o sol nascente. Tinha uma garrafa com linhada entre as pernas, cobertas por uma saia também muito velha, segurando a linha. Agachei ao lado, dando bom dia, ela só me olhou um instante com os olhos verdes de Marina, voltou a olhar o mar.

De repente levantou, jogando para trás a coberta, puxando a linha, mostrando os cabelos claros queimados de sol, castanhados com faixas loiras, e os antebraços pelanquentos e brancos, o braço amorenando na direção das mãos queimadas de sol. Foi puxando a linha, jogando para trás, até sair do mar um robalo de pouco mais de palmo, que ela tirou do anzol e enfiou num também velho samburá de arame. De uma latinha enfiada na areia tirou um camarão, espetou no anzol, foi para o mar, entrou até os joelhos, o vestido boiando em volta, jogou a linha, voltou para a areia seca.

Deu sorte, me falou.

– E pode dar mais – voltou a olhar o mar, a mão atenta na linhada – Robalo, onde tem um, tem outros.

Logo levantou de novo puxando a linha, recolheu outro peixe, maior um pouco. Virou a latinha na palma da mão, enfiou no anzol o último camarão e logo tirou mais um peixe, maior ainda, de dois palmos, veio arrastando e debatendo na areia molhada, querendo voltar ao mar com as ondinhas que refluíam, mas ela sabia lidar com aquilo e o peixe acabou junto com os outros no samburá. Ela enrolou toda a linha na garrafa, dizendo que a vida é assim:

– Muita isca, pouco peixe. Muito peixe, pouca isca.

Foi pela praia com o samburá numa mão, a garrafa na outra, fui junto.

– A senhora nasceu aqui?

Ela parou, me olhou de alto a baixo, disse que não, era a única da ilha que não tinha nascido ali.

– Eu vim novinha. Vim com os primeiros. Menina ainda. Mas lembro.

Foi para uma casa grande, com varandão, papagaio, gaiolas de canários, galpão com canoas e barcos, redes e tralhas. Crianças brincavam pelo terreiro, e a velha andando encurvada foi limpar os peixes na beira do riacho da Ponta, pouco mais largo que um metro, mas formava uma pequena lagoa antes de vazar para o mar, e ali as mulheres limpavam peixes e urubus comiam os restos. Ela agachou de costas para o sol, lidando com os peixes e uma faca fina de tão gasta, e foi falando como se eu perguntasse, com frases curtas como Marina.

Que tinham descido do litoral de São Paulo, ainda no século passado. Quatro canoas com gente. Canoas grandes, feitas de árvore que nem se acha mais. E desceram procurando uma baía boa de peixe. Vinham só beirando a costa. Remando. Qualquer ventinho mais forte, iam pra praia. Esperavam passar o tempo ruim. Depois continuavam. Mas toda baía já tinha muito pescador. Continuaram descendo. Em Paranaguá, alguém falou que lugar bom de peixe era na Ilha do Meio. Então pagaram uma bateira até a ilha. Levaram as canoas amarradas atrás. E com o resto do dinheiro compraram ferramentas e mantimentos. E viram que na ilha não tinha mesmo ninguém.

A velha limpava os peixes devagar, falando sem me olhar. Que na primeira noite dormiram todos ali naquela ponta da baía. Ela era menina, dormindo não viu, depois contaram. Que um dos quatro homens acordou de noite, cadê a mulher? Não estava ali. A mulher de outro homem acordou também, cadê ele? Foram ver, estavam os dois na praia. Fazendo o que homem faz com mulher e mulher faz com homem.

— Aí o marido pegou o facão novinho pra capar o outro.

Mas o outro fugiu correndo com a mulher. Pelados os dois. Foram pra outra ponta da baía. No dia seguinte a mulher voltou pegar os filhos dela, mas os filhos do homem ficaram com a mãe. Formaram família lá na outra ponta. E o marido e a mulher que deixaram aqui se juntaram e formaram família também. Três famílias numa ponta, outra na outra ponta. Com o tempo, outro marido fez a mesma coisa com outra mulher, fugiu pra lá também. Duas famílias em cada ponta. Com meninada irmão pra lá, irmão pra cá. Irmão filho de um pai e irmão filho de outro pai. Ou irmão filho de uma mãe e irmão filho de outra mãe.

— No fundo do tempo, é tudo parente. Mas o povo duma ponta odeia o povo da outra ponta. Odeia de odiar mesmo. De não poder nem ver. Um povo lá, outro povo aqui. Mas o anjo me falou que ia vir alguém. Pra ensinar que é um povo só. Tudo parente. Tudo irmão. Pra viver junto, viver melhor. A vida é muito ruim com o povo separado assim.

Levantou com os peixes limpos, já ia para a casa, perguntei por que me contava tudo aquilo.

– Não é professor? Então. Vai ensinar o povo. O anjo falou.

Entrou na casa, vencendo com esforço três degraus de madeira, a casa era suspensa sobre estacas, galinhas ciscavam por baixo. Voltei para o meio da baía, lá estava Marina tomando banho de mar. Saiu da água alegre:

– Bom dia, professor.

– Queria que parasse de me chamar assim.

Perguntou como chamar então, falei Sebastião, disse não gosto não, falei que em Portugal foi nome de rei.

– Tá bom, meu rei – ela quase colou o corpo no meu e me pegou no meio das pernas – Sentiu saudade?

– Você não disse que ia de noite na minha casa?

Ela explicou que ia, mexendo com a mão ali, mas a lanchonete teve um movimento louco, chegaram vários barcos, até alta noite andou mostrando casas para turistas.

– Aí fiquei muito cansada. Vem conhecer minha casinha.

Fui atrás dela, de novo com ereção, me perguntando se ia deixar me dominar assim, como me deixei. Era uma casinha mesmo, pequena de um só cômodo, dividido ao meio por um biombo, quarto e sala-cozinha, um fogão, uma mesa, uma cama, mas enfeites e fotos pelas paredes, ossos de grandes peixes, artesanato, flores secas, e um pano-de-prato bordado: *Deus ajuda quem cedo madruga.*

A cama era de casal e estava arrumadinha, coberta com uma colcha de retalhos. Ela bateu uma toalha nos pés antes de entrar, para tirar a areia, e encostou a porta, pela janela da sala olhou a venda, Valdo já atendia gente lá. Aí me pegou pela mão, levou até a cama, tirou a calcinha e o sutiã do biquíni, sentou na cama, eu em pé ali.

De novo ela puxou para baixo minhas bermudas e o maiô, falou tira os tênis e tirei; tira a camisa, tirei.

– Agora deita, meu rei.

Deitei por cima dela, querendo abrir suas pernas, ela disse não, assim eu ia acabar querendo entrar nela:

– E aqui ninguém nunca entrou.

Lembrei de perguntar quantos anos tinha ela.

– Dezessete, meu rei. Quando fizer dezoito, você vai entrar – e inverteu a posição dos corpos, ficando por baixo e me botando por cima, e diante de novo de sua pinta ali, vi também que realmente era virgem. Gozamos juntos, gemendo juntos e tanto que Valdo decerto ouviu quando veio bater na porta:

– Tem muito movimento, Ma.

Já vou, ela falou arfando, e voltou a me beijar, voltei a sentir o gosto do próprio esperma. Ela levantou, vestiu uma calcinha, vestiu a bata e se foi me dizendo fica aí, descansa que depois eu quero mais. Perguntei se ela engolia aquilo.

– O seu eu engulo, meu rei.

Pedi para parar de me chamar de meu rei.

– Tá bom, mestre – e se foi.

Fiquei ali na cama, acho que cochilei. Acordei com ela deitando e me abraçando, o movimento já tinha serenado no meio da manhã, depois do café e antes dos aperitivos do almoço. Contou que os turistas bebiam e comiam salgados no bar, depois iam almoçar nas casas que na temporada viravam pequenos restaurantes.

– Por que você não serve almoço também?

– Dá muito trabalho e pouco lucro.

Com três pastéis fazia o lucro de uma refeição.

– Não sou burra, mestre.

Pedi para não me chamar de mestre. Ela ficou me olhando intrigada, até que falou já olhando através de mim, talvez vendo alguém no passado:

– Ih, vai querer mandar em mim?

Levantei, calcei os tênis.

– Já vai, homem? Queria te dizer uma coisa.

Olhei, ela estava deitada com as pernas abertas, a mão mexendo ali.

– Nunca gozei tão gostoso, sabia?

Saí e fui para casa, contente por ter resistido mas com uma ereção que demorou a passar. Varri a casa, comi qualquer coisa, lavei louça, lavei roupa. Deitei no começo da tarde, suando na casa quente de sol; e, de novo com ereção, lembrando dela a usar a mão, também usei a minha.

Quando estava quase gozando, ela empurrou a porta e entrou com a claridade, me viu assim e bateu palmas:

– Nossa, parece moleque!

Tirou a bata e veio para a cama.

– Eu também tenho tesão demais, meu homem.

Gozei quase em seguida, com a cabeça dela nas mãos, depois ela falou pronto, agora é minha vez.

– Você gosta de mandar, não?

– Não – ela respondeu abrindo as pernas e me puxando a cabeça – Gosto é de ser obedecida.

Gozou gemendo ritmada e longamente, me apertando a cabeça com as coxas e agarrando os cabelos. Depois desabou relaxada, ficamos abraçados e ela até ressonou. Acordou com um apito de barco, na janela olhou o sol, precisava ir.

– Obrigada, meu homem.

Falei para não me chamar de meu homem também. Ela saiu abrindo os braços:

– Mas então vou te chamar do que?!

Fui para a cascata, precisava esfriar a cabeça.

Levei a mochila, com o canivete e o cantil, e subi a trilha até o alto do morro. Lá o vento passava curvando um campo de capim e capões de mata, nuns quatro ou cinco hectares de terreno plano, que decerto já teria sido ocupado pelo bicho-homem se ali minasse água, em vez de despencar da beirada do morro. Decerto não era água de chuva, mas água subterrânea, subindo até o alto do morro com a pressão, pode-se dizer, do planeta todo. Pensei no morro como um imenso membro viril, como diziam os antigos, jorrando no alto...

Trilhas ligavam os capões de mata baixa, quase capoeira, e aqui e ali apareciam tocos de árvores maiores abatidas a machado. E também, aqui e ali, marcas de fogueiras e clareiras de barracas, decerto no auge da temporada chegariam malucos para acampar naquele alto. Passei por dentro de um capão, passarinhos me saudavam, e de repente dei com uma clareira queimada, depois com outra. Na beirada de cada clareira, um círculo de pedras de fogueira, com restos de lenha queimada; fácil concluir: o vento do mar tinha levado brasas da fogueira para o capim seco, daí as queimadas, que só tinham parado no precipício a oeste do morro.

Da beirada rochosa, voltada para dentro da ilha, via-se o mangue, tomando metade da grande mancha verde que era a ilha entre o céu azul-claro e o azul escuro do mar.

Via-se à esquerda o fundo do Pontal do Mangue, casas enfiadas na matinha rala, e a Ponta da Velha lá adiante, um pedaço de praia coalhada de turistas. Longe, quase na linha do horizonte, o continente e os picos da Serra do Mar. Além da serra, nasceram rios como o Tietê, o Tibagi, o Paranapanema, o Iguaçu, o Rio Grande, todos nascendo perto do mar e, por causa da serra, tendo de correr para o oeste, para desaguar no Rio Paraná, para enfim desaguar no Prata e chegar ao mar. E ali estava eu fazendo o inverso, saindo lá do interior para o leste, buscando numa ilha sabia Deus o que.

Procurei ver se o formato da ilha lembrava alguma figura geométrica ou natural. Lembrava uma ameba, com uma amebinha do lado, uma ilhota só de pedra entre a ilha e o continente.

Chupei umas laranjas ali naquele mirante, olhei o sol, devia ser umas três da tarde, esquentava, urubus planavam volteando sobre o morro. Fui para a cascata. A trilha era perigosa, serpenteando entre rochas e desvãos de terra deslizante de seca nos pontos ensolarados ou, nos pontos sombreados, escorregadia de úmida ainda da última chuva. Em alguns pontos, era preciso agarrar em arbustos ou touceiras de capim. Passei ligeiro, já sem receio, o corredor de pedra para a cascata, por onde Marina passava andando de frente, só um braço colado no corpo, o outro pendulando naturalmente, enquanto eu só ia de lado, com a cara na rocha, a mochila e o mar nas costas. Nem respirava fundo para não encher o peito e a mochila pender mais para o lado do mar... Pensei que bastaria estender uma corda de ponta a ponta, para dar ao passante estranho a segurança dos que tinham desde criança passado por ali.

Deixei as roupas e a mochila no platozinho de pedra, fui para a cascata de maiô, me deixei massagear, depois entrei por trás da cortina de água. Tinha uns três palmos de fundura aquela caverninha estreita e vertical, no fundo uma parede de rocha úmida e na frente a parede de água corrente, com uma fresta de onde se via o céu e uma parte do platozinho de pedra, minha mochila e... Valdo de repente. Ele agachou diante da mochila, olhando em volta, olhando para cima do morro. Tirou o cantil, desrosqueou a tampa, cheirou, derramou um pouco na mão, lambeu, botou o cantil de volta. Fuçou na mochila, peguei uma pedra, caso ele pegasse meu canivete e eu tivesse de me defender; lembrei do pai:

– Homem de bem não precisa andar com arma. Se precisar, sempre acha algum pau ou alguma pedra. O importante é andar de coração manso, pra não arranjar encrenca, e de olho vivo, pra não facilitar.

O coração batia na boca.

Ele saiu de visão, depois vi as pernas subindo pela rocha ao lado da cascata. Esperei um pouco e saí da cascata, olhei para cima, não estava mais à vista; peguei a mochila e tirei o canivete, enfiei os tênis e a roupa, fui para o corredor de pedra com a mochila nas costas e o canivete na mão. Colado na rocha, no trecho mais estreito, ia olhando em frente o caminho onde o pé esquerdo pisaria primeiro – e vejo Valdo ali, com uma mão na cintura, o outro braço pendendo ao longo da rocha.

Estava ofegante, devia ter subido pela cascata e voltado pela trilha do morro. A rocha já estava quente, era um dia azul, o vento batia ali, devia subir morno para o céu, formando a coluna de ar quente onde circulavam lá no alto os urubus. Ali diante de mim, o mulato piramidal estava descalço, só de calças, e tinha os olhos feridos de paixão e de ciúme, eu já tinha visto aquele olhar em mulheres e homens, e a voz também saiu torcida de passar pelo coração:

– É o seguinte...

Suspirou fundo, acho que só aí viu o canivete na minha mão. É um tipo de canivete de poucas utilidades mas lâmina longa, quase uma faca e com o aço brilhante dos canivetes suíços. Além disso, também não sou pequeno, nem barrigudo nem coxa-branca, e barba talvez sempre imponha respeito, o certo é que ele tirou a mão da cintura para falar que não era preciso ter medo de nada...

– Não vou machucar o senhor.

Falei que não estava com medo de nada, por que achava que eu estava com medo de alguma coisa? Ele apontou o canivete:

– Pra que isso aí? – a voz torcida – Só quero falar uma coisa.

– Ando sempre com este canivete – procurei falar bem calmo – Como com ele, durmo com ele.

Ele ficou piscando, meio aturdido, perguntei que coisa queria falar.

– Larga da Ma – como se soltasse pedras pela boca – Vai desgraçar a vida dela.

– A dela ou a sua?

Ele parou de piscar, os olhos se estreitaram:

– E a sua também. Eu te mato, desgraçado!

Ficou me olhando, arfando feito um fole, pensei que ia se jogar para cima de mim e os dois iriam parar lá embaixo nas pedras entre mar e espuma. Eu te mato, ele repetiu, olhou mais uma vez o canivete e foi voltando de costas, sem olhar para trás, aí pisou falso e caiu. Raspou o peito no ressalto, mas foi o que salvou, conseguiu agarrar, gemendo porque o raspão machucou. O corpo ficou balançando colado na rocha, as mãos ali no ressalto, então fechei o canivete e enfiei no calção, fui lhe agarrar o pulso. Ele me olhou, o mar lá embaixo batendo nas rochas. Comecei a lhe puxar o braço, deitado naquele degrau de rocha naquela altura, tentando puxar um sujeito tão pesado quanto eu e que tinha acabado de prometer me matar.

O raspão na rocha tinha virado uma placa vermelha lhe cobrindo metade do peito, e nos olhos o que havia agora era dor. Trançamos pernas e braços, gemendo juntos, até que ele conseguiu deitar ali, daí rastejamos de volta para a cascata, acabamos deitados na rocha, quase cabeça com cabeça, arquejando tanto que nem dava para ouvir o mar. Depois ele se levantou gemendo e se foi curvado de dor. Peguei a mochila e só em casa senti o canivete no calção, bem ali onde pendia, cilindro entre duas esferas, a causa de tantos desatinos, conforme o folclore. Na verdade, é apenas instrumento; o motor das paixões está nas glândulas, como a hipófise, pequena feito um grão de feijão e tão poderosa...

Os cruzamentos consanguíneos podem gerar linhagens com muitas, digamos assim, falhas genéticas. Na Ilha do Meio, via-se que todos os nativos, nas duas pontas da baía, eram meio cruzados. Eram mulatos e mulatas de olhos verdes, em todos os tons de mulatice, chegando até a loirice de alguns e alguns casos também de albinismo, enquanto os mesmos *facies*, narizes e testas singulares, de específicas raças africanas, bantu e angola, misturavam-se com resquícios de ancestrais brancos aloirados. Me perguntei se, além do velho ciúme, torturador da paixão, não estaria movendo Valdo também uma doidice genética naqueles olhos esverdeados estreitando de ódio.

A fome bateu, saí de novo de casa, passei reto pela venda, Marina servia mesas e me acenou, Valdo não se via. Na pousada de Arlindo dos Santos pedi meia porção de peixe, pedindo desconto de metade no preço e arroz de brinde, com o que ele imediatamente concordou; e veio quase a mesma quantidade da porção inteira, agora por um preço aceitável. O peixe estava ótimo e lamentei se tivesse de deixar logo a ilha por causa das coisas tidas como situadas um palmo acima e um palmo abaixo do umbigo, esse ponto central do corpo humano.

Depois daquele almoço em fim de tarde, mas ainda com dia claro, eu cochilava suando na cama de casal, Marina chegou com duas panelas e uma frigideira, uma lata de azeite, limões, frutas e legumes, peixes já temperados, alho, cebola:

– Pra você cozinhar.

Deixou tudo na pia, subiu na cama por cima de mim, tirando a bata cabeça acima já enquanto botava um joelho de cada lado das minhas costelas. Eu estava com a cabeça sobre o travesseiro dobrado e vi a pinta mesmo na penumbra, mas resisti e perguntei se estava tudo bem, ela disse tudo bem, agora vou comer você. Você só comeria, falei, se me enfiasse dentro de você.

– Não complica o que tá bom.

Olhei a pinta negra ao lado da mancha escura ali a um palmo do nariz, pareciam a verde ilha e sua cinzenta ilhota de pedra. Ela caminhou de joelhos na cama, um passo cada joelho, e as ilhas chegaram quase no meu nariz. Ela passou a mão e antreabriu os dedos em tesoura, viu-se que o mangue da ilha dela era no interior, uma grota rosada a rebrilhar de umidade.

– Você quando quer, quer, né?

Ela ficou me olhando séria.

– Acha muito todo dia? – perguntou tecnicamente – Ué, mas não come todo dia? Faz cocô, xixi, dorme, todo dia... por que não isso todo dia também?

Tive de concordar com argumentos tão naturais, e, depois, ela com a cabeça no meu peito, perguntei de novo se estava tudo bem na venda, disse que sim, logo tinha de voltar, o movimento continuava crescendo, em janeiro a ilha estaria fervendo. Na Ilha do Mel era tanta gente que muitos iam para a do Meio apesar da distância, logo chegaria até a moçada que acampava no morro. Muito trabalho, mas estava tudo bem.

– Só o Valdo se machucou.

Perguntei como.

– Caiu na trilha da cascata.

Contei o que na verdade tinha acontecido, ela ouviu paralisada, mas eu sentia seu corpo encrispando sobre o meu.

– O Valdo é louco.

– Louco por você, né. Vocês tiveram ou têm um... caso, digamos assim?

Ela levantou a cabeça para me olhar nos olhos:

– Não. Ele é primo, mas gosta demais de mim.

Baixou a cabeça, falando com a boca no meu mamilo: tinham sido criados juntos, brincando juntos. Indo juntos de barco para a escola na Ilha do Mel. Dormindo lá na casa da professora quando vinha tempestade. Depois começando a trabalhar juntos. Vendendo pão e milho assado para os turistas. Catando caranguejo, siri, mexilhão, marisco. Indo com os pais até Paranaguá. Vendo como o comércio funcionava. O mercado, os ambulantes, as lojas. Tinham gosto pelo comércio.

Falava suas frases curtas, bafejando no meu mamilo e sempre mexendo em mim lá embaixo, um dia me diria que é mania de brincar:

– Que menina não gosta dum boneco que cresce?

Mas agora ali estava ela contando que desde rapazola Valdo tinha o comércio no sangue, como ela. Servir gente, levar para cá e para lá. Ensinar a pescar. Catar frutinhas nativas para vender a turistas deslumbrados. Fazer pulseiras e colares de caramujinhos. Como aqueles que ainda vendiam na venda. Feitos durante a temporada fria. Quando só uns malucos vinham acampar no alto do morro. E mesmo assim compravam umas coisinhas. Deixavam um dinheirinho num tempo em que só a pesca da tainha trazia dinheiro pra ilha. Ela contava enquanto já mexia numa nova ereção, eu me estranhava com tanta energia, seria a comida da ilha?

– Fomos ficando sócios – contava ela – Meu pai não queria. O pai dele queria.

Abrindo a venda no Pontal do Mangue, iam contrariar o pai dela, porém agradando o pai dele, Arlindo dos Santos e sua flexível tabela de preços. Então ergueram o galpão ali no meio da baía, com preços também médios, e em dois anos o terreno em volta tinha se coalhado de marcas de barracas e fogueiras, um acampamento onde as pessoas pousavam barato e, portanto, podiam gastar mais na venda e no bar. Com o sucesso deles, para a temporada anterior outros tinham vindo para o meio da do Meio, como diziam:

– É tudo casa nova, não viu? Ou casa velha desmontada.

Era verdade, eram todas casas de madeira nova ou desmontadas de outros lugares e montadas de novo ali, mais algumas casas de alvenaria também recente como a minha casinha no alto do morro. Era de um tio que, conforme ela, nem era louco por dinheiro, como o pai de Valdo, nem só trabalhava para ter o que comer no dia seguinte, como o pai dela. Tinha construído ali para alugar mesmo, com a renda duma temporada de pesca muito boa, mas continuava vivendo lá na Ponta da Velha, a casinha ali ficava vazia a maior parte do ano.

– Mas agora é sua. Fora da temporada, ele aluga por mixaria.

Falei que ela não precisava se preocupar, eu não queria ficar numa ilha com um cara querendo me estrangular ou me jogar no mar.

– Não, o Valdo é bom. Só tá alterado.

O primo ia ajuizar, ela garantia, eu ficasse sossegado. De repente sorria, pegando como se fosse um microfone:

– E essa coisa reta aqui de cabeça redonda? Que é que eu vou fazer com ela, hem?

À noite, passando pela venda antes de um passeio pela praia, vi Valdo com o peito coberto por uma pomada branca, sentado numa mesa do bar com garrafa de tubaína. Me viu, baixou os olhos. Marina estava com uma prima ajudando, comprei o que precisava, ela me chamou num canto:

– Falei com ele. Fique sossegado.

Por via das dúvidas, depois voltei da praia pela trilha escura olhando para trás. Fiquei olhando a lua, fiz um braseiro, assei os peixes numa velha grelha e, quando comecei a comer, Marina chegou com um buquê de flores silvestres e uma jarra de suco, parecia uma fada de bata azul-celeste na noite estrelada de lua cheia. Comemos ao pé do fogo, sentados no chão, cortando as frutas com o canivete, depois batatas doces assadas no braseiro.

– Quero dormir com você.

Fomos para a cama, fechei a janela e chaveei a porta, ela disse pra que:

– De noite tem uma brisa boa.

Abriu a janela e a porta, deitamos e ela logo dormiu, uma perna sobre a minha barriga, um braço sobre meu peito, a cabeça no meu ombro e um perfume de flores que ela mesma fazia. Antes de dormir, com a voz mole de sono tinha dito boa-noite:

– Boa noite, meu amor.

Fiquei pensando se tinha pensado no que disse, ou se disse de acostumada a dizer... ou se era só um jeito de falar, como essas pessoas que chamam até o desafeto de meu amor e meu querido. Só dormi depois que a cara redonda e branca da lua saiu do quadro negro da janela.

Amanhecendo, Marina acordou e eu já estava acordado, olhando agora o quadrado azul da janela. Ela espreguiçou, levantou, jogou o travesseiro no meio das minhas pernas – Esconde isso que eu preciso trabalhar! – e foi fazer café. Tomamos café com bolachas na varanda, vendo o mar todo brilhante ao primeiro sol. Disse que tinham chegado paulistas, e os paulistas costumavam acordar cedinho mesmo de férias, iam bater na venda para tomar café, e davam tanta gorjeta quanto os argentinos. Precisava ganhar bastante dinheiro na temporada. Ia fazer uma casa para alugar. E então me olhou nos olhos, inclinando com o peso da revelação:

– Posso até fazer um trapiche.

Apontou: lá no meio da baía. Para servir às duas pontas e também ao povo do meio. Com trapiche, também turista velhinho ia poder desembarcar na ilha. A única ilha com duas fontes de água limpa.

– Valdo um dia tirou amostra. Levou pra Paranaguá fazer exame.

Mas os vidrinhos com água dos dois riachos tinham ficado lá, na prefeitura, e só.

– Nunca sai o tal exame.

Com trapiche e resultado positivo do exame das águas, podiam fazer pousadas para gente de meia-idade em diante, que não liga para banho de mar e gosta de andar pela praia vendo gaivota e catando concha, e adoram beber água de mina. Aí teriam movimento no tempo frio também.

Até gente em cadeira de rodas poderia desembarcar com um trapiche. E a descarga de mercadorias também ficaria muito mais fácil, era um dos transtornos dos nativos. Com o trapiche e o aumento do movimento, a ilha ganharia uma linha regular de barcas. Baratearia e melhoraria o transporte, outro transtorno. Muita gente preferia ficar na Ilha do Mel, mesmo lotada, do que procurar transporte incerto e caro até a do Meio.

– Você quer ficar rica, Marina?

A cabeça dela recuou um palmo, como se fosse puxada, arregalando os olhos:

– Rica?! Eu já sou, quero ser é mais feliz!

Suspirou fundo olhando a baía:

– E só vou ser feliz quando melhorar isso aí.

Isso aí, explicou, era a briga entre as duas pontas, não se juntavam para nada, uns só querendo explorar turista, outros nem querendo ver turista, e nunca votavam no mesmo candidato a vereador em Paranaguá, de modo que nunca tinham um vereador a quem pedir, por exemplo, um trapiche. Abaixo-assinado não vingava. Onde assinava gente duma ponta, gente da outra ponta não assinava. "Isso é coisa deles", diziam, como se a ilha fosse duas. O pai dela mesmo, mal lhe dava um olhar, magoado da filha que saía de casa para ganhar dinheiro com turista.

– Teve turista que fez mal pra menina da ilha, umas três. Então tem gente que tem ódio de turista.

Eu mesmo, pensei, estava deitando com uma menor de idade. Gente da ilha passava pela trilha e nos via ali na varanda. Perguntei se ela não tinha medo de verem a gente.

– Não tenho medo de gostar – ela falou me dando uma mordida no pescoço, e se foi com seu andar reto para a frente e redondo para os lados.

Deixei a mochila, nem peguei o cantil se ia ao riacho, só enfiei o canivete no bolso das bermudas e fui; a cada dia as coisas ficavam mais simples. Na cascata, subi por onde Valdo tinha subido, cascata acima, até achar as duas nascentes, duas minas vertendo da rocha, numa grota quase vertical que fendia a testa do morro. As minas se juntavam formando o riacho, ao lado de outro patamar de pedra, como o da cascata lá embaixo, só que menor, onde deitadas caberiam duas pessoas nas lajes molhadas. E ali, numa parte seca da rocha, estava pintado a esmalte um coração, e dentro do coração, riscadas a faca ou prego, duas letras: V e M.

Deitei na cama de pedra com o riacho correndo ao lado para se despencar, dali não se era visto por ninguém, nem de baixo, nem de cima, um nicho. De V e M.

Dali fui aranhando o morro até a trilha, onde alguns moços subiam levando barracas. Perguntaram se era fácil chegar lá no alto, falei que, levando barracas e grandes mochilas, não, teriam de levar umas e outras de cada vez, em duas viagens, a partir de certo ponto. Eles continuaram discutindo se não teria sido melhor acampar lá embaixo na baía, onde teriam de pagar pelo terreno mas teriam água.

– O pior – ainda ouvi o último da fila – é que mulher nenhuma vai subir lá no alto com esta trilha!

– Nada! – gritou o primeiro – Tem umas malucas que gostam de aventura!

Naquela noite, fui anotar as coisas do dia, a energia caiu, fui cozinhar, queimei a comida, comi cenouras cruas. No dia seguinte, ela estranhou que as cenouras tinham sumido mas continuavam fechados o azeite e o vinagre que tinha trazido.

– Você não usa tempero? Eu gosto de tempero.

Falei que até de porra ela gostava, né, e ela me olhou espantada.

– Que você disse?

– Nada, mas fui lá na nascente do riacho.

Ela continuou me olhando com cascas de chuchu nas mãos, ia jogar no lixo e parou assim. Falei que tinha visto Valdo subir até a nascente, e que eu tinha ido lá, onde a cama de pedra tinha um coração desenhado a esmalte, aliás, da cor que ela usava ali no pé.

– O caso de vocês é antigo, né?

Ela suspirou, agachou deixando no lixo as cascas, lavou as mãos, com as mãos molhadas pegou as minhas:

– Tião – era a primeira vez que me chamava pelo nome – O ciúme é um veneno.

Sorriu triste:

– Mas é bom. Sinal que gosta de mim.

Me beijou as mãos.

– Mas esquece o que passou. Passou, que nem o riacho. Passou.

Falei que não estava falando de riacho, mas de uma menor de idade com evidente experiência sexual, fosse em cama de pedra ou cama normal, comigo ou com um primo que queria me matar e...

– Então – ela falou me largando as mãos e sentando numa cadeira, as mãos amparando a cabeça – vou te contar.

Desde menina era unha e carne com o primo. E ali a meninada brincava com essas coisas desde cedo. Não sabia se meninada de cidade era assim, mas ali brincavam muito de pau e argolinha.

– Pau e argolinha?

É, ela falava olhando farelos na mesa: – O pau do menino, a argolinha da menina.

– Argolinha...?

– Na frente é uma rachinha, atrás é uma argolinha.

Mas só até certa idade. Pau cresce bastante – falou tecnicamente – mas argolinha nem tanto. Então, depois de certa idade, virou só brincadeira de mão...

– ...ou de boca, né.

– É, eu sei.

– E não gostou?

Um barco apitou na baía, peguei a mochila, falei que ia a Paranaguá. Fazer o que, ela perguntou, falei que precisava de lentes de contato. Feche a casa, falei, peguei a mochila e o cantil e corri para a praia, para o barco, me molhando até a cintura e concordando que fazia mesmo falta um trapiche. Fui vendo V e M no mar, no céu, no fundo do barco, para onde eu olhava via V e M. Se no continente tivessem me contado que eu iria me sentir assim naquela ilha, não teria acreditado.

Em Paranaguá fui a um oftalmologista, que me deu lentes provisórias enquanto encomendava novas em Curitiba. Saí do consultório vendo detalhes de novo, mas o V e o M continuavam onde quer que olhasse. Entrei num grande bar onde marinheiros jogavam esnuque e mulheres exibiam coxas e decotes. Uma logo veio me perguntar se não pagava um drinque. Paguei. Perguntou se não queria ir para o quarto. Falei vamos. Fomos. Ela apagou a luz, tentou de tudo e eu continuei vendo V e M mesmo na escuridão. Falei deixa pra lá, paguei, fui ver a água negra e fedida da prainha do mercado, ali onde decerto tinham jogado mais alguns bêbados no fim do dia.

Fui para um hotel, vi tevê, V e M na tela. Fui para o bar do hotel, pedi caipirinha dupla, eu que nunca misturava açúcar e álcool, e tomei uma, duas, três, quatro, cinco, depois fui para aquela parte da praia onde limpavam os peixes e jogavam os bêbados, e vomitei com calafrios na escuridão, olhando se algum urubu aparecia mas eles não devem trabalhar de noite. Fui para o hotel e vomitei mais, vendoV e M na privada, deitei sentindo o quarto rodar e, mesmo de olhos fechados, V e M circulando em volta do colchão.

Acordei mareado, tomei copos de suco no café da manhã, pensando por que, afinal, voltar para uma ilha onde não tinha energia, embora energia vital como nunca, e onde alguém queria me matar; mas lembrei da cascata, do mar, das trilhas entre flores silvestres ou árvores sombrias, o vento bravo e a brisa fresca, a moqueca com pirão, e queria ver a ilha e a ilhota em detalhes com as novas lentes. Fui para o cais procurar barca, e no caminho passei pela prefeitura, entrei, perguntei onde faziam exame de água. Me mandaram à empresa estadual de saneamento, a um atendente perguntei dos exames de águas da Ilha do Meio. Me olhou torto:

– O senhor é morador de lá?

– Sim, e as amostras foram trazidas há meses. Por que os exames não ficam prontos?

Era preciso pagar uma taxa de laboratório, disse ele:

– E o moço ficou de vir pagar, não veio.

Perguntou se eu ia pagar a taxa e pedir os exames de novo, teria de trazer água novamente. Lembrei do cantil, tinha pegado água do riacho e estava intocada, falei ao homem, eu não bebia com a boca no bocal, mas despejando acima da boca. Ele ficou me olhando como se eu fosse um marciano, deu de ombros e pegou o cantil para encher um vidro. Paguei a taxa, depois passei no banco, meu salário estava lá, tirei uma parte e botei o resto na poupança.

As lojas estavam enfeitadas para o Natal. Fui para o cais pensando mesmo se não devia sair daquela ilha logo, lembrava dos filhos e pensei num Natal sozinho entre pedra, mangue e mar. As lentes chegariam dali a dois dias mas, de qualquer modo, tinha de voltar à ilha para pegar a mala e o computador. Voltei, num barco que antes passou na Ilha do Mel, borbulhante de gente, depois o motor enguiçou no meio da travessia, o piloto e o ajudante se lambuzaram de graxa e óleo, enquanto se armava uma tempestade. O céu escureceu depressa e o vento foi jogando o barco contra as ondas, até que o motor pegou quando as mulheres já choravam junto com as crianças e os homens estavam apavorados.

O barco não tinha coletes salva-vidas e um pai encheu uma bóia de brinquedo, soprando furiosamente até o anel de borracha encher, enfiou pela cabeça do guri. Mas o motor não morreu mais e chegamos à ilha debaixo de chuva forte, relâmpagos e trovões, um desembarque com todas as saudações da natureza, inclusive ondas que levaram bagagens e caixotes de frutas, arrancando dos ombros dos homens, enquanto as mulheres agarravam as crianças. Ajudei as que pude e uma onda me levou a mochila, o canivete continuou no bolso, mas o cantil, em que eu tinha tomado tanto vinho durante anos, foi junto com a mochila.

Na praia os turistas, pela primeira vez na ilha, continuavam assustados como se ainda estivessem no mar, os homens gritando entre si, as mulheres gritando com eles, as crianças chorando. Não viam para onde ir, a energia, claro, tinha caído já no começo da tempestade, as janelas estavam fechadas e chovia forte, não dava para ver sequer as lamparinas, nem se via lua, a ilha parecia um cenário de terror.

Gritei para me seguirem, o vento uivando e as palmeiras descabelando. Eram umas vinte pessoas, que levei para a venda, onde até os caixotes tinham sido deitados, tudo estava coberto de lona, os bancos amarrados nos esteios, e, com aquele vento, chovia tanto fora quanto dentro, a chuva entrava em chicotadas. Eu não sabia o que fazer com aquela gente, e então uma mão me pegou firme o braço, era Valdo, o outro braço em tipóia, o peito lambuzado de pomada escorrendo na chuva, e não falou nada, só chamou com um gesto, chamei os outros, fomos atrás dele.

Primeiro bateu na casinha de Marina, ela acolheu uma família, já entregando toalhas e cobertores, e fomos bater em outra casa para acolher mais uma família. De casa em casa, logo estavam todos acolhidos, a tempestade ainda ribombando e a trilha aqui e ali com galhos caídos, Valdo ia na frente com lanterna. Voltamos para a casa de Marina, a família já estava com roupas secas e a mulher fervia leite, Marina falou que ficassem à vontade, a casa seria deles enquanto o tempo não firmasse. Trocou as roupas da cama, estendeu colchonetes para as crianças, deu boa-noite.

Valdo esperava lá fora, ela pegou a lanterna e ele ficou lá na chuva e no escuro, enquanto pegamos a trilha para minha casa. Ela tirou a roupa, tremendo de frio, enxugou-se com uma das toalhas que tinha trazido para mim.

– Parece que adivinhei. Gosto de cuidar de você.

Caímos na cama e dormimos debaixo do cobertor que ela tinha batido e deixado no sol no começo da tarde, foi a penúltima coisa que falou antes de dormir, com a voz mole, e a última de novo foi:

– Boa noite, meu amor.

Amanhecendo, ela falou que não precisava ter pressa, com tempo ruim até os paulistas demoravam para levantar, estava cinza e molhado o quadrado da janela. Botei lente, da cama ela perguntou se eu já ia sair, falei que não, que só ia ver a ilha, a ilha e a ilhota. Ela disse que então eu ia ter de sair, a ilhota não se via da janela, era preciso subir no morro, eu estava louco, com aquele tempo? Falei que então eu ia ver da cama – outra ilha e outra ilhota...

Depois, vendo a janela clarear e um sol branco furar o céu cinza, ela perguntou que história era aquela de ver a ilhota da cama. Contei, ela riu seu riso branco de pérolas enfileiradas, disse que eu era um moleque, falei que tinha idade para ser seu pai.

– Mas pai já tenho. Eu quero um homem.

Falou que tinha falado com Valdo, e que ele tinha prometido não me fazer mal algum.

– Sabe aquele dia em Paranaguá? Quando jogaram ele na água? Sabe por que bebeu daquele jeito? Porque eu falei acabou. Acabou, Valdo, nunca mais. Entendeu?

Da janela, enrolada no lençol, com os pés enfiados em meus tênis, apontou uma casa, lá tinha um primo retardado; noutra casa mais além, que não se via, uma prima também retardada, sem falar nos meio bobos. As duas pontas deviam ter uns cento e oitenta nativos, ao menos uma dúzia com algum castigo do sangue, como diziam.

– É de tanto casar primo, não é? Você é professor disso, não é?

Falei que era provável, devido à consangüinidade, e ela falou então, por isso que não quero primo. Mas se ele não fosse primo teu... comecei a falar, ela botou a mão na minha boca, disse chega, apontou o sol saindo num retalho de céu azul:

– Água que passou, passou, já te falei. Você é professor mas é duro de aprender, né?

Comemos bananas olhando o céu se encher de azul e depois ela foi cantarolando fazer o dia, como disse:

– Cada dia é preciso fazer o dia, né?

Anotei isso e outras coisas, depois tentei escrever, mas escrever o que? Nem queria pensar em Quadrondo. Com minha nova lente, fui ver a ilha em detalhes. Subi ao platô, vi que no mangue nenhuma árvore floria, mas floriam na baía, onde pedaços de casas e barracas apareciam entre as árvores, vi na praia a bóia do menino, e brincando como meninos os homens, as mulheres conversando. Já deviam ter arranjado casas ou quartos e estavam felizes, me senti feliz também, enchi os pulmões, abri os braços para a ilha, me senti voando no vento como os urubus planando lá no alto, então ouvi vozes e era Valdo levando um grupo de barraqueiros para acampar no platô.

Fui para a baía e, a meio caminho, subi numa árvore para ver de cima a grota do riacho, não foi fácil mas consegui chegar a um galho bem alto, olhei bem a grota, a testada do morro. Ia descer, quando vi Valdo vindo pela trilha, depressa e às vezes subindo em pedra para olhar para baixo, como a querer me alcançar. Esperei ele passar, fiquei olhando os urubus. Desci, fui para a praia, Marina acenou atendendo gente, a venda fervia e ela estava com duas ajudantes.

Naqueles dias antes do Natal, Marina alugou sua casinha e veio morar na minha, dizendo para não me preocupar que logo seria maior de idade e, além disso, ganhava a vida desde menina e estava brigada com os pais. Eles pensavam que ela morava com os tios pais de Valdo, e, além disso, ganhava mais ali, em quatro meses, do que o pai com pesca o ano inteiro, era quem ajudava a mãe nas precisanças, que quanto mais velha mais remédio precisava.

Valdo eu via aqui e ali, já voltando a ajudar na venda, aumentando o galpão com um carpinteiro, pintando caixotes com o braço bom, o outro quase bom. O peito, na faixa arranhada, era uma larga ferida de casca e pomada a cobrir o coração.

Agora o platô no alto do morro tinha uma dúzia de barracas, e vi que caberiam muitas mais, em clareiras nos capinzais, preservando as ilhotas de mata e sem queimar o capim alto, que protegia as barracas do vento. Na encosta, esticando uma linha medi cinqüenta e poucos metros entre a beirada de rocha do morro e a nascente do riacho lá embaixo. Também examinei a trilha metro a metro, vendo como seu trajeto obedecia a todas as irregularidades do terreno, por isso era tortuosa e com tantos pontos perigosos; mas melhor assim, não facilitava erosão.

Bati a ilha em todas as direções, fui ao mangue, varejei as matinhas da baía, conheci gente das duas pontas. Na Ponta da Velha, me tratavam como turista, meio desconfiados. Na Ponta do Mangue, me tratavam como turista, me agradando e oferecendo desde comida a passeios de barco.

Na antevéspera do Natal, levei a Paranaguá água do Riacho da Velha para exame. Peguei o resultado do exame da água do Riacho do Umbigo. Comprei uma bata para Marina, alguns artesanatos para a casa, uma nova mochila, um novo cantil, disquetes para o computador. Voltei para a ilha na véspera de Natal, a venda fervia, as casas estavam cheias de turistas comendo, a matinha cheia de barracas. Marina servia pastéis com uma mão e com a outra guaraná, fazia troco comandando as quatro ajudantes; Valdo cuidava do bar com dois ajudantes e, a julgar pelos olhos e caras, eram todos primos. Marina disse que ia para casa lá pelas onze.

À noite, ela apareceu sei lá que hora, meu relógio tinha ido para o mar com a velha mochila, só sei que fazia uma bela lua e ela estava linda. Disse que já tinha passado na casa dos pais, e nas dos tios todos, levando presentes para todos, depois de fechar a venda às nove.

– Natal é Natal.

Tinha trazido peixe assado, batatas, bananas-da-terra e lagostas também assadas na brasa, e cocos verdes para beber a água e depois comer a polpa molinha com leite condensado, parecia menina a arrumar os pratos. A luz apagou, ela falou que bom, acendeu velas, colocou nos vasos flores que perfumaram a casa, as comidas na mesa.

– Nossa ceia de Natal. Mas antes tenho um presente.

Me adiantei e dei a ela a bata e os artesanatos. Ela me beijou longamente e fiquei com ereção, ela pegou e sorriu:

– Agora o teu presente. Vem bem a calhar.

Tirou a roupa, foi para a cama.

– Hoje é meu aniversário. Sou de maior desde ontem.

Deitou abrindo as pernas.

– Vem, entra na tua ilha.

Na passagem de ano Marina tirou férias, deixou Valdo já sarado tocando a venda com as primas, me pegou pela mão e disse vamos conhecer a ilha. Já conheço, falei.

– Estou falando da ilha-gente.

Durante três dias me levou a andar pela ilha, me apresentando nativos em suas casas debaixo de árvores, terreiro com galinhada solta, nenhuma horta, pés de fruta só os da terra mesmo, grandes árvores de pequenas frutas como o jambolão.

Marina fazia rir, sempre tinha uma graça para cada um, lembrando uma brincadeira da infância, um caso passado, um susto juntos, um tombo ou uma festa. E naquelas risadas eu via que quase todos tinham os dentes estragados.

As mulheres faziam artesanato para vender aos turistas, trançando palmas, esculpindo madeira, fazendo gaiolas de vime ou cestos de taquara, cortinas de sementes, pintando panos-de-prato e camisetas com uma paisagem da baía desenhada por um velho hippie décadas atrás. Passavam o ano fazendo aquelas coisas para os turistas e, quando eles chegavam, crianças e mulheres quase que em fila passavam de barraca em barraca oferecendo, tanta oferta que os preços sempre caíam em poucos dias. No fim da temporada, praticamente davam os estoques, para turistas espertos que compravam de monte para revender no continente.

Rapazes varejavam entre as rochas na maré baixa, para achar grandes caramujos e conchas. No começo da temporada conseguiam vender até bem, depois iam também baixando os preços, e mesmo assim acabavam com muitos caramujos ainda nas mãos, vendiam em Paranaguá, depois viam nas lojas do mercado a preços muito maiores. E a cada ano pegavam menos caramujos nas rochas, e conseguiam preços sempre menores.

Os homens pescavam ou catavam mariscos para vender no mercado em Paranaguá ou para os turistas, mas perdiam muito pescado por causa do calor na temporada. No tempo frio, pescavam muita tainha mas todos os outros pescadores das outras ilhas e do continente também, de modo que o preço só compensava no começo ou no fim do tempo da tainha, quando já ou ainda só se pegava pouco peixe...

Mulheres também faziam doces, paçoca, pé-de-moleque, quindim, que meninos ou meninas iam vender para os turistas nas barracas ou na praia, onde alguns também armavam barraquinhas de bebidas e salgados, armações de taquara e lona que a primeira tempestade varria. A ilha era o último espirro de terra do continente e a primeira a receber as tempestades, com viradas de tempo tão repentinas que, às vezes, mal dava tempo de guardar a tralha antes do vendaval.

Era uma gente trabalhadora mas descrente do trabalho, crente em Deus e na missa mensal. Na verdade, duas missas: o mesmo padre, vindo de Paranaguá no primeiro domingo do mês, oficiava uma missa em cada ponta, passando sempre pelo meio da baía para visitar duas famílias que não iam a nenhuma das missas porque não gostavam do povo das duas pontas. Marina resumiu:

– É um inferno de gente! Tão parecida e tão diferente!

A maioria tinha olhos verdes, e a pele mais escura quanto mais velha a geração. Deviam ter sido quatro ou cinco gerações desde que chegaram em quatro canoas quatro casais de primos, sendo duas das mulheres irmãs – talvez delas viessem os olhos verdes – e agora aquelas cento e oitenta e poucas pessoas formavam um plantel genético típico dos grupamentos isolados em ilhotas no Pacífico ou em fiordes no tempo dos vikings. Ou conforme Marina:

– É tudo filho e neto de prima com primo e primo com prima! Até na voz é tudo aprimado!

Prestei atenção nas vozes, era verdade. Falavam um pouco cantado, como os catarinenses, e em frases curtas. Poucos homens e mulheres conseguiam articular pensamentos e frases correntes, a maioria pensando e falando como que a socos, cada pensamento e cada frase tendo de se fazer a custo, até, conforme Augusto dos Anjos, tropeçar no molambo da língua paralítica. Nalgumas casas, filhos excepcionais, desde crianças a marmanjos barbados, eram mantidos em quartos ou zanzavam em volta das mães, recebendo tapas nos tropeços e encontrões inevitáveis.

Um dia Marina me levou à casa da Velha:

– A moradora mais antiga – apresentou, e a Velha disse ah, esse aí já conheço:

– Já contei a história pra ele, agora ele continua a história.

Marina me olhou arregalando os olhos, falou repete, vó, o que a senhora falou.

– Já contei a história da gente pra ele – repetiu a Velha – Agora ele continua a história.

Marina ficou me olhando como se acabasse de me conhecer.

Em quase toda casa davam a ela alguma coisa, pencas de bananas, batatas – a única coisa que cultivavam com sucesso – ou licor de frutas silvestres, ou frango, ovos, compotas, pão feito em forno de barro, doces. Fomos levando tudo para casa, e no caminho ela mostrava com desgosto as marcas de fogueiras debaixo ou mesmo no pé de árvores:

– Turista gosta de fogo... Mas não sabe cuidar. Um queimou até a própria barraca!

Botavam fogo em capoeira seca, deixavam lixo que depois era preciso recolher e enterrar, e em alguns pontos já não havia onde cavar mais sem encontrar lixo antigo. E em alguns turistas baixava o espírito do Caboco Tição, conforme me diria o pai de Marina, Armando dos Santos Neto:

– O sujeito pega o facão, vira caboco do mato: sai cortando tudo que é galho por perto e derrubando toda arvrinha que vê! Daí o mato cortado seca, vem outro turista e acaba o serviço, joga um cigarro ali e pronto, sobra só tição!...

Na véspera do Ano Novo, andando pelas trilhas com sacolas cheias, chegamos ao fundo da primeira casa onde eu tinha batido na ilha, e ela me apresentou assim:

– Pai, mãe, esse é o homem que juntei. Vou ter um filho com ele.

O velho me olhou, um mulatão escuro e forte apesar dos cabelos brancos, e não tinha os olhos verdes, mas escuros também, e ficou me olhando, até que estendeu a mão:

– Ninguém nunca conseguiu ir contra essa aí, fazer o que?

A mãe me abraçou e beijou no rosto, mulata clara com os olhos verdes molhados, eu ainda estava com sacolas nas mãos e ela pegou. Marina pediu:

– Conta da ilha, pai, pra ele. A Velha que mandou.

Na varanda, olhando o mar, ele falou da ilha e suas riquezas. Falou do mangue, que tinha muita riqueza lá, caranguejos e mariscos, e sementes para artesanato. Falou que também eram uma riqueza os riachos, mais aquela praia de areia tão fina e onda mansa, um porto natural em cada ponta. Mais a praia-de-fora de mar forte, disse Marina:

– Pra moçada que pega onda.

O pai fez que não ouviu, continuou a falar das riquezas e belezas da ilha, e a fraqueza que era o povo:

– A maioria largou da pesca pra ir viver de turista. Não se juntam pra comprar uma geladeira pros peixes, cada um acha que vai ficar rico com turista...

Estavam todos se vendendo iludidos, acabariam cada vez mais pobres e viciados em tudo que turista traz de ruim: bebida...

– Bebida sempre teve na ilha, pai.

– ...droga, música alta, depravação.

O velho apontou sem olhar:

– Minha filha mesmo...

Marina levantou pegando sua sacola:

– Não tem jeito mesmo. Bom ano pra vocês – e se foi pela trilha.

Cuide da nossa filha, disse a mulher me pegando as mãos antes que eu pegasse minha sacola, e o homem só suspirou fundo e apertou os lábios para não falar nada. Fui atrás de Marina e cobrei bravo:

– Por que não me contou que ia falar aquilo? *O homem com quem eu moro! Vou ter um filho com ele!* Tá ficando louca?!

Ela parou só para sorrir, os olhos verdes molhados como os da mãe:

– Louca por você.

Naquela passagem de ano, enquanto turistas estouravam rojões, Marina preparou a mesa para nossa ceia, só com coisas da terra ganhadas nos três dias de caminhadas e conversas com a parentaiada. Falei que ia lhe dar um presente e uma decepção, ela ficou excitada como criança:

– Primeiro o presente!

Entreguei o resultado do exame da água do Riacho da Velha, também era boa água potável como do Riacho do Umbigo.

– Agora a decepção, Marina. Se você quer ter um filho comigo, antes devia ter me perguntado se também quero.

– Você não vai precisar cuidar, eu crio.

– Eu tenho outros filhos, Marina.

– E eles não podem ter irmão?

Mas por que diabo, explodi, queria ela ter filho tão nova ainda, e com um sujeito de meia-idade!

– Porque eu gosto de você – ela falou séria, depois sorriu – Com meia ou sem meia.

Voltou a ficar séria de novo, suspirou fundo:

– Também não quero filho com ninguém da ilha. Você já não viu por que?!

– Mas por que você tem de ter filho?

– Pra gente da ilha não se acabar – ela me pegou as mãos como tinha feito a mãe – Pra gente não perder a ilha.

Me levou para a cama.

– É preciso sangue novo – falou tirando a bata que lhe dei de presente.

– Marina, sabe o que é vasectomia?

Ela balançou a cabeça, não sabia. Contei, falei que tinha sido vasectomizado depois do fim do casamento, não faria mais filhos com ninguém. Ela se encolheu na cama feito um feto, fechou os olhos, ficou assim, cobri com o lençol, saí a andar pela praia. Quando voltei, a cama estava vazia e o travesseiro dela molhado. Pendurei no varal para secar no sol da manhã, retângulo ao vento com as redondices da ilha ao fundo, e anotei que estava com saudade de meus filhos.

Marina voltou a morar em sua casinha, trabalhando dia e noite na venda e no bar, enquanto durante dias eu conhecia o mangue, de canoa, entrando pelos labirintos de canais na maré alta, com um guia nativo, um rapazola chamado Davi Vieira Neto, do clã dos Vieira. Era mulato, com um olho verde e outro escuro, coisa que até então eu só tinha visto em gatos, um olho de cada cor, e era filho de homem duma ponta que roubou moça da outra ponta, coisa que acontecia em toda geração, trançando ainda mais os cruzamentos consangüíneos. Enquanto outros dormitavam no calor do meio do dia, na minha varanda Davi lia revistas e jornais velhos deixados na ilha pelos turistas; e depois gostava de falar mal do povo das duas pontas, enquanto se enfiava na lama para pegar caranguejos.

– Na Ponta da Véia só pensam em peixe – e jogava um caranguejo enlameado no saco já meio cheio e remexente de caranguejos – Na Ponta do Mangue só pensam em dinheiro! – e jogava mais outro caranguejo no saco fervilhante – E ninguém nem pega bastante peixe nem ganha muito dinheiro! Eu, pelo menos, pego muito caranguejo!

Pegava sacos de caranguejos, e no fim da catança parecia também um grande caranguejo, coberto de lama dos pés à cabeça. Depois se banhava no riacho e tentava vender os caranguejos aos turistas, sempre se irritando com o pavor ou nojo que tinham dos caranguejos, ou com a preocupação deles com o trabalho para limpar, ferver e comer os bichos:

– Turista detesta trabalho – Davi remava com gosto – E trabalho é tão bom!

Era magro e forte como a madeira do mangue, as árvores de raízes meio atoladas, meio suspensas, com galhos retorcidos mas rijos, onde o facão pensa que vai cortar fácil e volta sem ter cortado ou fica mascado pela madeira, uma mistura enfezada de galho com cipó. Depois de tentar vender aos turistas pela praia, e às vezes vendia uma dúzia ou duas, acabava vendendo aos primos nas barracas de salgados, onde os caranguejos eram fervidos em caldeirões e vendidos a turistas que primeiro preferiam as coxinhas e empadinhas do que aqueles bichos cheios de patas com garras que é preciso quebrar para comer "uma carninha de nada".

– Quem come boi não aprecia peixe – concluía Davi.

Muitas vezes tinha que dar caranguejos ao povo da ilha, às vezes para tia ou mãe daquele mesmo primo que tinha lhe comprado os caranguejos na praia, e que também só teria lucro se vendesse a maioria dos caranguejos. No fim, quem mais comia caranguejo era o mar, quando o resto era jogado fora. E o pior era que a cada ano era preciso pegar caranguejos mais longe no mangue, como para pegar ostras nas rochas era preciso ir mais longe e até em pontos perigosos, onde já tinham morrido primos ou tios levados por onda traiçoeira.

– O mar castiga quem brinca com ele.

– Mas os turistas não vêm justamente brincar no mar, Davi?

– Na praia, pode brincar. Com mar na rocha ou mar aberto, não brinque não.

No dia quatro de janeiro, fui a Paranaguá, telefonei para Leo e Ana, pedi a Mara para botar os dois num avião, eu esperaria em Curitiba. Fui a Curitiba de ônibus, comprei as passagens, no dia seguinte peguei os dois no aeroporto.

– Como está a mãe?

– Daquele jeito – Leo resumiu, Ana emendou: – Mas é nossa mãe e não vamos ficar falando mal dela.

Agachados, juntamos as mãos, fizemos nosso pacto:

– O que passou, passou, o que vem ninguém sabe, agora é que é bom!

Refeito mais uma vez nosso pacto, descemos de trem para Paranaguá; Ana abrindo grandes olhos, Leo olhando os precipícios e soltando assobios, começando a parecer um homenzinho. Em Paranaguá comemos no mercado, eles compraram brinquedos artesanais, pousamos num bom hotel, fizeram uma bela guerra de travesseiros e almofadas no quarto. No dia seguinte pegamos uma bateira e fomos para a ilha no começo da tarde, para o desembarque ser ainda diurno, eu não queria os dois assustados logo na chegada. Mas o motor morreu no meio da travessia, de novo o piloto e o ajudante – outros, mas pareciam os mesmos – se lambuzaram de graxa e óleo, acabamos chegando à noite.

Com água pela cintura levei Ana para a praia montada nos ombros, voltei para pegar Leo, ele já vinha molhado e feliz com a aventura. Fomos para casa e, no caminho, conhecemos uma face da ilha que só aflora no dia seis de janeiro. O terreiro da venda estava cheio de turistas em volta duma roda de nativos, homens e mulheres mulatos, a maioria de olhos verdes, com as roupas acetinadas e coloridas da Folia de Reis, alguns homens tocando velhos instrumentos – pandeiro, viola, rabeca, chocalho – com fitas coloridas pendendo dos pulsos, dos cabelos, as mulheres a dançar rodando as saias de longos vestidos coloridos. O canto triste e pungido fascinava os turistas, crianças olhavam de boca aberta. Todos cantavam muito bem, soltando a voz com paixão e costume, isso que chamamos de folclore.

Marina me tocou o ombro por trás e, mal me virei, apresentou-se:

– Oi, sou amiga do vosso pai.

A folia foi cantando e dançando, até o grupo de casas mais adiante, onde moradores esperavam com pinga, café, cerveja, salgados e doces. Os foliões comiam e bebiam, parando de cantar conforme a tradição, mas os turistas ficavam em volta da casa esperando a continuação daquilo, alguns até reclamavam, que diabo de festa era aquela em que os músicos paravam tanto?

– É uma festa popular – Marina explicou a Leo e Ana – Veio com os bisavós lá da Cananéia. Em quatro canoas. Na primeira canoa, a rabeca. Na segunda, o pandeiro. Na terceira, o chocalho. E na quarta, a viola.

Os turistas dispersavam, mas voltavam a seguir o grupo quando voltavam a cantar, indo pelas trilhas de casa em casa, dia adentro e noite afora conforme Marina. Leo quis comer salgados da venda, comemos numa mesa servida por Valdo, que não me olhou nos olhos. Depois fomos dormir, botei os dois na cama de casal e dormi num colchonete no chão. No meio da noite acordei com Marina se enfiando nas cobertas, não falamos nada, gozamos mudamente. Amanhecendo, ela se foi também sem falar. Leo e Ana não pararam de ressonar em nenhum momento, acordaram com o sol no céu, querendo ir logo para o mar.

Antes lhes dei leite e frutas, e depois, passando pela venda, Marina deu um vidro com um líquido oleoso:

– Óleo de coquinho.

Era um tipo de coquinho cuja semente, esmagada e coada, dava um óleo amarelo-escuro e gosmento, que os claros da ilha passavam no corpo para defender a pele do sol. Fomos para a praia, Ana preferiu a loção industrial dada pela mãe, Leo quis o óleo do vidro que tinha sido de maionese – e lambuzados correram para o mar calmo da baía. Lá pelas dez e meia chamei para a sombra da barraca, e a loção de Ana o mar já tinha levado fazia tempo, mas a pele de Leo ainda continuava viscosa do óleo de coquinho.

Durante uma semana fizemos piqueniques pela ilha, acampamos numa cabana alugada, até enjoar; depois voltamos a morar na casa mas só pra dormir, no resto do tempo batíamos as trilhas, e até ao mangue levei os dois. Quando Davi desceu da canoa para se enfiar até quase o peito na lama, Ana arregalou e Leo estreitou os olhos:

– Que ele vai fazer, pai, nadar nessa lama?

Quando Davi começou a botar caranguejos dentro do saco, Ana perguntou o que ele ia fazer com aquilo. Comer, falou Davi para simplificar, Leo perguntou como:

– Moído?

Anotei; já fazia algum tempo eu andava anotando numa caderneta com o título *Ilha*. Não mais textos, mas números. Medidas. Idéias, mas não teóricas: práticas. Como "moer" caranguejos, quebrar as patas, tirar a carne desfiada, "moída", e empacotar a vácuo e conservar em câmara frigorífica, a "geladeira" que a ilha não tinha. Leo perguntou se eu estava escrevendo Quadrondo, falei que não, que talvez nunca mais escrevesse Quadrondo ou coisa alguma parecida. Eles ficaram me olhando como se tivessem perdido alguma coisa.

– Acho que vocês perderam um pai escritor. Mas vão ganhar alguma coisa em troca.

– O que, pai? – os olhos de Ana já se acenderam.

– Uma ilha.

Eles ficaram se olhando, me olhando, olhando a ilha. Todo fim de tarde íamos à cascata, tomar banho de água doce e tirar o sal do corpo, e naquele dia, depois de olhar lá de cima a baía e o sol morrendo no céu borrado de cores, Leo falou sabe, pai, até que é uma boa.

– O que é uma boa?

– Ganhar uma ilha.

Depois que levei os dois de volta a Curitiba e botei no avião, fiquei andando pelo centro, vendo tanta gente a passar sem parar e pensando o que eu ia fazer da vida, para onde iria, fazer o que, que diabo andava falando pela minha boca a prometer *uma ilha* para os filhos? Em menos de cinco meses eu deixaria de ter salário e não tinha mais nenhuma renda além duma poupança que daria para mais um ano na ilha, incluindo o tempo de frio e preços baixos, calculava eu, pensando na ilha e na ilha e na ilha sem parar. Então parei numa banca para passar os olhos pelos jornais pendurados, estava lá: *Escritora premiada autografa em shopping*. Numa foto, sorria Rosélia Carneiro, a conhecida autora de livros juvenis ia passar a tarde dando autógrafos numa livraria. Fui lá.

Rosélia estava cercada de meninas e alguns meninos, autografando cada livro devagar, com uma conversinha, uma dedicatória diferente e até um desenho para cada um; fiquei atrás dela um tempo, vendo que seu autógrafo tinha simplificado desde a Alemanha, decerto por maior uso ou para menor esforço. Esperei a fila acabar e ela, depois de me abraçar e dizer que eu parecia ter remoçado, falou baixinho que o segredo do sucesso em autógrafos é o mesmo do camelô:

– O camelô tem de abrir a roda, o autor tem de fazer fila, aí mais gente chega para ver o que é e acaba entrando também na roda, ou na fila. Então eu não tenho pressa...

Mas logo estava de novo sozinha na mesa, gente passando pela livraria, olhando as prateleiras cheias de escritores ausentes, e a escritora viva ali esperando leitores. Então conversamos, e sua primeira pergunta foi cadê o cantil?

– Afogou-se.

– E não comprou outro?

– Só para água.

Contei da ilha, seus dois mares, seus dois riachos, e a vida que andava levando, sem ler, sem escrever, sem teorias nem alunos, nem aulas nem horários.

– E vai viver do que, meu amigo? Brisa do mar?

Ainda na livraria, entre autógrafos pingados, e depois num jantar regado a água tônica, contei a Rosélia meus planos e seus olhos marejaram, apertou forte minhas mãos sobre a mesa:

– Vai fundo, em tudo! Na ilha, na moça, no sonho, vai fundo, se joga no que você acredita porque, mesmo que não dê certo, você não vai ter depois o remorso de não ter tentado! Quando inventei de ser escritora, muitas horas me achava louca, maluca, pretensiosa e sem senso de ridículo! Mas meu coração dizia vai, Rosi – é meu apelido de família – vai, continua, e eu fui escrevendo meus livrinhos... Hoje, viajo pelo país todo sem pagar nada, me pagam para falar sobre o que mais gosto e ainda me aplaudem! Se me contassem há dez anos atrás...

Beijei as mãos de Rosélia, voltei para a ilha pensando que era isso mesmo, Leo tinha usado as palavras certas, eu precisava, antes de tudo, como se dizia antigamente no movimento estudantil, "ganhar a massa", convencer e entusiasmar o povo da ilha. Eu ia deixar de ser um teórico, ia botar Quadrondo em prática ali, na Ilha do Meio, com as bênçãos de Rosélia Carneiro e a parceria de Marina dos Santos Neta, minha mulher.

A primeira coisa que falei a Marina foi justamente que, para todo o plano funcionar, o povo da ilha teria de acreditar e confiar em mim, e portanto eu precisaria ser da ilha também, viver ali, com alguém, e, se não podia ter filhos, duas ou mais vezes por ano traria meus filhos, para dar também esse testemunho de sangue das minhas boas intenções. Ela ouvia piscando espantada sem falar.

– Vou construir uma casa, vamos morar juntos. Sim ou não?

Ela balançou a cabeça, sim, mas continuou de boca aberta.

Você está de boca aberta. Muita espantada?

Não, admirada.

Então lhe contei o resto dos meus planos. Davi já tinha me contado a história de cada um dos ramos de famílias entrelaçadas da ilha, perfazendo umas doze "casas grandes", como diziam, cada uma com casas menores agregadas e com sua versão da própria história. Davi apontava:

– Aquela casa lá, quem fez foi o Tonho da Maria – porque tem também o Tonho da Anja – e depois que ele morreu a casa ficou pros filhos, mas os meninos casaram e agora é só a Eva que mora lá com o Pedro da Vera – porque tem também o Pedro do Morro e o Pedro Só.

Quando falava da história da ilha, Davi recitava como se desfiasse as frases emendadas, um fio gasto saindo pela boca, embebido em tédio e costume. Era costume lembrar quem tinha morado em cada casa, assim conseguiam deslindar os casamentos passados para saber quem agora era menos primo de quem, para evitar casar com os primos de primeiro grau, preferindo os de segundo grau ou além. Os bobos e excepcionais, alguns mantidos nas casas em quartos fechados, estavam sempre a lembrar os pecados e os castigos no sangue dos Santos e dos Vieira.

– Nessa casa já nasceu um bobo, desses que ficam babando, e um louquinho de pedra, jogava pedra até na mãe, e agora tem um desses que parecem tudo a mesma cara, mongóide.

– Mongolóide.

– Ei, o doutor sabe tudo!

Davi me chamava de doutor. Fomos ao alto do morro, chegamos lá suando e vi gotas pingando da penugem do seu bigode loiro, ia virando um homenzinho, embora o corpo ainda magrelo de rapazola. Bati o capinzal ali na beirada do platô, onde a camada de terra acabava a um passo da testada de rocha do morro. A rocha era lascada e fendida pelas quedas de grandes blocos, e numa dessas fendas, formando uma grotinha estreita, nascia o riacho.

– Cuidado – disse Davi – Um turista um dia tonteou aí, se não fosse eu puxar...

– Davi, que você acha duma casa aqui onde estamos?

– Bem aqui?! – estávamos com os pés na rocha, entre o precipício e o platô, e ele me surpreendeu:

– Pode ser. Mas a fossa não vai sujar o morro por dentro e não é do morro que sai o riacho?

Eu não tinha pensado no esgoto. Realmente, uma fossa ali iria contaminar a nascente do riacho. Nem haveria como cavar uma fossa, a camada de terra não tinha mais que metro de fundura.

– Eu pensava numa casa daqui até o capinzal, aqui seria a varanda.

– Mas aí só o doutor ia ver essa vista, e o povo?

Subia muita gente ali só para ver a vista, e senti vergonha de não ter pensado nisso. Conversando com gente das duas pontas, já sabia que todos os terrenos da baía tinham dono, alguns com escrituras antigas, outros com escrituras novas de terrenos retalhados para os filhos, conforme a população crescia. Mas os morros não tinham dono, longe da praia.

Refiz meus planos para o platô, fazendo medições com ajuda de Davi, cujos reparos passei a respeitar:

– Vento aqui é oitenta por cento do mar pra terra, de viés assim – o que me fez mudar o lugar da casa para um pequeno capinzal entre dois capões de mata, a uns cem metros da testada do morro.

Com quatro estacas marquei um quadrado para a casa, depois pensei melhor e arranquei as estacas, marretei só três no terreno de novo, na forma de um triângulo com a ponta voltada para o vento predominante. Mas quanto teria de fundura o terreno, o suficiente para uma pequena fossa? Os barraqueiros que acampavam ali, contou Davi, cavavam pequenas privadas, que voltavam a encher de terra antes de ir embora, o mato crescia bonito nesses pontos, mas cavar fundo ninguém nunca tinha cavado, pra que, né?

Paguei dois primos para cavar uma fossa ali. No ritmo nativo de trabalhar, descansar e prosear, foi preciso uma semana para descobrir que só depois de três metros de terra pastosa se chegava ao subsolo de pedras, não porém rocha compacta que não absorvesse o conteúdo da fossa. O morro devia ter tido elevações ali no alto, erodidas e transformadas em areia, que as plantas foram fertilizando para surgirem mais plantas, os capões de mato deviam estar sobre os pontos de solo mais profundo, portanto fossas poderiam ser feitas vizinhas dos matos.

Davi me acompanhava sempre e se encarregou de contar pela ilha: além de mandar cavar uma fossa lá no alto do morro, eu tinha mandado peneirar, canteirar e cobrir de palmas a terra tirada do buraco, para fazer horta! Riram decerto as mulheres, horta nunca tinha dado certo na ilha, e os homens nem devem ter dado atenção, horta era coisa de mulher. Mas encomendei meia dúzia de sacas de humus e esterco no continente, outra de micronutrientes, a receita do meu velho pai; e fiz uma grande fogueira, numa clareira já queimada, com a galharada seca catada pelo platô. A cinza também misturei na terra da horta, trabalhando com enxada e enxadão, Davi se espantava:

– O doutor parece peão!

Catei ou cortei folhas de palmeira, cobri o canteiro.

– Não vai fazer a horta, doutor?

Mostrei a Davi que ia chover, aquela terra ia molhar, o humus estava cheio de ovos de minhoca e bactérias, que iam começar a trabalhar, gerando mais minhocas e bactérias, que iam continuar a comer e cagar, gerando mais minhocas e bactérias que iam deixar a terra viva e fértil para só então se plantar. Ele me olhava sem saber se era brincadeira:

– Tudo isso vai acontecer naquela terra ali?!

Marina me contou que pela ilha falavam que eu era louco, enfiar tanto dinheiro num monte de terra, para fazer uma horta num lugar sem água, na primeira seca ia perder tudo. Ela perguntou se eu não estava mesmo ficando louco, de vez em quando apareciam uns loucos na ilha, mas ali saravam, iam embora depois de anos; e um tinha a mania de contar as árvores da ilha, em cada uma tinha batido um prego com uma plaquinha de metal e um número. Um dia, jogou no mar a caderneta das contas, foi embora. Falei que eu não, não estava ficando louco.

– É – ela falou com a boca no meu ouvido – E embostear terra nunca fez mal a ninguém, né.

Ela dormia pesado depois do dia inteiro trabalhando desde o amanhecer, nem ia mais à praia, mas trabalhava alegre. Também alegre fui para o continente, Davi junto, Valdo também: ia fazer compras para a venda. Mal me olhou, cumprimentou com a cabeça, sentou longe na bateira. Davi ia feliz, devia achar uma honra ir com o doutor comprar material na baía grande, como diziam, comparando a pequena Baía das Pontas com a imensa Baía de Paranaguá. Lá fomos de táxi procurar material de construção e concretagem, espantando Davi, que soltava assobios como meu filho Leo, e o espanto maior foi quando encomendei dezenas de metros de canos metálicos grossos e rijos.

– Tá doido, doutor, pra que isso?

Entendeu menos quando comprei também tubos de plástico para encanamentos e uma broca de furar concreto:

– Vichi, doutor, pra que fazer concreto e depois furar?

Acho que até Marina deve ter pensado naqueles dias que eu andava endoidando. Quando chegou a bateira com o material, juntaram na praia para ver. Falei que precisava de três para me ajudar a levar aquilo para o alto, falei o preço que achava justo para o serviço. A bateira tinha apoitado bem ali no meio da baía, de modo que, de um lado, eram primos duma ponta; do outro lado, doutra ponta. De um lado levantaram vários braços querendo o serviço, de outro lado disseram não precisa pagar, a gente ajuda. Os do Pontal do Mangue se afastaram resmungando, os da Ponta da Velha começaram a ajudar no desembarque, mas logo já eram só três ou quatro, os outros pareciam tragados pelo mar, foram sumindo um a um, até que ficaram só dois, um, por fim só eu e Davi.

– Cadê os outros? – eu descarregava as últimas coisas, tudo agora na praia e ninguém à vista para levar aquilo para o alto do morro. Marina apareceu:

– Eles sempre fazem assim. Começam e não terminam. Mas eu vou chamar.

Voltou com quatro primos parecidos com Valdo, e disse combine preço antes. Combinei, eles acharam bom, perguntaram se podiam tomar uma cachaça antes. Depois, falei, depois pago uma cachaçada. Passamos dois dias carregando material, passando o último trecho da trilha com ajuda de cordas e estacas fincadas nas rochas. Lá no local marcado para a casa, ao lado da "horta" que olhavam de viés, fizemos um jirau para o material ficar a seco debaixo de uma coberta de encerado sobre estacas, usando apenas madeira de galhos caídos e palmas, cortadas dos coqueiros com um serrotinho amarrado na ponta de um cano.

– Por que não corta logo a palmeira?

Falei que dali por diante, enquanto eu morasse no morro, ninguém mais ia cortar qualquer planta ali, passaram a me olhar também de viés. Cochichavam nas minhas costas, e peguei vários sorrisinhos em trocas de olhares conforme eu pedia os serviços. Como colocar o tambor vazio, sem a tampa, ali na beirada do encerado da coberta. Davi matou a charada:

– Pra pegar água da chuva!

Tínhamos acabado tudo e o céu ia escurecendo já fazia tempo. Começou a chover, era quase noitinha e a trilha molhada ficaria perigosa, mas todos continuaram ali para ver se a doidice funcionava. Bem amarrado nas quatro pontas, uma delas mais baixa quase na altura do tambor, o encerado formou uma grande bolsa de água, vazando no tambor. Enchemos três tambores, afastando e cobrindo os cheios. Quando o terceiro encheu, a água passou a escorrer por uma valeta até a terra da horta, ao mesmo tempo mantendo seco o solo abaixo do jirau, onde o material continuou seco e coberto por outro encerado.

Eles aplaudiram, me deram fortes apertos de mão, felizes de fazer algo diferente mas que funcionava. Algo quadrondo, pensei, mas não falei nada nem a Marina. Sorria pensando no material lá no alto esperando, o tambor cheio de água para a massa. Marina me perguntou no que eu pensava feliz assim, falei que era na cachaçada que tomaram os primos.

– São assim mesmo. O que ganham, gastam – falou amarga – Não sei se tenho raiva ou dó.

– E tem algum pedreiro bom na ilha?

Cada ponta tinha um pedreiro eventual, e cada um me mostrou com orgulho serviços feitos que envergonhariam qualquer aprendiz ou ajudante. Meu pai era lavrador e também pedreiro, carpinteiro e encanador das casas do sítio, fui seu ajudante quando rapazola, ainda fazendo o ginásio na cidade, na casa de um tio, e passando os fins de semana no sítio. Ele me pegava então de ajudante e tocava a consertar paiol, reformar o mangueirão, fazer casa de colono. Mas, antes de me escalar como pedreiro-chefe ali, resolvi fazer um teste.

A venda de Marina era em chão arenoso batido de uso, com trilhas paralelas entre as prateleiras de caixotes amarrados e esteados por bambus fincados em covas cheias de massa. Não tinha sanitário. Os fregueses do bar tomavam cerveja e, quando queriam urinar, tinham de sair pelos matos ou pedir nalguma casa vizinha, uma cobrava, outra deixava uma casinha nos fundos para os turistas. Então cavamos uma fossa ao lado da venda, colocando a terra em canteiro cercado de tábuas, onde ficou coberta de palmas e folhas das árvores, que antes eram varridas do terreiro e queimadas, pedi para as mulheres das casas jogarem ali.

Feita e coberta com tábuas a fossa, cavei em volta quatro covas, usando uma escavadeira em hélice que faz buracos perfeitamente redondos. Fiz a massa lembrando da receita do pai para ficar bem forte, tanto de areia, tanto de cimento, tanto de água e cal, enquanto homens da ilha quase formavam roda para ficar olhando, mas disfarçavam.

Enquanto eu trabalhava dias seguidos, quatro vigas ficaram enfiadas num tambor, embebidas em óleo queimado para a madeira durar muito tempo. Finquei nas quatro covas as quatro vigas, já com os encaixes feitos a formão. Tinha comprado ferramental completo de carpinteiro e encanador, e ia revendo velhos conhecidos, o esquadro de metal, a colher de massa, o prumo, a trena, o martelo e os pregos, reaprendendo a lidar com cada um, e numa semana ergui uma casinha de telhado em uma água, suspensa sobre a fossa, com as paredes bem mata-juntadas e o piso quadrado bem lixado, com um buraco redondo no meio, e de cada lado do buraco uma palmilha também de madeira para se colocar os pés na posição de cócoras. Era a velha privada de fossa, a casinha, que o pai fazia no fundo de cada casa de colono, uma adaptação cabocla da privada-turca, mas me deu a autoridade de que eu precisava.

Foi o primeiro sanitário feito para turistas na ilha, além de alguns chuveiros fora de algumas casas, onde se podia tomar banho de maiô. Até então, os locais de barracas tinham seus buracos que eram usados até encher, depois faziam outros.

Davi apelidou minha obra de Trono do Doutor, e naquela noite Marina brincou se eu queria reinar na ilha, já tinha até trono! Falei que no Carnaval eu ia ver meus filhos, ela não falou nada. Quando parti quase no Carnaval, só falou vai com Deus, e volte se quiser. Claro que vou voltar, falei, e espero não voltar sozinho.

Revi Leo e Ana, fizemos um piquenique na beira do lago, compartilhado por alguns cachorros vadios e alguns meninos de rua, depois levei os dois de volta para a mãe, procurei na lista telefônica, achei o endereço, à noite bati na casa do engenheiro e casa é modo de dizer, morava em apartamento. Me reconheceu logo:

– Veio cobrar os direitos autorais da carrinhola, professor?

Falei que sim, mas na forma de serviço.

– Há quanto tempo você não tira férias? Sozinho, numa ilha, passar o Carnaval entre mar e céu, de graça, que tal? Só tem que dar uns palpites numa obra lá.

Ele ficou me olhando como se eu estivesse louco, mas eu já estava me acostumando e mostrei uma foto da ilha. Estávamos no hall do prédio, ele tinha descido para me atender, entre paredes, e ficou olhando a foto da ilha com céu e mar abertos em volta. Falou que não convidava para entrar porque tinha tido um problema:

– Acabei de me separar, sabe, ela levou os móveis.

Ficou olhando a foto enquanto eu contava detalhes, até que resolveu:

– Não tenho mesmo o que fazer no Carnaval, e não sei mesmo o que fazer da vida, quem sabe me aclare as idéias.

Despedi de Leo e Ana pelo telefone, fui de ônibus até Curitiba com o engenheiro dormindo feliz ao lado, ir para uma ilha era seu sonho desde menino. Chegou animado apesar da canseira, e gostou do desembarque molhado. Almoçamos, conheceu Marina e disse que agora estava entendendo tudo, depois cochilou numa rede e acordou falando bem, onde é a obra?

Subimos o morro com Davi na frente, falante como um guia e ágil feito um grilo, o engenheiro se divertia. Passamos pela cascata, tomou banho, bebeu água da ilha, se encantou. Subimos até o platô, lá se encantou mais ainda com a vista e o vento, e então lhe mostrei o que queria fazer: um novo traçado para a trilha, com degraus em alguns pontos e corrimão de ferro, até pessoas de idade poderiam subir; e só então Davi entendeu que os canos de metal seriam para corrimão. Os canos de plástico, mostrei, seriam para uma bomba puxar água da nascente do riacho, na encosta, até uma cisterna ali no alto. Um pequeno açude de pedras, na nascente, ia garantir água para a cisterna, sem prejudicar o riacho. A energia para a bomba viria do gerador lá da baía, com uma linha posteada pelo lado do morro, mas isso era coisa para depois; agora, mostrei ao engenheiro, precisava só me dizer como fazer a trilha e o encanamento da nascente.

Ele riu, era brincadeira? Não era coisa para fazer em quatro dias de Carnaval, nem numa semana. Só a trilha, talvez, mas como fincaria os esteios do corrimão nas rochas? Mostrei a furadeira manual, seria difícil mas não impossível se manejada por dois homens. O doutor pensa em tudo, disse Davi, e o engenheiro disse é, mas e gente? Perguntei de quantos homens precisava, disse que muito pessoal só atrapalha, dois pedreiros serviam – e um ajudante, completou vendo a ansiedade de Davi.

Acho que o engenheiro não contava com se entusiasmar, a ponto de também meter a mão na massa e se tornar mais um peão, comigo também ajudando, e a nova trilha ficou mesmo pronta em quatro dias de Carnaval. Até hoje continua lá escrito, em letras tortas no cimento fresco, o nome dado por Davi:

TRILHA
DR. CARLOS

Era o nome do engenheiro, que ficou com os olhos molhados quando viu, depois ficou alegre feito menino na cachaçada. Que começou já no meio da trilha, onde os dois pedreiros abriram cada um sua garrafa de pinga, e subimos para o platô com a segurança de corrimão e pisando em degraus de cimento onde antes era um dos pontos mais íngremes. Lá no alto, diante do braseiro com peixes assando, Doutor Carlos bebeu no gargalo e falou enxugando os olhos:

– Valeu, professor! Foi a melhor obra que fiz!

Os pedreiros, um de cada ponta da ilha, passaram a beber da mesma garrafa, já que o doutor não largava a outra. Falei que também podiam se abraçar:

– Homem com homem não faz nenê.

Davi riu muito da minha piada infame e espalharia pela ilha. No dia seguinte, em vez de partir, Carlos disse que não tinha muito o que fazer se voltasse logo, estava entre uma obra já acabada e outra por começar, podia passar mais uns dias na ilha e ver o que podia fazer com o encanamento da nascente. Davi foi sozinho buscar mais material no continente, inchado de responsabilidade, e os pedreiros, primos distantes, foram se tornando amigos enquanto cavavam valeta no platô e depois, já na rocha, aprendiam a fixar presilhas para as ligas de metal que amarrariam os canos.

Aqui e ali o engenheiro fazia sapatas de cimento para os canos, procurando os desvãos e rachaduras onde o encanamento ficaria menos visível. De novo se apaixonou pela obra e voltou a ser pedreiro e encanador, bronzeando ao trabalhar sem camisa de manhãzinha e tardezinha, no meio do dia suando como todos de boné e camisa entre o sol quente e o mar brilhante.

Uma semana depois, o encanamento ligava a nascente, onde ficaria a bomba, e o local da caixa-dágua. Carlos embarcou rindo, acenando para os amigos pedreiros e uma pequena multidão, porque Davi tinha espalhado a proeza do doutor engenheiro que puxaria água do riacho para o morro. No dia seguinte, eu tomava banho de mar para tirar as dores da trabalheira, uma priminha de Marina foi me chamar, tinha gente querendo falar comigo.

Era um grupo de homens e até duas mulheres do Pontal do Mangue:

– O senhor vai sangrar o riacho lá na cabeceira? – um já foi falando duro.

Falei que sim, ia bombear um pouco de água do riacho para uma caixa-dágua no alto do morro, o mesmo tanto de água que tiraria se a casa fosse ali na baía; o riacho ia continuar com a mesma vazão. No meio duma roda de gente desconfiada contei meu plano: eu teria uma casa num terreno que podia ocupar de graça, o alto do morro era de ninguém, como tinha sido a baía um século antes; e faria uma bateria de chuveiros e pias para os campistas, grátis, forma de agradecer à ilha e sua gente, e também forma de aliviar a ocupação da baía por barracas na temporada.

– Lá no alto cabem dezenas de barracas, e agora a trilha é segura.

Muitos campistas não são banhistas, expliquei, gostam é de andar, percorrer trilhas, subir morros, poderiam vir para a ilha também no tempo frio. Podíamos fazer churrasqueiras de pedra lá no alto, vender carvão, carne, peixe, espetos, facas, tábuas de carne, tudo para churrasco. Com a lotação da Ilha do Mel, muitos que acampavam lá agora procuravam outras ilhas, praias desertas, sem barulho e lixo, e não eram mais só velhos hippies e moçada sem grana, eram gente que vivia com a tal ecologia na boca e pagavam bem por comida, artesanato, guias.

– Mas temos de melhorar as trilhas – eu tinha agachado, eles também foram agachando em redor; fui falando no plural e riscando com um prego o formato da ilha na areia. Mostrei como podíamos ligar as trilhas, com placas indicativas para a gruta, o mirante, os riachos, onde podíamos fazer açudes de pedra para usar como piscina natural, idosos adoram piscinas de água corrente.

– Que é isso de mirante? – perguntou alguém, falei que lá a testada do morro era um mirante, só precisava de um parapeito. Isso a gente pode fazer fácil, disse um dos pedreiros, até usando pedras da ilha mesmo. Expliquei que um muro de pedras lá no alto estragaria a cara do morro, como um esparadrapo na testa de alguém, melhor seria um parapeito leve, de canos de ferro.

– Mas quem vai pagar isso?

Falei que pagava, ficaram me olhando e eu lia os olhos: que é que eu ganhava gastando dinheiro com a ilha?

– Minha casa lá – contei – vai ser metade casa, metade venda.

Então trocaram olhares de aprovação: se eu tinha algo a ganhar, finalmente fazia sentido. Eu arrumaria a trilha, daria banho e água para os campistas, faria o mirante, mas eles comprariam na minha venda. Mas só na minha venda, perguntou alguém, ninguém mais ia poder botar venda lá?

– Mas quem sou eu pra proibir qualquer coisa? Quem quiser, bote lá o que quiser, desde que faça fossa em lugar certo e estenda o encanamento, que eu já vou dar a caixa-dágua.

Ficaram me olhando, e eu me via olhado por eles: um quarentão, enrabichado com uma mocinha da ilha, professor conforme Davi mas sem dar aulas, quem diabo era eu e o que queria de fato?

– Depois que valorizar bem, vendo a casa pra algum casal argentino e vou embora – falei lembrando que Davi tinha contado de argentinos que andavam comprando casas e bares no continente para viver no Brasil, aquilo corria de boca em boca pelas ilhas e então eles voltaram a me aprovar com olhares e balanços de cabeça.

– A gente pode ajudar um pouco nas trilhas – disse um, e outro emendou: – O senhor dando o material, a gente ajuda no que for.

Quando me levantei no meio da roda, levantaram junto e ficaram como que esperando, eu não sabia o que, até que entendi, esperavam que eu dissesse o que fazer. Falei que quem me ajudasse nas trilhas e no mirante teria almoço de marmita, e o ponto de encontro seria ali mesmo, no amanhecer do dia seguinte, com facão, enxada, enxadão. Perfeitamente, chefe, disse um, e chefe fiquei.

Depois do Carnaval, como sempre, poucos turistas continuavam na ilha e menos ainda chegavam; logo estariam só os nativos, disse Marina:

– Aí vou contar o dinheiro e ver o que faço.

A inflação galopava no Brasil naquele tempo, e ela ainda guardava dinheiro em velhas latas de café, em casa, embora isso talvez fosse sua única ingenuidade... Então, na última vez que tinha ido a Paranaguá comprar mais material, apliquei seu dinheiro. Eu tinha alugado uma caixa postal, e tinha achado cheia de correspondência chegada no antigo endereço e enviada pelo professor Mauri, inclusive um bom balancete da editora: meu livro tinha esgotado mais uma edição, era estudado em universidades de todo o país, o dinheiro estava na conta e comprei mais material e ferramentas.

Agora, tinha facões e enxadões novos para prometer ao pessoal no primeiro dia de mutirão:

– Quem trabalhar bem, no fim ganha a ferramenta.

Capinamos, destocamos, retificamos traçados, melhoramos pinguelas, transformando quase em pontes, e ligamos trilhas, abrindo ramais, aterramos montes de lixo. Os homens e rapazes foram então me contando, aos poucos, caso por caso, por que os pais deixavam Marina viver "de rédea solta". Com doze anos já tinha fugido de casa a primeira vez, foi achada em Curitiba uma semana depois; com treze, fugiu de novo, voltou depois de um mês, doente, quase tinha morrido de pneumonia; e com quinze já abria venda com o Valdo ali no meio da baía, "menina danada" conforme os homens, "danada de esperta" conforme os moços. Quando eles ainda vendiam peixe cru para os turistas, ela vendia peixe frito. Eles vendiam conchas e caramujos, ela vendia colares e pulseiras de conchinhas e caramujinhos, das conchas grandes fazia cinzeiros e os caramujos envernizava para vender melhor. Depois da temporada sempre dava uma fugida para o continente, às vezes passava o inverno inteiro sabia Deus onde.

– E nessas vezes que ela sumiu da ilha, ia com alguém?

Desconversavam, mas Davi resolveu contar:

– Ela sempre ia com o Valdo, mas acho que ela deixou ele, chefe, por sua causa.

Cansado de trabalho braçal, eu desabava na cama depois de jantar um prato de peão, Marina me procurava para fazer monjolo, como dizia: eu deitado, ela por cima, agachada com as mãos no meu peito e os pés de cada lado do meu corpo, a subir e descer o dela como um braço de monjolo. Ou queria fazer foguete: eu dobrava as pernas ainda deitado, ela de costas para mim, e ainda agachada mas pegando agora nos meus joelhos, subia e descia como um foguete saindo e voltando para a rampa de lançamento. Também podia fazer cachorrinho, ou cavalinho, ou coelhinho, ou minhocas enroscadas, qualquer das tantas posições que inventava, para descobrir um novo gozo a cada vez, ágil e curiosa como são os inventores. Mas às vezes ainda me pegava a cabeça com a tesoura das pernas e dizia estar com saudade da minha boca. Já trabalhando menos na venda com o fim da temporada, acordava ainda com energia para novas descobertas, e eu ia cansado mas renovado e feliz encontrar o pessoal no morro.

Abrimos uma nova trilha para a cascata, e na velha trilha beirando o precipício estendemos cabos de aço, estaqueando com pedaços de trilho de trem chumbados na rocha. Com placas de ferro e concreto aumentamos a trilha nos pontos estreitos, e a Velha veio da outra ponta ver a cascata que não via desde o começo da velhice. Outros moradores da Ponta da Velha vieram espiar as melhorias na baía e no Pontal do Mangue, mas nem tomaram banho nem beberam da cascata, voltaram logo para a Ponta da Velha, a costurar e preparar as redes para a temporada da tainha.

Sempre que subia ao morro eu levava um saco plástico com o lixo de casa, cascas de legumes e frutas, bagaços, e estrume dos poucos burros criados à solta na baía. Despejava aquilo na terra para a horta, revolvendo o monturo e já vendo as primeiras minhocas; e o pessoal me olhava com sorrisos de compreensão, o professor continuava com suas loucuras. Um dia, Davi apareceu com um saco também, despejou junto, remexeu o monturo, as minhocas já estavam maiores que as maiores já vistas na ilha.

– Mas ninguém come minhoca, professor...

Esparramamos a terra em canteiro cercado de tábuas, cobrimos de palmas, aguamos. No outro dia mais dois homens, talvez até por dó do doido, levaram sacos com lixo para minha casa, misturei na terra do canteiro ao lado da venda, e que também já começava a ter minhocas. E foi por causa das minhocas que resolvi comprar logo a bomba e a caixa-dágua. Com o inverno, haveria céu seco e sol o dia inteiro, as minhocas do canteiro do morro decerto morreriam se a terra não fosse regada, como Marina regava todo dia o canteiro da venda.

Quando a bomba desembarcou, muitos homens das duas pontas foram ajudar a carregar a prancha de madeira, como um andor com um santo de metal, que ficou sendo admirado na areia sobre toretes de arrastar canoa. Mas só homens do Pontal do Mangue ajudaram a carregar para a nascente do riacho, onde já estava feita a sapata de tijolos e concreto. Fixamos a bomba e erguemos em volta pequenas paredes a meia altura, cobrimos com folhas de zinco. Pescadores lidam com motores desde pequenos, consertando e reformando, e em dois dias a bomba estava ligada ao encanamento, e na outra ponta, no platô, fomos erguer a torre de trilhos de trem para a caixa-dágua, idéia de um dos pedreiros. Ficou bonita a grande caixa de plástico no alto sobre uma plataforma de ferros trançados, mas me custou meio salário, a bomba custou um salário inteiro e ainda faltava o principal, a energia.

A seca se esticava e Davi regava o tabuleiro do morro com água de chuvas dos tambores, depois com água da nascente trazida em latas também por Marina. A temporada tinha acabado, tinha fechado a venda e a ilha estaria no marasmo da espera se não fossem as obras no morro.

Comprei postinhos de concreto, e com Davi cavamos covas morro acima para eles, a partir do gerador da baía, pelo melhor traçado que o engenheiro tinha mostrado. Onde havia rocha logo abaixo da terra, tivemos de usar a furadeira, ou marreta e cunhetes de aço, mas plantamos e concretamos todos os postes. Leve e ágil, Marina ajudou Davi a estender a fiação, subindo em escadas feitas de bambu com amarrios de cipó, agora eu lidava com utensílios quadrondos como antes lidava com a teoria.

O gerador era protegido por um alambrado alto, e controlado por um técnico da companhia elétrica, que morava num casebre ao lado e passava os dias se encachaçando. O diesel era rateado entre as casas, mas muitos casebres puxavam fiação e tinham energia sem pagar, a não ser uma gorjetinha de Natal para o técnico. O gerador tinha sido conseguido por um vereador, diziam, e a Ponta da Velha tinha também outro gerador, dado por outro vereador, e outro técnico bonzinho.

Chamei os dois para um jantar em casa, Marina fez frango com quiabo, eu fiz a proposta:

– Vamos puxar energia para a bomba lá no morro. Não queremos pagar. Se contarem pra companhia, conto dos chunchos de vocês.

Ligamos a bomba, fazendo tremer a imagem das televisões nas casas lá embaixo, e começamos a mandar água para a caixa lá no alto. Quando agüei o canteiro com água da caixa, usando uma mangueira com esguicho, formou-se um pequeno arco-íris na chuvinha de gotículas; Marina aplaudiu e correu me abraçar, caímos no canteiro macio e molhado, vendo que as minhocas já estavam bem grandonas.

Quando o frio chegou, chegaram também as tainhas, e a gente das duas pontas passou a viver para elas. Com redes remendadas e cascos calafetados, saíam de madrugada canoas, barcos e bateiras para o mar.

Os pequenos refrigeradores dos pescadores ficavam ridículos diante das montanhas de tainha esperando armazenagem, empilhadas na praia enquanto as bateiras não voltavam vazias do continente, aonde iam abarrotadas de peixe para vender a cada viagem mais barato nos mercados. Comia-se tainha no almoço, na janta, até no café da manhã, sentindo o fedor das pilhas de tainha apodrecendo na praia, quando o preço começava a não compensar mais o transporte. Uma maré alta varreu a praia um dia, e acabou mais uma temporada de tainha, os pescadores da Ponta da Velha esperariam agora de novo as águas quentes da primavera com outros peixes, os do Pontal do Mangue voltariam a esperar os turistas.

Em junho, eu esperava carta da universidade me convocando para o próximo semestre, mas chegou foi carta do professor Mauri contando que tinham aberto concurso para minha vaga. Tirei do banco meu último salário, passei numa gráfica, levando fotos do alto do morro, da cascata e da baía, para um cartaz com um haicai como título:

Na verdade
no inverno é que dá
saudade do mar

No cartaz, uma linha de texto escorria entre as fotos: *Trilhas ecológicas, acampamento e culinária típica! Mate a saudade do mar na Ilha do Meio!* Abaixo do haicai-título, em letras miúdas, o nome do poeta, Carlos Frederico dos Santos – o mesmo sobrenome de metade dos nativos da ilha. O poeminha, junto com outros, estava ao fim duma entrevista do poeta numa revista que folheei em barbearia, ele ainda de roupas negras, a lamentar as mudanças do mundo e os percalços da vida:

– Mas nada ainda suficiente para me matar a poesia.

Andava em recitais pelo país, procurando nas bilheterias o que não vinha das livrarias; na foto, com os cabelos ainda mais longos, as mãos em gesto declamatório. Achei que o haicai servia muito bem para nosso cartaz, que ficou "redondinho" conforme o gráfico, e Marina colou com alegria no mercado e nos bares de Paranaguá. Davi espalhou por outras cidades do litoral, enquanto fui com Marina a Curitiba, colocando o cartaz em bares e restaurantes, teatros, rodoviária, ferroviária, hotéis. Nossa lua-de-mel, disse Marina:

– Só faltava um nenê. Será que tentando bastante...?

Eu explicava que não adiantaria nada, eu era um va-sec-to-mi-za-do, repetia; ela ficava triste, olhando pinheiros pela janela do hotel, depois voltava a brincar, pular nas camas. Perguntei por que queria ter filho tão nova, falou que não era por ela:

– É por você.

Ali naquele quarto de hotel, diante duma janela escorrida de chuva, perguntei por que tinha tanta certeza sobre nós dois.

– Desde a hora que te vi – ela falou – Desde que bati o olho em você, pensei esse é ele, pro resto da vida.

Não consegui deixar de rir, ela ficou brava, estava rindo do que?! Falei que príncipe encantado e amor à primeira vista são coisas em que não acredito, ela disse pois eu acredito em tudo que sinto:

– E também acredito em tudo que acontece.

Marina começava a falar frases mais longas. Era como se simbolizasse um renascimento também lingüístico da Ilha do Meio, anotei numa caderneta onde comecei a relatar os acontecimentos da nova ilha, como Davi passou a falar. Era meu escudeiro e espião, vinha contar tudo que diziam pela ilha, e tudo ele parecia ouvir. Que na Ponta da Velha eu era admirado pelo que fazia, mas mal visto porque só fazia no Pontal do Mangue, embora amigado com uma neta da Velha.

Fui visitar os pais de Marina. Conforme o costume de visitar levando presentes, levei um cacho de bananas e meio saco de caranguejos, e tinha as mãos e os braços tão arranhados de trabalho que a mãe pegou para ver:

– Deus te dê em dobro, meu filho, tudo que você faz pelos outros.

Falei que só estava pagando umas promessas. Perguntei ao homem se, caso eu pagasse o cimento, alguns ajudariam a erguer uma represa de pedras para um açude ali no Riacho da Ponta? Disse que tinha trazido um presente e eles olharam o cacho de bananas, falei que era coisa que valia muito mais que isso, e dei o exame da água em moldura com vidro para pendurar no vestiário. Que vestiário, perguntou o pai de Marina com o mesmo olhar intrigado da filha. O vestiário ao lado do açude, falei, podia funcionar como piscina natural para idosos, que gostam de ficar sentados em pedras com os pés na água, um trecho do riacho era lajeado, bastava erguer uma mureta de pedras como represa e...

– Aqui não! – ele falou curto como a filha – Na Ponta da Velha, não! Turista só traz encrenca!

A mulher olhou para ele inconformada, não falei mais do assunto. Tomei um café, fui para a casa da Velha e sua filharada e netos e bisnetos, fiz a proposta, o cimento e ferramentas em troca de braços para fazer um açude ali. Como os do Pontal do Mangue, trocaram olhares se perguntando o que eu iria ganhar com aquilo, falei que agora até velhos podiam subir ao alto do morro, onde eu ia ter uma venda, então eles também podiam abrir venda ou bar ali no açude: quanto mais atrativos tivesse a ilha, mais turistas viriam fora da temporada de verão, e a ilha daria alguma renda além das tainhas no inverno.

Um dia antes tinham chegado, atraídos pelo cartaz, os primeiros turistas de inverno da ilha, e continuariam a chegar outros e mais outros, até que um dia, quando eu ia começar com Davi e Marina a construção da casa no alto do morro, um grupo da Ponta da Velha apareceu lá para "trocar uma prosa", antes admirando o material e a caixa-dágua. Tinham pensado bem, talvez fosse uma boa idéia um açude lá na ponta, muitos turistas já iam brincar no riacho, batiam nas casas querendo comprar pão, refrigerantes, salgados, o que tivessem pra vender os turistas compravam, gente sempre com fome e com dinheiro.

– A gente cansou de ver o dinheiro ficar só na outra ponta – resumiu um moço, e até os velhos concordaram.

No dia seguinte, amanhecendo, começamos a procurar e carregar grandes pedras para o açude, algumas exigindo dúzia de homens; lembrei das Pirâmides do Egito. Foi preciso mais cimento do que eu pensava, tive de avançar na poupança, mas eles fizeram vaquinha e compraram as tábuas e telhas para o vestiário, e tijolos para uma churrasqueira que inauguramos assando peixes e bebendo uma pinga com fruta silvestre que era um licor. Fiquei tonto e dancei, Marina me via beber pela primeira vez e ficou entre divertida e assustada.

Ergueram barracas de bambu na beira do açude, para vender de artesanato e doces até comida e bebida. Grupos de idosos começaram a chegar, para caminhar pela praia, comer nas casas do meio da baía, tomar banho de sol e molhar os pés ali no açude, depois de ir até o alto do morro olhar as distâncias no mirante. Era nada mais que um parapeito de tubos de aço, mas firme, dando segurança sem acabar com a sensação de altura. Quanto mais grisalhas, mais as pessoas sentiam orgulho de subir até ali, suando já no sol de agosto, alguns até arriscando um banho de cascata, onde chegavam depois de novas emoções na passagem da trilha com seu corrimão e seu precipício.

Em setembro, antes da primavera começar no calendário, a ilha já estava toda florida, os capinzais formando lençóis de florada branca, as macegas coloridas se agitando. Uma agente de turismo apareceu para conhecer a tal ilha que estava virando um sucesso, não era mesmo? Era, concordavam os da ilha, ainda espantados de que os novos turistas, ou seja, os velhos, compravam muito mais artesanato que os antigos turistas, os jovens que agora vinham mais para acampar no alto do morro e andar pelas trilhas. As vendas e bares voltaram a abrir, e das casas saía o cheiro de comida "para turista": fritavam toucinho com ventilador jogando o cheiro janela afora, principalmente se a casa era ao lado de trilha; idéia de Davi.

Os turistas passavam, erguiam o nariz sentindo aquele cheiro, sempre alguns acabavam procurando daonde vinha e comiam na casa, tomando cachaça com caju e comendo o torresmo antes da comida propriamente dita, que só começava a ser acabada quando era pedida.

Arroz-feijão tinham sempre pronto, e a salada era sempre de repolho cozido ou cebola ao vinagrete, no máximo tomate, mais batata cozida, um bife ou peixe frito, e estava pronto o prato mais típico da Ilha do Meio... Se alguém pedia moqueca, era avisado de que podia demorar uma hora, às vezes era preciso ir procurar banana-da-terra em outra casa... Mas nem todos os turistas eram paulistas, muitos não tinham pressa e tinham dinheiro, meia-idade e bolsa cheia como dizia Davi, e passavam horas comendo e bebendo sentados numa sombra, deixavam na mesa dinheiro que dava para uma família da ilha comer um mês.

O prato-feito foi o que mais comeram Leo e Ana quando vieram na Semana da Pátria no começo de setembro. Não tinham vindo em julho porque, conforme Mara amarga ao telefone, o que iam fazer duas crianças numa ilha no inverno? Adequando-se a meu orçamento apertado, vieram de ônibus até Curitiba, onde esperei na rodoviária, Leo um rapazola já com a penugem do bigode, Ana ainda uma menina mas também alguns dedos mais alta. Na ilha, encostou no batente da porta e pediu para eu talhar a madeira na altura da cabeça.

— Vamos fazer isso na casa do morro, filha – falei assim e assim ficaria conhecida a casa que fui mostrar, a Casa do Morro, ainda apenas estacas e cordões estendidos no terreno roçado e nivelado, mas Marina riscou com esmalte a altura de Ana num dos trilhos de ferro da caixa-dágua.

Na nossa casa alugada na baía, Marina dormiria com Ana no quarto de casal, enquanto eu dormia com Leo em colchonetes no chão do outro quarto. Marina era uma "amiga do pai" e não me tocaria enquanto eles estiveram na ilha. Ana se lembrou dela, "a moça do óleo de coquinho", e ficaram amigas, Ana até ajudando Marina na venda. Enquanto isso, Leo grudou em mim para cima e para baixo pela ilha, ou enquanto eu ia buscar no continente os últimos materiais para a Casa do Morro, ou ia palpitar mais uma churrasqueira no açude da Ponta da Velha, ou estudar mais um parapeito de ferro, para a beirada do patamar da cascata, turistas reclamavam que sentiam tontura lá, e que depois de tanto andar e até passar "por aquele precipício" na trilha de pedra, chegavam a um lugar tão pequeno que tinham medo de cair. Era um patamar onde caberiam, no entanto, umas trinta pessoas sem medo, mas com uma dúzia já havia quem se colasse na rocha com receio de ser empurrado ou trombar com alguém e cair no precipício. Então, paixão é isso, raspei a poupança e, depois de levar Leo e Ana de volta, fiz com Davi o parapeito para a cascata.

Um velho fazia as placas da ilha, pedaços de tábua grossa com as letras talhadas a formão, e na entrada da trilha fincamos uma: *Cascata do Umbigo*. A cascata passou a ser visitada e fotografada até em noite de lua, e dei razão a Leo, lembrando de quando tinha me perguntado de Quadrondo.

– Desisti de escrever Quadrondo, filho.

– Você começou a *fazer* Quadrondo, né, pai?

Verdade: eu estava quadrondando a ilha. A rede de trilhas; o alto do morro; a cascata; o açude, tudo se interligava como as peças duma máquina quadronda, onde nada sobra e nada falta. Até o lixo orgânico das casas agora ia para montes de terra cobertos de palmas ou folhas, e os estrumes dos poucos burros passou a ser preciosamente catado e ajuntado, depois que nos canteiros do morro e da venda começaram a brotar os rabanetes, cenouras e beterrabas, em fileiras verdes que não amarelaram nem morreram, como sempre tinha acontecido nas tentativas de horta na ilha. Mulheres e homens iam admirar o crescimento das plantinhas, que "dava na vista", e eu gastei meus últimos tostões cercando as hortas com tela para afastar galinhas.

Vários moços e homens do Pontal do Mangue fizeram barracos no alto do morro, com fossas pequenas; avisei que iam encher logo e eles já teriam perdido um local para fossa, eram poucos locais propícios. Só dois fizeram fossas de verdade, mas todos ajudaram a pagar o material e cataram palmas de toda a ilha para cobrir a churrasqueira de tijolos, ao lado do vestiário que eu também tinha feito raspando a poupança. Quando a primavera chegou oficialmente, falei a Marina que, a não ser por direitos autorais que poderiam vir, eu estava quebrado:

– Preciso sair da casa do seu tio, ou nem vou ter pro aluguel.

– Então vamos fazer nossa casa, ué!

Andou por toda a ilha e, na manhã seguinte, apresentaram-se dois grupos de homens e moços com ferramentas e bonés para o dia de trabalho.

– Dando a comida, a gente faz a casa já-já.

A comida Marina fez lá no alto, em caldeirões num fogo sobre pedras, protegido do vento por uma chapa de zinco como as que cobririam nossa casa até eu poder comprar telhas com novos direitos autorais. Aqueles homens e até algumas primas trabalharam uma semana de manhãzinha até noitinha, para erguer esta casa que hoje é muito maior mas, no começo, era um salão na frente com varanda em arco, um quarto e um escritório atrás, mais a cozinha.

Quando acabamos aquele começo da casa, o pessoal feliz e animado apesar do cansaço, eu não tinha um tostão para a pinga, mas Marina apareceu com Davi e Valdo trazendo caixas de cerveja em lata, que tomamos sem gelar; a bebida depois do trabalho desce merecida e leve. Valdo me apertou a mão, dando parabéns pela casa, disse que não tinha ajudado porque cuidava da venda, mas trazia um presente, um traseiro de boi que o pessoal logo retalhou e botou para assar. E, quando ficamos só Marina e eu, noite alta no alto do morro, na nossa casa vazia, numa esteira diante do céu estrelado, eu disse que não tinha mais um tostão mas tinha valido a pena.

– O que passou, passou – disse ela – O que vem ninguém sabe, agora é que é bom! – e só então eu soube que Leo e Ana tinham contado nosso pacto a ela, e era verdade, agora é que era bom. O corpo doía da trabalheira, as mãos estavam duras de calos, mas tinha uma casa, uma casa no alto, feita com as próprias mãos e pelas mãos de gente de toda a ilha, uma casa quadrada de tijolos atrás, com o quarto e o escritório, e redonda na frente, um meio bangalô, com sua varanda em arco e o salão em semicírculo, onde Marina botaria o BAzaR, mistura de bar e lanchonete com venda de artesanato e utilidades, inclusive o óleo de coquinho que os turistas experimentavam e passavam a preferir.

Ela já tinha um bom dinheiro, que eu tinha botado em investimentos melhores que a poupança, naquele tempo de inflação louca, e em outubro já comprou com desconto mercadorias para a temporada de verão, enquanto ainda vendia para os últimos turistas da temporada fria. Quando chegaram os primeiros turistas de verão, tomando banho de mar e pedindo cerveja "estupidamente gelada", as hortas já davam seus legumes e os vestiários do morro começaram a funcionar. Campistas chegavam todo dia, e todo dia fazíamos círculos de pedra para as fogueiras das barracas, avisando que podiam usar também a churrasqueira, era grátis. Como era pouca a lenha de galhos secos, caídos das árvores, logo desistiam das fogueiras e passavam a fazer braseiros; e a venda de carvão, comprado no continente, passou a ser bom negócio para Davi e outros moços da ilha.

Ligamos energia na casa mas o computador eu só ligava de manhã, para anotar estas coisas. Marina cuidava do seu bazar, Valdo cuidava da venda e eu ia fazer compras no continente toda semana. Levava a féria da semana, pagava as compras e investia para Marina o que sobrava. Na segunda semana, Valdo pediu para fazer o mesmo com a parte dele, e me olhou nos olhos para contar que tinha bebido o dinheiro para o exame da água do riacho:

– E você pagou, obrigado.

Estendeu a mão, apertei, ele sorriu, com umas poucas palavras e um aperto de mão tiramos nossos pesos da alma. Agora é que é bom, pareciam dizer o sol, o céu, o vento e o mar, e fui para Paranaguá com a certeza de estar tudo quadrondo no meu mundo, embora os pescadores digam que é sempre depois de tempo bom que vem a tempestade. Mas, quando ficamos num estado de quadrôncia, os imprevistos e mesmo os desastres são bem-vindos e sempre aproveitáveis.

Num jornal li que fazia um ano da queda do Muro de Berlim, incrível, apenas um ano! Davi ia comigo, curioso e orgulhoso de ser meu secretário, como dizia: eu lembrava de alguma coisa, ele anotava penosamente numa caderneta com seus garranchos, guardava no bolso do coração. Estava virando um moço, com uns fiapos de barba no queixo, e tinha visto Leo raspar a penugem do bigode pela primeira vez, usando sabão e o gume do canivete suíço afiado em pedra de amolar. A primeira barba, eu tinha falado a meu filho, é a gente mesmo quem deve fazer, e ele tinha raspado aquela penugem com muita espuma e muito orgulho. E agora ali em Paranaguá, Davi, se olhando numa vitrine e repuxando com os dedos os fios do queixo, disse que, se tivesse um canivete igual àquele...

Canivete, falei, é para raspar penugem de bigode, coisa de rapazola:

– E você já é um homem, Davi. Vou te dar uma navalha. Mas antes vamos a um barbeiro cortar o cabelo.

Quando o barbeiro terminou o corte do cabelo, falei que podia fazer a barba também. Davi ficou rígido quando o barbeiro começou a lhe passar espuma no queixo com o pincel, depois relaxou, fechou os olhos; quando abriu, era um homem que passou a me chamar de você e fazer a barba toda semana com a navalha, depois duas vezes por semana, três, até tornar-se o homem de barba cerrada que é hoje. O tempo esculpe o jovem e erode o velho, mas é sempre fascinante. Revendo minhas anotações, me espanto como fizemos coisas, como realizamos sonhos, como fomos felizes, quadrondando a ilha e a vida, embora tendo de lutar sempre, ou melhor, por isso mesmo, pois viver não é lutar e até o ato do amor, como dizemos, olhando bem não parece uma luta?

É engraçado comparar as anotações na ilha com o caderno de notas da viagem à Alemanha. Dez anos de ilha dariam o mesmo tanto de anotações da viagem: eu vivia em teoria, pretendia escrever um livro, anotava detalhes. Na ilha, só algumas palavras, deixando o resto para a memória pois, como diz Marina, a gente só lembra o que vale a pena, seja para o bem ou para o mal.

Janeiro de 91. Visita do professor Mauri.

Ele chegou de paletó e calças molhadas do desembarque, uma urbana mala em cada mão, que de espanto largou na areia molhada ao me ver:

– Mas, Terra, você parece outro!

Ficou na casa do morrinho lá na baía, onde eu tinha ficado quando cheguei, e a cada dia saía para passear com menos roupa, até que adotou um maiô e um chapéu de palha, estava quase parecendo um nativo, bronzeado e ligeiro pelas trilhas. Lançava olhares e gracejos às moças nativas e, decerto por isso mesmo, foi completamente ignorado por todas. Muitas vezes me cumprimentou por Marina, e perguntava como é que eu tinha conseguido:

— Que arma você usou, Terra, me conta!

Quando suas férias acabaram, me abraçou forte na praia antes de embarcar:

— Terra, que inveja! Quando você largou aquilo (queria dizer a universidade, as aulas, os alunos, as reuniões, a pesquisa, a papelada), pensei ficou louco, ficou louco, agora vejo que você é que está certo, Terra, eu te invejo.

— Então – disse Marina – deixa tudo pra lá e continua aqui.

Não posso, sorriu triste o professor, os olhos como se vazando, suspirando ao olhar os morros e a baía pela última vez.

— Se eu tivesse uma mulher como você – pegou as mãos de Marina e beijou – ficaria aqui, sim – virou as costas e foi para o barco, de lá gritou: – Desejo a vocês toda a felicidade do mundo!

Nem precisa, gritou Marina:

— Só a felicidade que caiba na ilha!

Fevereiro de 91. No Carnaval, a ilha lotou.

Todos os pontos de barracas foram ocupados na baía e no alto do morro, e todas as casas alugaram quartos. Fizemos estoque para uma semana, acabou nos dois primeiros dias. No domingo de Carnaval, fui com Davi a Paranaguá fazer compras no mercado. Na volta, cansados, de noitinha, depois de descarregar as compras com maré baixa, de modo que o barco ficava longe da praia, vem Marina correndo dizer que o morro estava pegando fogo. Subimos a trilha correndo, com cobertores e encerados que molhamos nos tambores lá no platô; o fogo avançava pelo capinzal, já tendo queimado um capãozinho de mata. Os mesmos três barraqueiros, cuja fogueira tinha começado o incêndio, apreciavam de longe e Davi gritou vermelho de fogo e crescido de fúria:

– Tão olhando, é?! Podem vir ajudar! – jogando cobertor molhado no peito de cada um, e eles também passaram a bater o fogo e apagar os focos das brasas espalhadas pelo vento. Levamos horas para acabar com o incêndio, ficamos negros de cinza. Amanhecendo, com uma dúzia de homens e moços da ilha chamados por Valdo e Davi, fizemos uma reunião ali mesmo, ao lado do capinzal queimado e ainda fumaceando. Naturalmente se juntaram em redor de mim, quando comecei a falar que era preciso muito cuidado com fogo dali para a frente, ou todo o platô poderia virar uma grande fogueira, queimando em horas tudo que a gente tinha feito lá, bastava uma seca e um cigarro. O fogo tinha chegado perto de barracas com estoques, que tiveram de ser esvaziadas na correria, e aquele pessoal do Pontal do Mangue prestava muita atenção quando se tratava de dinheiro.

Saí do meio da roda e falei que não deviam esperar de mim mais que dois olhos que não podiam estar em todo lugar, todos teriam de vigiar todo fogo dali por diante. Apagar fogueiras. Alertar barraqueiros. Não deixar cortar galhos para lenha, muito menos árvores. E vender carvão, depois recolher as cinzas para as hortas.

– Dá muito trabalho – disse um, e Davi rebateu com a cara negra de cinza:

– Mas até pra comer tem que mastigar, tudo dá trabalho, até morrer dá trabalho, ao menos pros outros que têm de cuidar do velório e carregar caixão, né... – e todos riram, e eu vi que Davi começava a liderar.

Depois do Carnaval, comandou turmas de moços e crianças a catar lixo pelas trilhas e em redor dos pontos de barracas, desde tocos de cigarro e preservativos a embalagens plásticas e latas de cerveja. Enterramos tudo em três grandes valas, uma em cada ponta da baía e outra no meio. Mas com o movimento de turistas crescendo sempre, disse Marina, a baía toda com o tempo podia acabar com tanto lixo enterrado que não teria onde enterrar mais.

– E eu pretendo viver aqui mais uns cinqüenta anos.

– Então eu estarei com noventa e um.

Ela ficou me olhando, acho que pela primeira vez me via com a idade que tenho. Mas à noite me chamou de menino e pediu para eu ser bem moleque na cama, onde a gente brincava, como ela diz, dia sim, dia não. Quem visse de fora, nos acharia um casal feliz – mas volta e meia me voltava na cabeça a Marina que eu não tinha conhecido, e que os meninos de então da ilha todos deviam ter conhecido, conforme me contaria um bêbado, esta parece ser uma função dos bêbados.

Junho de 91. Muita tainha, muita discussão. O bêbado e a "Mina".

Naquele ano a temporada da tainha foi excepcional, o mar só faltava jogar os cardumes dentro dos barcos, diziam os pescadores, mas também fez um céu azul de semanas, e sem refrigeração pilhas de peixes acabaram de novo apodrecendo na praia. Os pescadores iam olhar, alguns dizendo que era melhor não pescar mais, ou pescar só para os turistas, pronto:

– Melhor uma dúzia bem vendida que uma tonelada perdida!

Toneladas de peixes, tão esperados, olhavam com olhos negros o céu azul, as moscas varejando. Com um carrinho de mão Davi e eu começamos a levar peixes para uma vala, cobrindo cada camada de peixe com uma camada de terra e folhas. Os peixes virariam adubo para as hortas, e alguns homens começaram a ajudar sem que fosse preciso chamar. A ilha agora tinha várias hortas produzindo grandes rabanetes e cenouras, couves imensas e saborosas, agrião que forrava o chão, tomates que era preciso colher verdolengos para o tomateiro não desabar de tanto tomate.

Todo ano eram o mar, os urubus e os bichinhos da praia, siris e outros, que acabavam com os peixes empilhados na praia, e naquele ano a transformação dos peixes em adubo marcou a passagem da ilha quadrada, de costumes burros e antigos, para a ilha redonda, que tentava mudar mas ainda não sabia como.

– Quando souberem – falei a Davi – a ilha fica quadronda.

Foi o único a quem contei, com poucas palavras e muitos exemplos, a teoria quadronda. Entendeu logo, a julgar pelo que disse quando a praia ficou limpa de novo:

– Quadrondo seria, né, se a gente pudesse enlatar tainha, hem, chefe?

Falei que congelar já seria bom, poderiam vender durante meses depois, e com menos oferta os preços não cairiam tanto na temporada. Nem haveria tanta discussão entre os homens das duas pontas, uns querendo pescar mesmo com tanto peixe já pescado, outros querendo parar com a pesca no meio da temporada, argumentando:

– A gente não ganha o que pague o trabalho de lavar os barcos depois, pra voltar a levar turista, que é o que dá dinheiro o ano inteiro.

– Não – rebatiam da outra ponta – Se Deus manda tanto peixe, a gente tem de pescar.

– Pra jogar na praia?! Pra feder e espantar turista?!

Em cada ponta da baía havia um velho refrigerador, uma pequena câmara frigorífica onde cabia uma ou duas toneladas de peixe, doadas cada uma por um vereador da distante Paranaguá. Os vereadores só visitavam a ilha em época de eleição, um mandava pintar a igrejinha, outro mandava caiar a escolinha, e davam balas (e cáries) às crianças, pegavam carnês de impostos por pagar ou documentos por regularizar, principalmente título eleitoral, e prometiam o trapiche para a baía quando o povo resolvesse em que local. Como não resolviam, a ilha continuava sem trapiche. E os homens voltaram a discutir se não valia a pena vender as bateiras e ficar só com os barcos menores, para se dedicar só ao transporte e à pesca pequena para comércio direto com os turistas, agora que os turistas vinham o ano inteiro.

Mas podem parar de vir duma hora pra outra, dizia um, turista é de moda. Não, dizia outro, vejam a Ilha do Mel, só enche cada vez mais. Pois é, dizia mais outro, mas eu não quero acabar cercado de lixo e de merda. Quer o que, arrematava outro ainda, viver numa bela miséria?

– O negócio é o turismo – resumiam alguns – Pesca só atrapalha.

– Não – rebatiam outros – O turismo é que atrapalha a pesca.

Pensando só nos turistas, os do Pontal do Mangue nunca se juntavam aos da Ponta da Velha, que queriam uma câmara frigorífica cinco vezes maior e menos gastadeira de energia, o que de qualquer maneira exigiria também um gerador maior. Os do Pontal do Mangue achavam que, se era preciso tudo isso, por que não pedir aos vereadores o trapiche que era muito mais necessário e urgente?

– Como, urgente?! Sempre vivemos aqui e ninguém morreu até hoje por falta de trapiche!

– Também ninguém viveu bem por falta de trapiche, carregando carga desde criancinha nessa praia!

– Que nada, vocês querem é trapiche pra turista!

– Melhor que congelar peixe, só vai servir pra gastar energia!

Peixe, diziam os do pontal, os grandes barcos pegavam de toneladas no alto mar, vendiam a preço muito menor que os da pesca beira-mar:

– Pesca não tem futuro, turismo tem!

– Mas aí que futuro terá a ilha?! Já tem lixo demais!

– E vocês querem o que, enterrar mais peixe também?!

Os da ponta culpavam os do pontal por não terem uma câmara grande, já que não somavam os votos num só vereador, "juntando os títulos", como diziam. Os do pontal culpavam os da ponta por não terem o trapiche. Os do meio ficavam ou com uns ou com outros ou ora com uns e ora com outros. E eu fui a Paranaguá enjoado daquilo, aproveitei para passar pelo banco, mais uma edição do livro estava na conta, decidi comemorar bebendo depois de fazer as compras, depois de meses sem beber álcool na ilha. Acho que andava enjoado das discussões nativas, os homens a discutir agachados na praia do meio, terra de ninguém, enquanto mulheres e moças trabalhavam para os turistas.

Comecei bebendo cerveja, vendo o movimento do mercado, as canoas chegando na prainha, pescadores a destripar peixes, os urubus pousando, chegando perto aos pulos, recuando em corridas curtas quando alguém batia palmas ou gritava. Depois fui almoçar num restaurante e passei para vinho, um branco gelado que me fez lembrar a Alemanha. Na ilha, eu esquecia o álcool e o mundo; saía da ilha, agarrava todo jornal ou revista que via, como querendo beber notícias depois de passar por um deserto.

No barbeiro, depois do almoço, folheando uma dessas revistas com mil fotos de gente fina sorrindo, antes de cochilar com o cric-cric da tesoura nos cabelos, dou com o irônico sorriso do contista pernambucano Ricardo Henrique Telles, eleito deputado estadual e cotado para ser o novo secretário de Cultura de Pernambuco, graças a uma dessas alianças de partidos em que lobos acabam no governo convivendo com cordeiros. Saí do barbeiro e, num bar com vista para o mercado, bebi mais vinho, milagrosamente tinham duas garrafas de um bom tinto chileno. Tomei uma, brindando aos contistas de linguagem universal e a todos que mudam suas vidas, quem sabe Pernambuco ganhasse um bom homem público, independente de que lado do corpo usasse para fazer o que chamam de sexo. Eu mesmo não estava amigado, como dizem na ilha, com uma menina como disse professor Mauri? Ou eu estava casado com a ilha e já sentindo enjôo do casamento?

O certo é que bebi de novo, de repente, como bebia nos velhos tempos; matei a segunda garrafa do chileno brindando a Neruda; e o fígado, ou o cérebro, ou os dois juntos e mais as pernas não deram conta. Lembro de alguém me tirando a carteira, dizendo que era para não molhar os documentos, e outros me pegando pelos braços e pelas pernas, e tentei gritar, e levado assim feito um xis esperneante, vi que o céu ia escurecendo, era noitinha e jogavam os bêbados na prainha das tripas e dos urubus.

Mas a água me fez bem, consegui ficar em pé, voltei para a areia. Um rapaz também tinha sido jogado e já estava lá, encostado numa pedra onde também encostei, tremendo de frio, afinal era inverno e a água estava gelada. Falei que a gente devia se secar ou podia pegar pneumonia, ele levantou e me estendeu a mão com a voz mole e a solidariedade dos bêbados:

– Vem, a gente tem uma fogueira.

A fogueira era de três viradores, sujeitos sem família, dedicados à garrafa, que ficavam por ali e por ali dormiam, fazendo um biscate ou outro para tomar umas e outras e comer um prato-feito por dia. Nas noites de frio, acendiam fogueira com caixotes do mercado, e naquela noite tinham começado cedo, fazia bastante frio. Vi que a carteira estava vazia de dinheiro e de documentos, teria de me explicar para pousar num hotel. Então resolvi obedecer ao destino, fosse o que Deus quisesse. Tirei a roupa, torci, vesti de novo e sentei ao lado do fogo. O rapaz sentou perto também, os outros ficavam mais afastados, passando uma garrafa de mão em mão e soltando grandes risadas.

– É daonde? – perguntou o rapaz com o sotaque cantado de ilhéu.

Falei que era do mundo, ele não estranhou. Sem eu perguntar, falou que era da Ilha do Meio, eu já devia ter ouvido falar. Enjoado da ilha, falei que não, ele continuou:

– Saí de lá faz tempo. Diz que lá agora melhorou, quem sabe eu volte.

Só então olhei bem para ele, tinha os olhos verdes.

– Tenho saudade de lá – a voz mole de bêbado tremia de frio – Quem sabe eu veja a Mina, né – falava olhando o fogo – Vou voltar pra ilha pra ver a Mina.

Perguntei quem era a mina, pensando até que era uma mina de água, não pensei em menina, muito menos em Marina, mas vi e ouvi a boca do bêbado dizer claramente:

– O nome dela é Marina – e sorriu para o fogo – Eu que apelidei de Mina. Chupa um pinto que... – olhou para mim, certificou-se que eu merecia a confiança e completou: – Chupa um pinto que dá gosto!...

Virou de costas para a fogueira, e o casaco logo começou a soltar vapor de tão perto do fogo, parecia que era o veneno das palavras fervendo dentro dele e mormaçando para fora. Antes de também secar minha roupa, lembro que voltei a beber, primeiro o resto da garrafa de pinga dos três ali, depois de outra garrafa que chegou com um quarto homem, sempre oferecendo porque, como disse um deles e é a última coisa que lembro daquela noite, bêbado não tem medo de dar porque não tem vergonha de pedir.

Acordei sobre um papelão, com um torcicolo que levou dias para passar, e com uma ressaca de doer até para respirar, e fui esperar o banco abrir para falar com o gerente, cancelar o talão de cheques roubado, e precisava de dinheiro ao menos para tirar novos documentos. Eu estava sujo e fedia, e até por isso acho que o gerente quis se livrar logo do problema, assinei um recibo e saí com dinheiro. Num bar pedi uma cerveja e uma pinga; como diziam os pescadores, fogo se combate com fogo. Então alguém me devolveu os documentos, deixando no balcão, pedi mais uma ou mais duas para comemorar e no fim da tarde acabei jogado de novo na prainha.

Mas não cheguei a amanhecer de novo dormindo na rua: quando nem tinha ainda secado a roupa na fogueira, Marina apareceu com Davi e agachou diante de mim:

– Que você tá pensando da vida, cara?! Que que te deu?! – ela me olhava estranhando, quem era eu afinal? – Vai viver largado pelo mundo?

Que nem você viveu, falei.

– Mas eu era menina, homem de Deus! Eu cresci! E você agora vai virar moleque?!

Falei que ia fazer o que quisesse da vida, ela não tinha nada a ver com isso:

– Não casei com você, "Mina"!...

Ela olhou em volta, viu o rapaz da ilha, entendeu tudo, levantou me olhando de cima:

– Toma jeito, homem, volta pra ilha!

Falei que voltasse ela:

– Lá tem muito pinto de turista pra você chupar!

Ela ficou me olhando, chacoalhou a cabeça, deu mais uma olhada como quem não acreditasse, virou as costas e se foi. Davi agachou, falei se manda, gritei se manda, já, vai embora, e ele foi, olhando para trás, quem era eu?

Setembro de 91. Morte da Velha. Volta para a ilha. Primavera. Semeada a idéia da cooperativa.

Semeada a cooperativa: que tirada poética para descrever o achado de um bêbado... Dizem que o que é do bêbado não tem dono, mas não dizem que, rolando de bar em bar e vendo o mundo de ângulos pouco comuns, como os cachorros de rua, o bêbado vê e ouve de tudo. Ora, meu pai já tinha sido cooperado, daqueles de entregar toda a safra religiosamente na cooperativa, esperando o melhor preço e, mesmo quando tinha o pior preço, achava que o mercado é que era cruel, o sistema, as multinacionais, o governo incapaz, tudo menos a cooperativa. Até que um escândalo (porque a mulher de um diretor quadrado estava conhecendo camas redondas de motel com outro diretor) revelou que a cooperativa pagava até despesas de motel para os diretores, que levavam vida de nababos com as verbas da diretoria, viajando pelo mundo sem necessidade, levando assessores e até amantes. Uma auditoria levantaria buracos na contabilidade como um bom perdigueiro levanta perdizes no mato, um depois do outro, até a cooperativa se revelar um imenso queijo roído por dezenas de grandes e gordos ratos.

O pai então parou de trabalhar com a terra, um Terra cansado da terra, como dizia, e foi viver na cidade, com uma aposentadoria pequenininha e rendas que o sistema foi diluindo como sorvete ao sol. Morreu amargurado mas ainda achando que no cooperativismo os fracos podem se fortalecer:

– O problema, filho, é contar com gente boa. Enquanto dá pra olhar nos olhos, vai bem...

...mas depois a cooperativa cresce, dizia, a assembléia fica imensa, ninguém mais consegue ver os olhos de quem está falando, e falam olhando um ponto acima das cabeças de todos, falando com todos e com ninguém, falando com a máquina que é a cooperativa, uma máquina de somar colheitas, vender colheitas, descontar despesas, e nas despesas é que as abelhas viravam ratos e os ratos ratazanas.

– Cooperativa funciona só olho no olho.

Lembrei disso quando, depois de semanas bebendo por Paranaguá e Antonina, tirando um dinheirinho do banco de vez em quando, dormindo em pensão barata ou na rua mesmo, sentado na soleira de um boteco ouvi a conversa de dois velhos pescadores. Lembravam da cooperativa que tiveram nos idos tempos, quando tinham se juntado para vender juntos às indústrias e mercados, conseguindo sustentar preços até que uns se venderam, viraram distribuidores ou revendedores das indústrias, arranjando empregos para filhos e genros, e a cooperativa se desmontou, enquanto os vendidos viraram até vereadores.

– O mundo é assim – disse um – Tem quem faz e quem estraga.

– Ah, mas mudou muita coisa – disse outro – Hoje tem geladeira barata.

Geladeira era como velhos pescadores chamavam as câmaras frigoríficas, e eu, que sempre acreditei em coincidências, nas horas de lucidez andava pensando numa grande geladeira para a ilha. Afinal, se quisesse ir embora, teria tirado todo o dinheiro do banco e subido a serra, para Curitiba, para o mundo, podia procurar emprego em outra universidade, era um doutor afinal. Mas como a frase anterior começou com afinal e terminou com afinal, eu rodava por bares e botecos, até a Morretes fui acompanhado por um cachorro vadio, e voltava ao mesmo ponto, a prainha onde tinham me jogado na lama.

Uma noitinha estava ali, vendo quem jogariam na lama aquele dia, de costas para uma parede, para não me pegarem e acabar sendo eu de novo, Marina surge novamente na minha frente, no seu jeito de chegar direta:

– Tá vivo ainda? – uma aparição a falar cantado e de olhos arregalados – Sabe por que fugi da ilha tanta vez? Porque eu não queria viver aquela vidinha. Aquela gente dividida. Aí fugia – as narinas inflavam, os olhos verdes estreitavam – Mas um dia um mendigo, veja bem, um mendigo, me disse assim: a gente nasce onde Deus quer, é negar Deus negar o lugar onde se nasce!

Davi e Valdo estavam atrás dela.

– Voltei pra ilha pra melhorar a ilha, mudar de vida! E no mesmo barco veio você!

Suspirou fundo fechando os olhos, abriu para dizer baixinho:

– A Velha tá muito doente. Disse que quer te ver.

Fui de ressaca num mar ressaqueado, no meio da viagem vomitei no mar, ela me amparou a testa com as mãos, depois falou olhando fundo nos olhos:

– Me perdoa pelo meu passado. Eu mudei, e o passado passou. Eu te amo.

A Velha estava numa cama na sala da casa, rodeada de filhos e genros e noras e sobrinhos e netos; falei que era melhor abrir as janelas e esvaziar a sala, ou ela iria sufocar. Alguém falou que ela podia era sufocar com meu fedor... Mas saíram, e as janelas se encheram de peitos de adultos e cabeças de crianças olhando lá de fora. A Velha deu uma palmadinha na beirada da cama, sentei ali, ela me pegou a mão. Olhava como se não me visse, os olhos embaçados, acho que não via mais mesmo.

– Cê chegou aqui perdido, procurando não sabia o que, andava em guerra – falava para o teto – Achou um lugar no mundo, achou companheira pra vida inteira, achou a paz. Não deixa veneno entrar no coração, deixa só o perdão. Perdão faz bem pra quem é perdoado – já num fio de voz – e mais bem faz pra quem perdoa.

Morreu, ali, naquele mesmo instante, a mão esfriando na minha mão, as mulheres começando a chorar e os homens engolindo soluços, chorando enfim com as caras de primos lambuzadas, as crianças assustadas com tantos adultos chorando. Marina me pegou pela mão, como quem leva uma criança, e me levou para a cascata, onde me tirou as roupas fedidas e me esfregou com bucha e sabão de coco, aí vi que minhas unhas estavam escuras, os pés rachados e com frieiras, tinha uma craca de sujeira em várias partes do corpo, Davi disse que parecia barco velho, ajudando Marina a me esfregar e ensaboar, o fedor demorava a sair. Depois ela me envolveu numa toalha e me levou para casa. No dia seguinte, queimou na churrasqueira minhas roupas e seu velho biquíni, perguntei por que, se gostava tanto.

Ela não respondeu, ficou olhando o fogo fumacento e fedido dos panos, depois sorriu:

– Vamos pro mar antes de ir pro velório?

Fizemos amor nas rochas, silenciosamente entre o fragor das ondas, e senti vontade de dizer que não ia beber mais, ela falou você quem sabe; depois fomos para a casa da Velha, de onde o corpo ia sair de bateira às duas da tarde para ser enterrado no continente. A ilha não tem cemitério, os ilhéus são de um município com cemitério só no continente e seus mortos têm de ser enterrados lá, conforme a lei, então lá ia a Velha para o continente, aonde nunca tinha ido nem para votar como os outros velhos. De qualquer modo, isso foi uma coisa que nunca pensei em mudar e até contaria por que a Valdo e Davi: cemitério contamina a água subterrânea, desvaloriza as casas próximas, e eles concordariam balançando a cabeça.

Mas agora estávamos com água pela cintura a caminho da bateira, com o caixão da Velha sobre um estrado de bambus, usado para descarregar mercadorias, quando uma onda safada, dessas maiores que vêm entre muitas, levantou o estrado, dois dos que pegavam nas bordas eram baixinhos, perderam o pé, o caixão foi para a água. Quando colocamos no barco, os filhos molhados disseram que era uma desgraça mesmo uma ilha com tanta gente não ter um trapiche.

– Tem um jeito – falei vendo a água escorrer do caixão – Uma cooperativa, todo mundo vendendo o peixe junto, congelando o peixe junto, pagando o trapiche junto.

O vereador Fulano, disse um, falou que a prefeitura tem obrigação de fazer o trapiche; mas não fazia nunca, falei, e nem ia fazer enquanto eles continuassem desunidos. Na viagem funerária, ainda molhados, uma roda de homens em volta do retangular caixão, comecei a falar do que uma cooperativa podia fazer pela ilha, e pelos olhares vi que estavam de ouvidos abertos, a matriarca daqueles homens ia molhada para a cova, o trapiche agora era uma questão de honra.

Outubro de 91. Nasce numa fogueira a cooperativa.

Na volta para a ilha depois do enterro, já formamos uma comissão no próprio barco, para percorrer toda a ilha falando com todos: pelas leis, era preciso no mínimo vinte para começar uma cooperativa, mas melhor era começar com todos. Mas, mal começávamos a falar, perguntavam quem ia dirigir a tal cooperativa – gente da Ponta ou do Pontal? Isso era o de menos, eu explicava, o importante é que, como cooperativa, poderiam conseguir financiamento barato, ser isentos de impostos, juntar esforços e economias para fazer ou comprar o que antes era sonho, por exemplo o trapiche.

Marcamos a assembléia de fundação para uma noite de lua cheia, na praia do meio, não havia local coberto onde coubesse todo mundo, e diplomaticamente a praia do meio era neutra entre o Pontal e a Ponta... Só não foram os mais velhos e os bobos, como diziam, mas alguns excepcionais apareceram e ficaram olhando tudo com seu constante sorriso. Eu tinha pedido aos filhos da Velha que falassem, que eu pouco ou nada queria falar, a cooperativa não era minha e nada seria se todos não participassem desde o começo. No entanto, foi só eles começarem a falar, alguém levantou a mão:

– Mas o professor não sabe que já existiu cooperativa de pescador e não deu certo?

Acabei tendo que explicar que a cooperativa de pescadores tinha acabado, como muitas cooperativas agrícolas, por falha de administração, ambição dos diretores e ingenuidade dos cooperados, uns fazendo as coisas errado e outros deixando de fiscalizar, a cooperativa endividando demais ou perdendo oportunidades, deixando de treinar e melhorar o pessoal, que era o principal.

– Treinar?! Mas eu pesco desde criança, quem é que vai me ensinar a pescar?!

Vi que seria preciso mostrar serviço, fazer primeiro e convencer depois, pedi confiança: que elegessem uma diretoria, assinassem a ata de fundação, essa diretoria iria cuidar da papelada e depois lutar pelas coisas que os cooperados quisessem:

– Trapiche, geladeira? Vocês escolhem o que vamos atacar primeiro.

Não acreditavam, muitos assinaram com um sorrisinho como a dizer *veremos*... O livro de atas, um cadernão de capa dura e preta, estava numa mesa com os pés fincados na areia, e Davi clareava com lanterna para cada um assinar. Os analfabetos davam o nome, Davi escrevia, e de repente me dei conta de que só os homens assinavam, falei que as mulheres também podiam. Mas será que deviam, alguém perguntou:

– Não é cooperativa de pescador?

Não, seria uma cooperativa de pesca e turismo, para desenvolver as duas riquezas da ilha. Riqueza, disse alguém, quero só ver.

Marina assinou, outras mulheres assinaram, mas nem a metade, e menos da metade dos homens também. Era uma meia-lua de gente diante da mesa quadrada na areia e, quando ninguém mais quis assinar, Davi pegou a mesa com as duas mãos e levantou; era uma velha mesa de destripar peixe, de madeira escura curtida de mar e sol, vivia levada para lá e para cá pela praia, onde os barcos apoitassem; nela os peixes maiores eram escamados e limpos, a cabeça era dada a alguma viúva ou velho pescador, para pirão, e das tripas o mar dava conta. Então Davi deitou a mesa, que ficou com dois pés deitados na areia e dois no ar, e sentou num desses pés, que quebrou; o povo conversava e silenciaram quando a madeira estralou. Davi sentou no outro pé e quebrou também. Deu o livro de atas a Valdo, virou a mesa, pisou nos outros pés até quebrar, todos olhando sem falar, os homens se olhando, um rodou o dedo na orelha, estava o rapaz ficando doido? Não era de estranhar, outros tinham endoidado assim naquela ilha de primos.

Na verdade, desconfio que com Davi aconteceu uma explosão interior, a liderança eclodindo como vulcão.

– Vamos fazer uma fogueira – disse ele.

Começou a desmantelar a mesa, Valdo ajudou com uma machadinha, racharam as tábuas, cavocaram na areia com uma delas, empilharam a madeira no buraco, para proteger do vento, e acenderam um toco de vela no meio. Logo o fogo começou e a criançada correu pegar mais lenha nas casas, logo a fogueira cresceu, só então Davi falou:

– Gente, o negócio é o seguinte.

O fogo no chão faz sua mágica desde os mais antigos tempos, reúne, aquece, une, esclarece, jogando as sombras para longe, e em redor da fogueira se desfaz a quadradeza entre os homens, a mais piramidal das hierarquias se desfaz, o general fica ao redor do fogo como ao redor do fogo fica o soldado, e a todos o fogo aquece do mesmo modo. E em redor do fogo acabam todos olhando o fogo, e vendo no fogo a transformação, a madeira que foi planta verde virando fogo e brasa e cinza, e então prestamos mais atenção nas palavras, e até as crianças silenciaram para ouvir Davi, avermelhado pelo fogo e ainda pela vergonha mas firme de intenção, embora a voz tremendo no começo.

– Desde que o professor chegou aqui, muita coisa mudou. Não mudou? – vários balançaram a cabeça – E muito mais pode mudar, mas a gente também tem de mudar – a voz firmou – Eu nasci numa ponta ouvindo que os da outra ponta são parente mas não são boa gente.

Falou que até na escola sentavam os netos de uns num lado da sala, os netos de outros noutro lado, todos parecidos e distantes. A professora era do continente, para não ser nem da ponta nem do pontal. Votavam em vereadores diferentes, que por isso mesmo acabavam sempre perdendo eleição e eles ficavam sem vereador. Ou, se eram eleitos, logo esqueciam das promessas feitas na visita à ilha, até porque ninguém da ilha cobrava depois. A cooperativa podia ser o começo da união na ilha, e para funcionar bem tinha de nascer bem, nascer forte; agora Davi falava com as mãos, esquecido da vergonha e tomado pela paixão:

– Quem não quiser participar, não participe, não faça nada, mas deixe a gente fazer bem feito, começar bem. Que custa uma assinatura?

Um homem assinou com o livro sobre o joelho, depois outro, mais outro, uma mulher, outra. Enquanto outros assinavam, Davi disse que ia ficar o dia seguinte na venda com o livro, esperando quem mais quisesse assinar, avisassem os que tinham faltado. Então Valdo levantou a mão:

– Também quero falar, o seguinte. Tem gente que acha que o professor vai levar alguma vantagem, ficar rico à custa da ilha, até querer ser vereador ano que vem, tem quem fala. Mas é o seguinte – falava olhando o fogo – Uma vez peguei dinheiro pra pagar o exame da água, e bebi o dinheiro. Ele foi lá, pagou do bolso dele, mandou fazer o exame, não contou pra ninguém. Se quisesse voto, tinha contado pra todo mundo. E tudo que fez aqui, fez pra ilha inteira. No começo, eu tinha ódio dele –

engasgou – Mas agora, acho que é como disse a Velha, se a gente quer ir pra frente, é com ele que a gente tem de caminhar.

Achei estranho ele falar caminhar numa ilha onde os caminhos se ligavam em rede ou labirinto de oitos e esses, ir em frente era acabar voltando ao mesmo lugar, mas eu não sabia que era um modo de falar da Velha, ou da ilha: caminhar, levar a vida, continuar.

Marina olhava com orgulho o primo, e quando chegou a hora de indicar candidatos aos cargos, para presidente ela indicou Valdo. Aplaudiram, Davi perguntou se alguém mais indicava algum outro candidato, ninguém falou nada, ele falou então está eleito, e puxou uma salva de palmas. Para vice, disse, indico o professor, quem é contra? Ninguém falou nada.

– Então está eleito – e puxou outra salva de palmas.

Animados com aquela ligeireza, alguns mais assinaram a ata. No dia seguinte outros iriam à venda assinar o livro com Davi. A maioria sabia apenas assinar, para votar nas eleições, e não tinham assinado na praia por vergonha do tempo e do esforço que precisavam para traçar o nome num papel, Davi devia saber disso. No fim do dia, noventa por cento dos adultos da ilha tinham assinado a ata como fundadores da Cooperativa de Pescado e Turismo da Ilha do Meio, nome de fantasia Turismar, presidente Valdo, vice eu, secretário Davi, mais diretores e conselho fiscal, todos eleitos por aclamação. Para tesoureiro, porém, a eleição quase tinha empatado, foi preciso contar com cuidado os braços levantados, ganhou alguém do Pontal, então alguém da Ponta teria de ser o vice-tesoureiro, disseram logo, em questão de dinheiro não confiavam nos primos.

Assim nossa conta bancária foi aberta em nome do presidente e dos dois tesoureiros, e todo cheque precisaria das três assinaturas, exigência tanto dos da Ponta como dos do Pontal. Para pagar uma pequena despesa, Valdo precisaria achar os dois e explicar a cada um, detalhadamente, para que era o cheque. E as primeiras despesas seriam com papelada. Gastando muita saliva e tempo em salas de espera, conseguimos registrar a cooperativa na repartição competente, um suplício burocrático que Valdo, Davi e eu enfrentamos com paciência e persistência. Tiramos o alvará municipal, fizemos a inscrição estadual, o cadastro fiscal federal, pagamos taxas em cartório e coletoria, inspeção sanitária e bombeiros, Valdo brincou:

– Agora a ilha existe oficialmente.

Era gentil e inteligente o moço que queria me matar, e formou com Davi uma dupla sempre a serviço da cooperativa com entusiasmo, como nos melhores sonhos dos pioneiros cooperativistas. Marina contou que alguns velhos tinham achado muito novos para serem diretores duma cooperativa, e alguém tinha maliciado:

– O professor gosta de gente nova...

Marina contava e ria. Na verdade, contou, a ilha torcia pela cooperativa. Mas ia chegando a temporada e o trapiche não saía do papel.

Novembro de 91. Um anjo dá o trapiche para a ilha.

O projeto estava no papel fazia anos, feito por um engenheiro da prefeitura a pedido de um vereador, como forma de convencer o povo de que daquela vez o trapiche sairia mesmo... Passada a eleição, o trapiche continuou no papel, dobrado e desdobrado e redobrado tantas vezes que estava puindo nas dobras e enrolando nas pontas. Fotocopiamos no continente e fomos para a prefeitura. Autografei um livro para o prefeito, pedindo audiência, o chefe de gabinete disse que o prefeito estava com a agenda lotada mas ia ver se era possível.

Valdo e Davi estavam de sapatos, coisa rara na vida de um ilhéu, e camisas enfiadas nas calças, cabelos penteados. O prefeito atendeu logo, talvez pelo livro, talvez pelo que escrevi num cartão:

TURISMAR
100 votos unidos
na Ilha do Meio!

Era o cartão da cooperativa, nosso primeiro impresso, com números de inscrição municipal e estadual e cadastro fiscal, e talvez isso também tivesse impressionado o prefeito, mandou chamar fotógrafo. Posamos em pé entre a bandeira do município e a do estado, o prefeito queria ser candidato a deputado e, depois que o fotógrafo se foi, perguntou o que podia fazer por nós.

– Um trapiche – disse Valdo.

– E um reciclador de lixo – disse Davi.

O prefeito ficou olhando de um para outro com um meio sorriso meio abobado, piscando como se pensasse se não seria brincadeira nossa.

– Não é brincadeira, prefeito – Valdo falou suavemente – A prefeitura nunca fez nada pela ilha, agora queremos essas coisas.

Ou vamos votar no Fulano, Davi falou o nome de um político adversário, o prefeito ficou vermelho, acho que de raiva engolida, perguntou se não era na Ilha do Meio que o povo vivia tradicionalmente dividido. Essa tradição acabou, Valdo mentiu com firmeza:

– Eu sou do Pontal e meu primo é da Ponta e estamos aqui juntos pela ilha.

Um dos velhos pedreiros, que mal sabia garranchar o nome e era o vice-secretário, disse que era verdade, como a gente tinha combinado:

– Acabou a rixa na ilha, agora todo mundo vai votar junto.

O prefeito engoliu, cem votos eram cem votos. E se inclinou para mim:

– O senhor pretende se candidatar, professor?

Falei que não, nem tinha ainda transferido meu título para o município:

– Mas vou transferir, prefeito, vão ser cento e um votos.

Ele ficou me olhando e sorrindo:

– Mas o que deu no senhor de largar o magistério e vir morar numa ilha aqui, professor?

– Eu vivia uma vida muito quadrada, prefeito, pensando em muita coisa redonda e estava ficando meio louco, na ilha acalmei, quadrondei – falei a verdade mas ele riu, falou ah, artista é artista...

– ...e o senhor é também um artista, agora entendi.

Mas nem com arte, garantiu, conseguiria fazer um trapiche na ilha antes da temporada, era preciso detalhamento técnico do projeto, autorização da Câmara, concorrência pública para a construtora, publicação dos editais, prazos, julgamento das propostas... Era obra para ficar pronta lá por setembro ou outubro do ano seguinte:

– Pertinho da eleição – disse Davi quando saímos da prefeitura – Por isso ele não tem pressa nenhuma.

Na ilha eu só lia revistas e jornais passados, deixados por turistas, então no continente parava nas bancas para olhar as manchetes, e lá estava uma foto de Sílvia Marcondes Alves na primeira página. A consagrada autora faria palestra e daria autógrafos em Curitiba, em turnê nacional para promover seu recente romance, *De frente para o Muro*, que tratava "de amor, suicídio e renascimento – uma revolução pessoal".

Eu tinha esquecido daquilo, minha cabeça andava longe do mundo dos livros, depois de décadas enfiada em livros. Mas o destino traça suas retas e suas curvas em labirintos de caminhos e acasos, e dias depois fui com Davi a Curitiba, visitar o gerente de crédito do banco oficial do cooperativismo nacional. Meu livro não impressionou muito, mais impressionado ficou o homem com a pouca idade de Davi.

– Mas trabalho desde os sete – disse Davi – Doze anos de trabalho já. O senhor trabalha no banco faz quanto tempo?

Fazia onze anos, disse o homem, Davi disse então, tudo é muito relativo, ele vivia dizendo que tudo era relativo. Por exemplo em relação a um financiamento de câmara frigorífica para trinta toneladas, o que o banco podia oferecer? O gerente soltou um assobiozinho:

– Por que trinta toneladas? Lá dá tanto peixe assim?

– Dá mais – disse Davi – Mas a gente não quer ficar rico, só viver bem.

O homem ficou olhando aquele quase rapazola; finalmente disse que, de qualquer maneira, um financiamento daquele porte, sem garantias, ia exigir um projeto de viabilidade econômico-financeira. Ora, falei, se pudessem fazer um projeto, não seriam pescadores.

– Há escritórios especializados nisso – o gerente continuou profissionalmente calmo.

– E o senhor ganha comissão desses escritórios? – perguntei e arrependi, mas o homem continuou calmo:

– Depois, com o projeto, um avaliador do banco fará uma verificação *in loco.*

Mas que diabo, falei, todo ano os pescadores da ilha perdiam dezenas de toneladas de tainha, não era preciso ser especialista para concluir que, com uma capacidade de congelamento para trinta toneladas, poderiam passar pela câmara a maior parte da pesca da temporada, podendo programar o transporte para o continente, em vez de ter de decidir entre pescar mais ou perder o já pescado, como acontecia todo ano, e depois de tudo ainda poderiam ficar com algum estoque no fim da temporada de tainha, para esperar preços melhores e abastecer o mercado futuro.

– E durante o resto do ano uma grande câmara frigorífica vai ficar ociosa?... – o gerente sorriu – Não haverá outros tipos de peixe durante o ano? Só um banco irresponsável financiaria, com dinheiro público, uma obra sem projeto de viabilidade, senhores – e levantou do lado de lá da escrivaninha, essa trincheira dos burocratas, estendeu a mão com o sorriso profissional e saí chutando a sombra. Ora, o mesmo banco tão responsável não cobra dívidas dos grandes usineiros e fazendeiros, falei a Davi, mas ele apenas perguntou o que é *in loco.* Falei que é "no local", verificação no local, e Davi coçou o bigodinho ralo:

– Se é uma coisa tão simples, pra que complicar falando em outra língua?

Falei que o trabalho dos burocratas é complicar, e ele profeticamente matou a charada:

– Se um caminho complica, a gente pega outro caminho.

A caminho da rodoviária, qual seria a chance matemática de me encontrar com Sílvia na calçada de um hotel em Curitiba?

Mas o destino não é matemático, é mágico, e ali estava ela descendo de um carro com chapa de bronze e motorista lhe abrindo a porta. Quando me viu, recuou, empalideceu, sorriu:

– Vo-cê! – e me beliscou – É verdade, é você mesmo!

O motorista disse que voltava para pegar "a madame" em uma hora, e ela riu quando o carro se foi:

– É o carro do governador, imagine! Mas me fale de você!

Um assessor engravatado acompanhava a Primeira-Dama da Literatura, e, enquanto o tipo ficava olhando no relógio, ali em pé contei que estava vivendo numa ilha, não tinha escrito Quadrondo, tinha largado a universidade e, agora, era vice-presidente de uma cooperativa. Um dia você me conta, disse ela como quem nada diz:

– Agora tenho uma hora para me arrumar um pouco, inventaram uma noite de autógrafos...

– O governador vai estar lá, dona? – Davi perguntou e acho que só então ela notou aquela pessoa ali.

Claro, o governador iria, disse ela, mas... Davi perguntou se eu não podia ir junto e, como se ela já tivesse concordado, me falou lá, chefe, você pede o trapiche pro governador. O governo andava fazendo obras no litoral, inclusive pontes, lembrou, seria fácil levar as máquinas até a ilha e fazer as fundações do trapiche, o resto não era difícil. Sílvia nos olhava espantada e divertida:

– Se quiser vir, Terra, é meu convidado, mas...

Eu estava de paletó, Davi de jaqueta puída, mas ele disse que sabia o caminho da rodoviária e esperava lá.

– Vai, chefe, é o caminho.

Eu não discutia mais com o destino, como escreveu o Leminski, fiquei no saguão do hotel esperando Sílvia. Ela desceu deslumbrante e não pude deixar de lembrar da mulher nua com as cicatrizes de cirurgias e todo o estrago que o tempo faz no maior órgão do nosso corpo, a pele. O carro do governador estava lá fora, o assessor engravatado era todo sorrisos e a noite ia caindo. No caminho, ela contou que seu último livro era um sucesso, estava no topo das listas de mais vendidos e seria filmado, além de já editado na Alemanha.

– Afinal, passa-se em parte lá...

Nada perguntei, e chegamos a uma livraria entupida de gente, com um pelotão de fotógrafos e cinegrafistas. Já na calçada Sílvia posou, deu minientrevistas com a tarimba de falar apenas frases curtas e olhar para a câmera, sempre com o governador sorridente ao lado. Depois entrou de braço com ele, com um caudal de assessores atrás, debaixo de aplausos e entre beijos de fãs com velhos livros por autografar. Autografou o primeiro livro para o governador, que assim furou uma longa fila que serpenteava pelo salão, depois autografou mais um e me procurou com os olhos:

– Para você, Terra! Não queria falar uma coisinha com o governador?

O governador, quem diria, disse que me conhecia de nome, afinal éramos da mesma cidade do interior, qual era o problema? A todo instante algum repórter pedia uma palavrinha a ele, e puxa-sacos pululavam em volta, enquanto os assessores tentavam defender o homem do assédio, mas eu sabia que ele não sairia dali até dar todas as entrevistas possíveis e posar para quantas fotos quisessem, então era melhor esperar um bom momento, mesmo pensando em Davi a esperar num banco duro na rodoviária. Grudei no homem e não larguei mais, até que o assédio serenou e consegui contar ligeiro minha história e fazer o pedido: a gente queria só um trapiche, ou nem isso, só as fundações, os pilares, que o trapiche depois a gente fazia. Ele ouviu e simplesmente perguntou a um assessor quem estava fazendo obra no litoral. O assessor disse um nome. O governador tirou um cartão do bolso do paletó e escreveu atrás, com o cartão na palma da mão: *Prezado amigo, atenda nosso grande escritor Francisco Terra*, assinando – e se foi entre abraços, tapinhas e acenos, parecendo um bicho de muitos corpos, para onde ia os assessores e seguranças iam grudados junto.

Sílvia autografava, deixei com alguém da livraria um cartão da cooperativa para ela, também escrevi atrás: *Obrigado, valeu! Você foi um anjo.*

Peguei Davi na rodoviária, falei vamos, ele perguntou aonde, não falei, entrei num hotel, tomei um banho, deitei cedo mas rolei na cama a noite inteira. No dia seguinte, Davi se divertiu com o café da manhã, nunca tinha visto tanta fartura, depois pegamos um táxi, ele admirando tudo, do taxímetro aos monumentos. A construtora era uma grande empresa e, sempre mostrando o cartão do governador, passamos pelo porteiro, por uma secretária, um gerente, um diretor e (decerto depois que checaram com o gabinete do governador) finalmente o próprio presidente, que nos apertou a mão falando ao telefone, depois leu o cartão, foi direto ao ponto:

– Qual é o problema?

Não era um problema, Davi falou, era uma obra, e contamos da ilha e do trapiche. Ele pediu para ver o projeto, Davi levava uma cópia numa pasta debaixo do braço o tempo todo. Desdobramos o papel, o homem olhou, chamou um engenheiro, o engenheiro fez algumas perguntas que Davi respondeu, sobre a maré e a areia, depois o engenheiro disse ao presidente que as fundações podiam fazer em três ou quatro dias, para desviar o maquinário das obras no litoral pelo mínimo tempo possível...

– ...mas depois, o trapiche mesmo, pode demorar porque estamos com pouca mão-de-obra e muito prazo vencendo.

Eu ia dizer que a gente precisava da construtora só para as fundações, o trapiche a gente faria depois, mas Davi falou antes:

– Mão-de-obra nós temos, pelo menos vinte homens todo dia. E madeira nós...

O homem disse para nem pensar em madeira, todo ano seria preciso pintar e, mesmo assim, em poucos anos estaria apodrecendo. Sobre pilares de concreto, a construtora faria um trapiche de concreto. Perguntei se isso seria sem custo para a ilha, o presidente sorriu:

– Neste mundo nada é sem custo – e piscou – Um dia de algum jeito nós cobramos do governo...

Quando saímos, com a promessa do trapiche começar a ser feito dali a dias, fazia sol em Curitiba mas estava bem friozinho, e só tínhamos dinheiro para as passagens e um sanduíche. Dividimos o sanduíche, chegamos à ilha de noitinha, esfomeados e com olheiras, e pedi a Davi para não contar nada a ninguém.

– Se a máquina não chegar, a gente se desmoraliza.

Mas dali a três dias a barca-oficina apitou na baía, e um rebocador apareceu trazendo uma chata com o gerador de ar comprimido e tubulões de ferro. Davi correu pela ilha toda gritando a notícia, depois se juntou a todo mundo na praia. Alguém disse que era um milagre, Davi disse que isso era muito relativo.

Novembro de 91. Várias visitas.

Uma máquina sobre uma chata foi perfurando o fundo do mar, e um guindaste ia colocando os tubulões, que acabavam fincados com uma parte fora da água. Depois a água era bombeada para fora, e o tubulão recebia concreto. Os moços da ilha iam de barco olhar aquilo de perto, os velhos olhavam de longe.

O prefeito também veio ver, desembarcou molhando as calças, fez graça com as crianças, lembrou de velhos tempos com os velhos, fez piadas com os moços, elogiou a beleza até das moças feias e, finalmente, quando se viu só comigo, Valdo e Davi, perguntou como a gente tinha conseguido aquilo. Os peões da construtora formigavam em volta da máquina cravando estacas na maré baixa.

– Foi sorte – falei e ele não acreditou.

– O povo rezou muito – falou Valdo – São só cem que votam, mas rezar todo mundo reza.

O prefeito piscava atarantado, Davi arrematou:

– Na verdade, prefeito, foi o prestígio do nosso escritor que funcionou. O governador falou que é fã dele, chamou um engenheiro e falou: – Vá lá nessa ilha, construa isso logo ou tá na rua.

Eu não sabia disso, disse o prefeito, mas que é que podia fazer mais pela gente? Valdo tirou uma caderneta do bolso da camisa, dizendo que tinha tudo anotado.

Foi durante a construção do trapiche que estiveram na ilha os tatuados, como diria Davi. Eram quatro e chegaram de lancha, coisa de gente rica naquelas ilhas. Desembarcaram com as mochilas no alto da cabeça, moços fortes e alegres, riam como meninos brincando. Em vez de procurar casa para alugar ou montar barraca, como faziam todos, deixaram as mochilas na areia e foram tomar banho de mar, tirando as bermudas e mostrando as coxas brancas, todos de maiô azul; mas continuaram com as camisetas, Davi disse que decerto por causa do sol.

A gente acompanhava a obra do trapiche, e depois que enjoaram de brincar no mar eles vieram até nós, um ruivo perguntou em inglês onde podiam deixar as mochilas enquanto conheciam a ilha. Davi foi com eles e voltou só noitinha, dizendo que eram muito organizados, alemães, tinham montado duas barracas no morro e não quiseram lenha: tinham fogareiros com álcool em tabletes. Tomaram chá com conhaque depois de erguer as barracas tão ligeiro que deu gosto ver, disse Davi, e separavam o lixo em sacos para papel, plásticos e restos de comida.

– Gente fina.

Queriam carvão e frangos para grelhar, legumes e verduras, e Davi estava animado por vender também um vidro de tempero feito, resultado das hortas. Quando fui para casa no platô, vi os quatro com Davi e Valdo na churrasqueira, riam e falavam alto em alemão. Eu já ia dormir quando os dois vieram contar, conforme Valdo tinha entendido com seu inglês de porto: os quatro estavam conhecendo praias e ilhas de Santa Catarina a Cananéia, eram os primeiros de muitos outros como eles que viriam depois já para os locais escolhidos. Mas queriam lidar com gente honesta, não queriam ser enganados nos preços, nada de um preço para os nativos e outro para os turistas.

Bem, falei, era só ficarem na ponta certa da baía... Davi e Valdo estavam impressionados com as habilidades dos quatro com as facas e as carnes, abriam um frango com dois golpes sobre a tábua, e acenderam o braseiro só com gravetos num instante. Não quiseram o tempero da mãe de Davi, tinham trazido seus próprios temperos, e deram um banho de conhaque no frango antes de temperar. Perguntei se o frango tinha ficado bom, não tinham provado, os alemães botavam os espetos bem alto, a carne ia dourando devagar e eles iam comendo queijo com bolacha e bebendo conhaque, estavam bem bêbados quando os dois deixaram a churrasqueira.

Mas de manhã a churrasqueira estava limpa, o lixo em sacos separados, pendurados num fio para nenhum bicho ou inseto alcançar. Chamei Marina para ver, turistas civilizados começavam a chegar à ilha. Ela disse que uma bateira tinha chegado de noite com mais estrangeiros, e já tinham passado pela ilha outros assim, que não deixavam sujeira mas faziam outro tipo de sujeiras. Quis perguntar que tipo de sujeiras, mas ela já ia pela trilha; fiquei olhando os sacos de lixo pendurados, ossos e cascas, papéis, latas, e as três garrafas de conhaque lavadas e alinhadas sobre a pia, que capricho ecológico e que bebedeira, como conseguiam?

Fui para a obra do trapiche, a praia com os primeiros turistas de dezembro. Davi passou com uma cesta de pães, foi para o alto do morro, voltou com a cesta vazia e a notícia de que os alemães não tiravam as camisetas nem para tomar banho na cascata.

– E cada um usa duas camisetas.

Na hora não liguei, que usassem quantas camisetas quisessem, desde que não fizessem fogo nem deixassem sujeira. Apareceram na praia quase meio-dia, foram para o mar com bonés, as camisetas e uma alegria de moleques, pareciam palhaços com os narizes brancos de creme. Davi estava feliz, tinha vendido cestas de coisas para as famílias turistas, e mais frangos e meia leitoa para os moços alemães, aliás não tão moços, um de cabelos escuros já começava a ficar grisalho. Eram operários, contaria Valdo, mas operários especializados, deviam ganhar bem, tinham encomendado vinhos e mais conhaque de Paranaguá.

Falei que no Primeiro Mundo é assim, até operários ganham bem, e Davi voltou a dizer que eram gente fina, davam boas gorjetas. Naquela noite, fui visitar essa gente fina, mais por curiosidade de ver como assariam a meia leitoa. Assavam num jirau de paus trançados, ancestral das grelhas que seus ascendentes, quando ainda bárbaros na Floresta Negra, deviam ter inventado há milênios para assar javalis. Eles se divertiam pincelando a carne dourada com um caldo de tempero numa cuia de casca de coco. Comiam queijo espetando fatia na ponta da faca, cada um com a sua, e bebiam vinho na boca das garrafas, cada um com a sua também, e me ofereceram uma garrafa fechada. Aceitei um chá frio e puxei conversa no meu inglês sem prática nem gramática, falando de futebol: todas as camisetas pareciam ser de clubes esportivos.

Mas logo eu não tinha mais o que falar de futebol, eles perguntaram de vários craques brasileiros e de alguns eu nem tinha ouvido falar, de modo que a conversa morreu. Dois falavam inglês, traduzindo para os outros uma ou outra coisa. Estavam cansados depois de um dia de mar e caminhadas, mas pareciam ter um grande prazer em fazer de forma rústica a comida, cebolas e maçãs assavam em espetos de pau. Perguntaram de pássaros, falei que a ilha tinha poucos, afinal era uma ilha, e um falou que tinha visto no continente um papagaio verde à venda, não era crime? Falei que era, mas no Brasil... Por falar em verde, falou outro, eu já tinha reparado como muitos nativos tinham olhos verdes?

Contei que eram uma gente descendente de quatro casais, entre eles duas duplas de irmãos, dois homens pardos e duas mulheres loiras de olhos verdes. Ele traduziu para os outros, que riram e soltaram comentários tão rápidos que eu não entendia uma palavra no meu escasso alemão, e riram muito. Depois o ruivo falou em inglês que era muita coincidência, dois irmãos e duas irmãs, e o grisalho falou que era um desperdício, isto sim, duas *blondies* para dois *black men*, duas loiras para dois negros...

O ruivo falou que decerto a ilha seria outra se tivessem sido dois loiros para duas negras, perguntei por que. Ora, disse ele, porque são os homens que fazem as coisas, *rule the world*, governam o mundo. Então contei que eu tinha estudado isso, e tinha chegado a conclusões semelhantes, mas agora tinha minhas dúvidas. Perguntei por que a ilha seria diferente com dois loiros ou dois negros na origem daquele novelo genético:

– Em liderança e habilidades não há qualquer diferença entre as raças.

Ele traduziu e trocaram idéias em alemão como se dessem e rebatessem golpes, com poucas e secas palavras. Ele traduziu para o inglês a questão: eu achava mesmo que se os dois homens fossem alemães, em vez de negros, o resultado não seria diferente?

– Depende da cultura. Por exemplo se fossem negros formados em Harvard...

...como tantos indianos, que acabavam com as cabeças disputadas pelas empresas depois de formados, simplesmente por que aprendem muita matemática na Índia desde a escola primária, de forma que continua um país pobre mas com grandes cabeças espalhadas pelo mundo. Falei ainda que acredito em diferenças raciais, sim, ou então alguém me explique como os negros dominaram o basquete norte-americano, a ponto de não se ver branco mais nos melhores times, apesar de os negros serem menos de quinze por cento da população. Claro que raça importa para o desempenho, o biotipo negro é próprio para basquete, como para atletismo em geral, mas na água o negro pifa, tanto que países pobres ganham muitas medalhas nas corridas, enquanto só um negro ganhou medalha de bronze em natação em todas as Olimpíadas.

Falei que o esquimó, com sua camada de gordura abaixo da pele, como os ursos e outros animais árticos, é a prova viva da adaptação do corpo humano. O que não dizer que a mente não se adapte, ao contrário, adapta-se e se desenvolve muito mais rapidamente. Falei que um filho de ilhéu dali, criado nas melhores escolas e com boa alimentação num ambiente de muita cultura, certamente seria uma pessoa bem diferente.

O ruivo ia traduzindo a cada frase, estavam interessados, nem pincelavam mais a leitoa, e depois da tradução da última frase não falaram nada, voltaram a pincelar a leitoa e abrir na tábua, sempre com golpes certeiros, cebolas e maçãs assadas. Cortavam os primeiros pedaços da leitoa quando Marina veio da casa e me abraçou por trás, deu boa-noite e não responderam. Não olharam mais para nós, e não ofereceram a comida.

Demos boa-noite, de novo sem resposta, e quando chegamos em casa ouvimos uma explosão de gargalhadas. No dia seguinte, a churrasqueira estava suja, os sacos de lixo jogados na pia, as garrafas largadas aqui e ali e a nossa preciosa água vazando da torneira meio aberta. Marina falou apenas *gente fina...* e ajudou a limpar.

Os alemães foram embora no dia seguinte, sem usar mais a churrasqueira, fizeram sopa e macarrão nas suas panelas com fogareiros. Não compraram mais nada da venda nem de ninguém e, na descida do morro com as mochilas, pararam na cascata para o último banho, e Davi viu quando trocaram de roupa:

– Como chama aquela marca dos alemães em filme de guerra, chefe?

Desenhou na areia: a suástica. Estava tatuada nos quatro, contou Davi, no peito, no ombro ou nas costas; aí entendi por que as camisetas.

Não estranhei, na Alemanha tinha visto torcidas de futebol nas ruas, em pelotões furiosos como se fossem para a guerra, e a guia Helga em voz baixa, como confessando um pecado, tinha dito que muitos eram também neonazistas. Bem, quem conseguia se exaltar assim por causa de futebol, também conseguiria ser racista, por que não?

Mais que a eles, estranhei um turista esquivo que foi embora na mesma bateira dos quatro alemães. Do trapiche em construção, vi quando subiu os degraus para a bateira, de paletó como se já estivesse no continente, embora ainda de calções para não molhar as calças que levava nos ombros. Quando olhou para mim, sabendo que eu estaria onde estava, depois desviando o olhar, lembrei: era o homem da gravata com bolinhas e quadradinhos, que tinha trombado comigo na noite em que caiu o Muro de Berlim, e que eu tinha visto também no hotel mais de uma vez, e agora eu via que era muito parecido com José Saramago. Pelo jeito de olhar, vi também que se lembrava de mim. E daí? O mundo é pequeno, foi só o que pensei, é pequeno e é uma bola e coincidências acontecem.

Natal de 91. Presentes para a ilha, um presente para Marina.

O governador não compareceu à inauguração do trapiche, mas mandou um representante, que no seu discurso disse ser o trapiche "um presente do governo para a ilha neste Natal". Depois o prefeito disse que também a prefeitura tinha presentes para a ilha: uma usina de lixo, com transporte do material reciclável para o continente, reforma da escolinha, torneiras e chuveiros públicos na baía, um pequeno posto de saúde com enfermagem na temporada – e Davi puxava aplausos. Valdo, como presidente da cooperativa, disse que os cidadãos da ilha – e lembro bem que usou esta palavra, cidadãos – iam honrar o que recebiam, mas que isso não era presente:

– Pela Constituição, é dever do governo. Todos nós pagamos imposto embutido em tudo que compramos. É só, muito obrigado.

Valdo falava suave, mas curto e cortante assim como gilete. Mexendo com a papelada da cooperativa, tinha ganhado do cartório um exemplar da Constituição, que andava desbeiçado de tanto ele manusear.

– É uma beleza a Constituição – disse um dia – Melhor ainda se fosse pra valer.

Trabalhava duro na venda, enquanto Marina saía a alugar casas para turistas, dividiam todo lucro. Como a cooperativa ainda não tinha uma escrivaninha, guardava numa caixa de sapatos a contabilidade. Tínhamos feito uma vaquinha para as primeiras despesas, cada um deu quanto quis e ele, Davi e Marina deram juntos mais que todos os outros cooperados. A gente viajava com dinheiro da cooperativa e, como no tempo do movimento estudantil, eu gastava o mínimo porque era dinheiro sagrado, "do movimento", ou melhor, da cooperativa. E me sentia vivo e alegre lidando com papelada, cartórios, registros, repartições, todo o calvário que é preciso passar quem queira funcionar qualquer coisa honesta neste país.

Aquele foi o primeiro Natal com toda a gente da ilha reunida: antes, cada ponta fazia sua festa, com tempo bom na praia em redor duma fogueira, ou com tempo ruim nas casas dos vários ramos do clã, as famílias se visitando e comendo e bebendo em todas as casas até de madrugada, enquanto quem tinha parentes na outra ponta, casados contra a vontade da família, ia visitar depressinha e voltava logo. Então estava um tempo claro e sem vento, montamos mesas de cavaletes e tábuas no meio da baía, debaixo das árvores em volta da venda, e cada família trouxe seu assado, seu doce, as mulheres tinham combinado o que cada uma levaria e as mesas eram um festival da simples mas variada culinária da ilha. A maioria dos pratos só faziam no Natal ou em aniversário, porque davam "muito trabalho" ou porque "perdiam muito".

O prefeito tinha sido convidado, só por formalidade, mas compareceu com assessores, e escolheram o que comer, percorrendo as mesas antes de todos como os nobres nos antigos banquetes. Mas todos beberam cerveja sem gelo, apesar de estarem funcionando as duas pequenas e veteranas câmaras frigoríficas da ilha, além de muitas casas terem geladeiras. Davi me disse baixinho que era para o prefeito sentir que a ilha precisava mesmo de uma câmara frigorífica. Valdo perguntou ao prefeito o que custava dar uma palavrinha com o gerente de crédito do banco, afinal eram ali mais de cem votos precisando de apenas um financiamento... Depois que o homem se foi, perguntei que garantia podia ele ter de que todos da ilha iriam votar nos candidatos indicados, e eles trocaram um ilhéu olhar, Davi falou:

– Ainda bem que o voto é secreto, né?

Marina me fez anotar todas as receitas de pratos, salgados e doces, ouvindo diretamente da boca daquelas mulheres que tinham ouvido de suas mães que tinham ouvido das suas, tudo passado boca a boca, geração para geração. Virados, farofas, cuscuz, guisados, assados, arroz disso, arroz daquilo, feijão de Santo Rei, galinhadas, peixadas, moquecas, até uma polenta com mariscos apareceu, entre doces em calda, cristalizados, bolos, balas, confeitos, biscoitos. As duas irmãs fundadoras e falecidas eram de famílias ricas no tempo da escravidão, até perderem tudo por se apaixonar, que ironia, por dois irmãos filhos livres de escravos. Os dois tocavam pequenos negócios, um vendendo água com um burrico e dois barris pelas ruas, outro trabalhando de carpinteiro, mas perderam quase toda freguesia quando casaram, na igreja dos pretos, com as duas irmãs brancas. Tiveram então a idéia de juntar mais gente e aventurar pelo litoral até achar uma baía boa para apossar, e os livros de receitas tinham todos se molhado de tanto mar, mas muitas receitas tinham se salvado na lembrança.

Agora aquilo tudo passava pela minha caneta, deitei naquela noite com a cabeça cheia de receitas. Então Marina disse que também queria um presente:

– Um filho seu.

Falei que já tínhamos conversado daquilo, eu não podia mais ter filhos, mas ela falou montada em meu peito:

– Mas se pudesse, me dava um filho?

Falei que dava, claro, dava, e dormi. No dia seguinte, ela me apresentou um turista médico, o homem garantia que vasectomia é reversível, sim, em muitos casos. Antes do fim do ano, Marina me comunicou que íamos a Curitiba ver um médico, perguntei por que a pressa.

– É presente de Natal, não é? Tem de ser dado antes do fim do ano.

O médico esperava numa clínica, ela já tinha acertado preço e pagado metade adiantado, e eu passei pela cirurgia de reversão da vasectomia. Quando os pontos ainda estavam cicatrizando, ela começou a tentar fazer nosso filho ou, como dizia, "meu presente".

Janeiro de 92. Leo e Ana trazem boas novas.

A cada nova viagem de Leo e Ana para a ilha, Mara me alertava que, se "alguma coisa ruim" acontecesse a eles... e eu de novo falava que não pensava em coisas ruins, elas portanto não aconteceriam. Procurava ler o letreiro dos ônibus que chegavam, mas nem foi preciso, um urso apareceu numa janela. Ana trouxe o urso e um travesseiro, um em cada braço, ainda menina e já começando a parecer mocinha. Leo estava de novo com uma penugem escura sobre os lábios:

– Deixei pra cortar na ilha, pai.

O canivete suíço estava arranhado, as bordas gastas, mas a lâmina estava afiada. Na ilha, ele faria o bigode e um começo de costeletas com o canivete, trepado num caixote para alcançar o espelho na parede, menino e homenzinho. Estavam deixando a infância para trás, como eu um dia deixaria a meia-idade para "entrar" na velhice, como dizem, entrar, como se fosse um túnel, não um caminho. E Marina perguntou por que eu estava triste. Perguntei o que ela ia fazer quando eu ficasse velho e brocha.

– Eu não vou fazer nada. Vi na tevê outro dia, sabe o Chaplin? Esse mesmo, do cinema. Então, teve filho com oitenta e um anos. Você eu acho que chega até lá. E eu, daqui a quarenta anos, acho que não vou querer mais nada, vou ter sessenta. Pense é em me dar aquele presente agora.

Anotei na caderneta: *enquanto não engravidar, Marina continuará achando a vida incompleta.* No barco para a ilha, falei a Leo e Ana que a mãe estava compreensiva, não?

– Claro, pai – disse Leo – Ela arranjou namorado.

Ana completou:

– Ela até voltou a rir, pai.

Bem, falei, e se eu dissesse que também tenho uma namorada?

– A Marina? – Ana perguntou e Leo completou:

– Claro que só pode ser a Marina.

Perguntei se não me achavam velho demais para uma moça tão nova. Ih, pai, disse Leo:

– Você precisa ver o namorado da mãe.

– Tem gente que acha que é filho dela.

Antes de eles chegarem, em uma semana eu e Davi tínhamos feito mais um quarto na casa, onde botei um beliche para cada um, acharam maravilhoso ter duas camas cada. Numa semana estavam morenos como as crianças da ilha, varando pelas trilhas, subindo pelos morros, aprendendo até a catar caranguejos no mangue. Davi adotou Leo, Marina adotou Ana, formaram duas duplas sempre juntos. Ana começou a ajudar na venda, achando-se importante, e Leo voltou do mar um dia com um robalo de três palmos:

– Peguei na linhada, pai – e mostrou com orgulho as mãos cortadas pela linha.

Aquela temporada foi movimentada não só pelos turistas, mas também pelas obras da prefeitura na ilha, vistoriadas por um assessor, que começou a perguntar a um e outro em quem iam votar nas eleições para prefeito e vereador. Davi e Valdo foram pela ilha instruindo a todos para dizer que iam votar em quem a cooperativa quisesse. Reformada a escolinha, que há décadas precisava duma reforma, o prefeito veio inaugurar e confessou:

– Pensava que era blefe os tais cem votos fechados da ilha, mas já sei que é verdade.

– E são todos seus, prefeito – Valdo falou e Davi emendou:
– Se fizer as outras coisas que pedimos, né?

Assim foi feito encanamento para alguns chuveiros na praia, e um vestiário, tabuleiros para hortas coletivas, valas para compostagem do lixo orgânico. O material de construção agora era descarregado facilmente no nosso trapiche, uma língua retilínea de concreto sobre cilíndricos pilares se estendendo da praia ao mar. Aumentou o movimento de turistas, principalmente de meia-idade e idosos, e Marina passou a encomendar às mulheres salgados e comidas das receitas da ilha, para vender na venda e em tabuleiros levados à praia e às casas por moços e moças de jaleco branco.

As reuniões e assembléias da cooperativa eram feitas debaixo duma grande árvore na praia do meio, com cadeiras apenas para os mais idosos, os outros em pé ou agachados. Assim se conseguia, primeiro, falas curtas e rapidez. E, como todos ficavam numa roda, todos podiam ver os olhos de cada um que falasse, ao mesmo tempo que todos se sentiam mais à vontade para falar, afinal a roda é a forma da conversa aberta.

Numa assembléia, movida pelo entusiasmo do trapiche pronto, conseguimos de todos os pais a promessa de que os filhos menores só trabalhariam, na pesca ou no comércio, depois de ir à escola, na escolinha da ilha ou colégio no continente, e depois de feitas as tarefas escolares. Foi preciso aumentar a escolinha, e a prefeitura passou a pagar um barco para levar e trazer do continente os colegiais. E, enquanto a prefeitura fazia obras públicas, também muitas casas foram reformadas ou aumentadas, com quartos para turistas.

Um dia, Davi e eu fomos até a escolinha, vi aquelas crianças sentadas nas carteiras em retas filas como em todas as escolas quadradas. Conversamos com a professora, falamos como podia ser quadrondada a escola, ela concordou. Aproveitando os feriados do Carnaval, abrimos janelões em duas das paredes da salona, e estendemos um varandão coberto de palmas. A luz passou a entrar dos dois lados, para os destros e os canhotos, e o vento passou a entrar espantando o sono e refrescando as mentes, como diria ela uma semana depois da volta às aulas. Com as carteiras em roda, em vez de em fileiras, as crianças passaram a responder mais às questões, em vez de se esconderem atrás da nuca do colega da frente...

– A palavra está rodando – disse Davi – e onde a palavra roda, professora, a gente aprende mais.

Vi então que eu tinha um discípulo de quadrondo. Com sua cara de menino mas olhar sério e voz funda, parecendo sair mesmo do coração, foi convocar reunião com os cooperados comerciantes, todos que vendessem fosse o que fosse, de comida ou hospedagem ao mais simples artesanato. Falamos das vantagens de manter uma política de preços justos e estáveis:

– Desmoraliza a ilha – explicou Davi – uma mesma coisa ter preços diferentes.

Com a inflação, era preciso aumentar os preços todo mês, para não trabalhar com prejuízo, mas alguns aumentavam demais, afugentando turistas a espalhar que a ilha era careira. Depois, com Leo junto, fui com Davi visitar órgãos de governo e serviços sociais no continente, pedindo cursos na ilha: preparo e embalagem de alimentos, higiene, garçom, culinária, decoração, turismo, corte e costura, pois muitas casas tinham suas velhas máquinas e o plano era trocar por máquinas modernas; e curso de navegação, não cursos completos, a gente explicava, as noções gerais, os princípios:

– Não precisamos de garçons que saibam servir um banquete, mas ao menos servir bem uma mesa e atender gente direito. Não precisamos de navegadores de oceanos, mas apenas para pilotar barcos de passageiros até a ilha.

Ora, diziam, os cursos eram no continente, não podiam ser deslocados para uma ilha. Mas queremos os cursos lá, dissemos, porque agora temos turismo o ano todo e não podemos perder tempo com transporte ida e volta, seria condenar dezenas de pessoas a perder várias horas todo dia – enquanto seria muito mais prático, muito mais redondo, disse Davi, se apenas os professores tivessem de ir até a ilha. Acho que aqueles burocratas nunca tinham recebido um pedido assim, vantajoso para o público e não para a repartição, todos se espantavam – mas tinham recebido antes um telefonema do prefeito, para quem Valdo ligava antes de cada encontro com qualquer autoridade ou gerente público.

Ao fim de dois dias de caminhadas e salas de espera, conseguimos apenas o curso de garçom, que poderia, sim, ser simplificado e levado à ilha por dois instrutores, estadia por nossa conta. Topamos imediatamente e, na rua, Leo disse que a gente devia noticiar a cooperativa no jornal:

– A propaganda é a alma do negócio, pai – e Davi já perguntou a alguém onde era o jornal da cidade.

No jornal fomos fotografados e vendemos nosso peixe, contando as mudanças da ilha, agradecendo o primeiro curso conseguido e esperando outros. Voltamos para a ilha e, no dia seguinte, um assessor do prefeito desembarcou esbaforido:

– O prefeito conseguiu mais três cursos para vocês. Vão instalar uma minioficina de motores e a capitania está estudando um cursinho de navegação, mas sem diploma nem certificado.

– Serve – disse Valdo – A gente não quer papel, a gente quer aprender.

Era um sonho de gerações de moços da ilha, ser pilotos para poder ter bateiras em vez de apenas barcos e canoas, mas para isso era preciso passar no exame da capitania, o curso era no continente e custava dinheiro, poucos pescadores conseguiam. As moças também ficaram alegres com a notícia da construção de um galpão para oficina de ofícios, cursos viriam regularmente.

– Isso dá um romance, doutor escritor – disse um dia Davi – E até já tenho o título: *Tudo por cem votos!*

Quando levei Leo e Ana embora, no barco eles ficaram tempo olhando a ilha, e Ana disse eu queria viver aí, pai, e Leo disse eu não:

– Mas queria voltar sempre.

– Você é o rei da ilha, né, pai?

Falei rei não:

– Apenas imperador.

– Por que imperador, pai?

– Porque são duas ilhas, a ilha e a ilhota.

A brincadeira tornou-se profecia quando, já passado o Carnaval, surgiu uma nova atração para turistas pescadores e mergulhadores: a ilhota, para onde partiam os hospedados na ilha e, de volta à noite, comiam e bebiam durante horas contando as aventuras e histórias do dia. Enquanto uns mergulhavam pescando com arpão entre as rochas submersas, outros pescavam encarapitados na própria ilhota, agüentando o dia inteiro a quentura da rocha.

Olhando lá do mirante, onde agora sempre havia gente olhando os longes da ilha, sempre se via ao menos um barco chegando ou partindo, bagagens no trapiche e gente da ilha oferecendo hospedagem, lembranças artesanais, salgados quentes e bebidas geladas em caixas de isopor. Mas logo chegaria o frio, o movimento diminuiria e novamente veríamos as pilhas cônicas de tainha a se perder na praia.

Maio de 92. A guerra do lixo.

No Carnaval a ilha lotou de novo mas, agora, uma brigada de meninos e meninas já recebia cada barco com avisos e pedidos impressos numa impressora que compramos usada:

Favor evitar fogueiras,
fazer apenas braseiros.
Favor separar o lixo,
nós recolheremos.

Os turistas recebiam sacos plásticos, e os que traziam cachorro recebiam mais um impresso, junto com mais sacos e uma pazinha:

Favor recolher o cocô
do cachorro, para evitar
bicho-de-pé na ilha.

Os sacos plásticos eram de cores diferentes, para papel, plásticos, vidros e lixo orgânico, que ia logo para as valas de compostagem. O resto fomos amontoando nas duas pontas da baía, esperando o transporte para o continente prometido pela prefeitura, mas nem foi preciso: quanto mais chegavam perto as eleições, mais valiam nossos cem votos, e a prefeitura fez o galpão para a "usina" de lixo, na verdade apenas umas mesas de triagem, uma prensa para as latas e moedor para os vidros, coisa simples e quase rústica, mas funcionava. A cooperativa passou a ter uma renda fixa vendendo no continente vidro, metais, plásticos e papéis, além de criar meia dúzia de empregos. Pela primeira vez, a ilha começava a vencer a guerra contra o lixo, e a moçada e os velhos que trabalharam ali no primeiro mês nem acreditaram quando receberam o rateio da renda, uma velha me beijou a mão:

– Faz vinte anos que eu não ganho um dinheirinho de meu.

Contei a Marina, ela riu:

– Então o rei da ilha já está virando santo, hem? Vem cá, antes que fique santo demais – continuava se dedicando a completar o presente de Natal.

Junho de 92. Mais uma temporada de tainha perdida. Marina grávida.

Ela chegou com uma braçada de flores do mato, disse que tinha uma pequena novidade. A esta altura eu já tinha lhe falado um pouco de Quadrondo, como quem fala de um velho fantasma, e ela sorriu marota:

– Esperei mais de três meses pra ter certeza. Sabe por que estou barrigudinha assim? Você enfiou essa coisa reta no meu buraco redondo, e agora eu vou ser mãe e você vai ser pai!

Dezembro de 92. Muito trabalho, muito progresso!

Nossa pioneira impressora era conectada a meu computador já obsoleto, mas para uma cooperativa de pescadores era um sucesso naquela época. Nossa correspondência era sempre respondida, impressa em papel azul-celeste que Marina achou baratinho numa papelaria, e pedíamos cursos e instrutores a todo órgão público do litoral e da capital. Com nossa requintada correspondência em bela linguagem, sempre acrescentando recortes de jornais com reportagens e notícias sobre a ilha e a cooperativa, começamos a conseguir cursos de higiene, culinária, atendente comercial, controle de estoques, decoração, jardinagem, manejo de horta, corte e costura, hotelaria básica, coquetelaria, técnicas artesanais, técnicas de construção e até contabilidade, que só Davi e Valdo fizeram no continente.

O galpão-escola estava sempre ocupado à tarde, depois das aulas para a criançada de manhã, e a oficina de ofícios também – e, se preciso, usávamos a igrejinha. Acho que minhas poucas anotações dessa época não foram por falta de acontecimentos, mas de tempo. Naquele dezembro nasceu nossa filha Eva, uma beleza de nenê, mulatinha clara mas não de olhos verdes, castanhos como os meus. Meus filhos vieram e Ana andaria pela ilha com a nenê nos braços, responsável como uma mulherzinha, procurando as trilhas sombreadas para a irmã. O urso Fred ficou esquecido com a bagagem, e naquelas férias vimos que Ana começava mesmo a se tornar mulher quando apontaram os peitinhos. E Leo deixou de tomar banho de chuveiro junto comigo, escondendo com as mãos o tufo de pêlos no meio das pernas. Para a barba, passou a usar meu barbeador.

A ilha passou a viver lotada desde dezembro a abril, com os preços módicos e os serviços melhorados. Até os sorrisos melhoraram: fizemos convênio com a prefeitura, uma bateira passou a levar grupos ao continente para tratamento dentário. O candidato do prefeito foi eleito, e vários vereadores acreditaram que todos da ilha votaram só em cada um deles, conforme garantiu Davi a cada um.

– Com malandro, malandro e meio.

O Natal foi de muito trabalho também, mal tivemos tempo e ânimo de comemorar, atendendo turistas até quase meia-noite. Mas a alegria era geral, muitas casas tinham móveis ou aparelhos novos, pescadores tinham novos barcos, gente com roupa nova e novo sorriso. A casa no alto do morro já tinha mais dois quartos, a área da venda foi aumentada, os vestiários também, e começamos a plantar coqueiros nos pontos onde as fossas ficavam cheias; cresceriam coqueiros grossos e que dão mais frutos até que na Bahia, dizem baianos admirados, e doces como só. Os cocos dão água, da polpa fazem doce e a casca triturada vira adubo para as hortas da ilha, hoje tão famosas que aparecem em cartazes turísticos da prefeitura.

Janeiro de 93. Uma visita boa e uma estranha visita.

O engenheiro Carlos voltou, no mesmo barco em que voltou o turista parecido com Saramago, sempre de paletó e sapatos, mesmo andando na praia, que diabo, disse Marina:

– Nem parece que está de férias.

O engenheiro, ao contrário, não só estava de férias como feliz, com nova mulher, disse, graças a mim:

– Conheci na viagem de volta daqui, então não teria conhecido se você não me tivesse trazido pra cá!

Falei que ele podia me agradecer orientando como fazer um projeto de viabilidade econômico-financeira, para resolver nosso problema na pesca da tainha e outros peixes de temporada. Ele disse que nunca tinha feito esse tipo de projeto, mas já tinha lido muitos, ia tentar. Passou duas semanas na ilha, conversou com velhos pescadores, perguntou de tonelagens, épocas de temporadas e tipos de peixes, mercado consumidor, distâncias, preços, anotou tudo, quando foi embora prometeu:

– Um amigo economista me deve um favor, mando um projetinho pra você, só não sei quando.

O outro visitante deixou de parecer estranho quando, depois de dois dias saramagando pela ilha sem falar com ninguém e observando tudo, conversou comigo no mirante, o vento levando para longe as palavras:

– O senhor deve me achar esquisito, não?

– Não, aqui aparece todo tipo de gente.

– Até polícia federal? – e mostrou a identidade policial, fiquei esperando, ele não tinha pressa, mais calmo que relojoeiro. Perguntou se eu já tinha ouvido falar da Interpol, falei que já, mas que não sabia que brasileiros trabalhavam na Interpol.

– A Interpol é que trabalha com a polícia federal brasileira, é uma colaboração antiga e regular. E esta minha conversa com o senhor não é oficial.

Eu tinha viajado para a Alemanha – não? – no final de outubro e começo de novembro de 89, numa caravana de escritores, não tinha? Um dos escritores era um contista pernambucano, chamado...

– ...o senhor se lembra?

Claro que me lembro, falei, sem pensar na hora que esse tipo de perguntinha é truque policial para avaliar a sinceridade ou a espontaneidade da pessoa.

– O nome é Ricardo Henrique Telles. Que que ele fez?

Não era tanto o que ele tinha feito, o homem explicou, mas o que podia fazer.

– Tenho visto o senhor trabalhar nesta ilha, e já sabia do que o senhor anda fazendo por aqui, é gente de bem. Casou, vamos dizer assim, com uma moça mulata, não deve ser racista.

Só aí notei que ele também era mulato bem claro.

– O senhor sabe que esse senhor Telles tem ligações com grupos neonazistas em vários países da Europa?...

– Na Alemanha, sei que tem – falei e o homem não se alterou, sempre calmo:

– O senhor pode me contar como soube disso?

Contei do bar em que Ricardo Henrique se vestia de SS, e ele suspirou fundo olhando longe, no mirante a gente se põe a olhar longe.

– Sabe? – falou com voz cansada – A primeira coisa que o senhor precisa saber é que isso que me contou pode não valer para nada – encarou com um sorriso murcho – Não é crime se fantasiar de nazista.

Mas podia ser um depoimento valioso para confirmar a ligação do "senhor Telles" com os grupos neonazistas, caso antes conseguissem provar que ele já tinha acoitado no sertão de Pernambuco neonazistas fugitivos da justiça na Europa, conforme garantia a Interpol. Tinham rastreado a pista de cada fugitivo até Recife, e aí, na cidade do senhor Telles, os tipos sumiam. O problema é que a polícia brasileira procurava que procurava por todo o Nordeste e Norte do país, e nada, e não é fácil disfarçar um europeu nessas terras:

– Não é fácil mas, enquanto a gente não achar, não há como provar. E, de qualquer forma, agora que ele é deputado, tem imunidade, né...

Tudo aquilo me parecia tão estranho e meio ridículo como o mundinho fardado de Ricardo Henrique. Mas logo em seguida comecei a achar até natural, claro, era só mais um disfarce de um sujeito que conseguia enganar a família todo ano, criando um escritor de contos de lauda e meia, que ao mesmo tempo era um sujeito que se fardava em bares gays com outros "oficiais" SS... Deus, falei, como é que existe gente assim? Ora, disse o homem, existe gente de todo tipo:

– O senhor mesmo, deixou uma carreira profissional para viver nesta ilha, tem quem diz que é louco.

Falei que, como sócio duma venda que tinha virado um mercadinho, eu ganhava mais que como professor, além de estar mais saudável e ser mais feliz. Ele pediu desculpas:

– Falei sem pensar. Esta ilha desequilibra a gente.

Ou equilibra, falei, a gente fica mais humano, fica sincero:

– Não é bom dizer o que pensa?

– Na minha profissão, não – ele sorriu pela primeira vez – Mas vou ser sincero com o senhor: gostei do que está fazendo nesta ilha, melhorando tudo.

Quadrondando, falei, ele perguntou o que é isso, falei que é só um modo de falar da ilha. Ele me deu um cartão, caso eu lembrasse de alguma coisa mais. Perguntei se já sabia que o senhor Telles era gay. Ele disse ah, já:

– A Interpol vigia esse cidadão faz tempo. O que eu estranho – falou olhando o mar – é que havia gays no partido nazista, muitos entre os oficiais, até na SS, veja só, e no entanto oficialmente perseguiam os homossexuais. Contraditório, não?

– Talvez pensassem que os gays deles eram melhores que os outros gays.

É, ele sorriu pela segunda vez, talvez fosse isso. Perguntei por que tinha visitado a ilha já duas vezes, e ele acho que então foi sincero, disse que, na primeira vez, seguia os quatro alemães que ficaram no morro, na esperança de se encontrarem com algum dos fugitivos. Agora, tinha voltado para falar comigo. E tinha esperado dias para isso? Ora, ele falou, também merecia um descanso de vez em quando...

Quando se foi, joguei seu cartão numa gaveta. Ana e Leo também foram embora mais uma vez, ela emburrada querendo ficar, ele um homenzinho dizendo vamos, larga de ser criança. E, por falar em criança, em maio Marina ficaria grávida de novo e combinamos que o nome, claro, seria Adão.

Março de 93. Temos um projeto!

Veio num caixote de madeira entre placas de zinco fechadas com plástico grosso, aquilo podia cair no mar e não ia estragar nem molhar, coisa do engenheiro. Era uma pasta em duas cópias, com texto, muito texto, algumas tabelas e ilustrações, mapas, detalhando e projetando a possível produção pesqueira da ilha com uma grande câmara frigorífica, e também um setor industrial para corte e limpeza de filés de peixe, trabalho que podia empregar gente e dar boa renda para pescadores e operários. Congelados e embalados, os filés de pescado valeriam três vezes mais que o peixe inteiro. Seriam levados para o continente em caixotões de isopor revestidos de plástico duro, muito mais duráveis e garantindo perda zero de pescado. Os restos dos peixes virariam ração animal ou adubo.

Fomos levar ao gerente do banco, carrancudo ele olhou página por página, leu alguns trechos, depois disse muito bem, vamos examinar com carinho, perguntei do prazo para uma resposta. Sem prazo, disse o homem já levantando e estendendo a mão:

— Depende de uma avaliação técnica, que não compete a mim mas costumam sempre consultar o gerente da área, vou apoiar esse projeto.

Apertamos as mãos, saímos e, olhando da rua pela vidraça, vi que com a mesma mão ele pegou o projeto e enfiou numa gaveta, para em seguida atender sorridente um sujeito de gravata. A gravata, essa fita pontuda com que se faz um laço no pescoço, falei, parece que vale mais que tudo neste mundo. Abre portas, fura filas, recebe respeito e sorrisos, reverência.

– Então vou usar gravata – falou Davi, e pensei que estava brincando.

Eu jamais vou usar gravata, falou Valdo, e lembro que na viagem de volta fiquei olhando aquele moço estranho, trabalhador e solitário, não tinha namorada, não tinha amigos, dedicava as horas vagas à cooperativa, sempre fazendo alguma coisa pelos outros. Quando indiquei seu nome para presidente da cooperativa, esperei reações, afinal era um moço de vinte anos, mas a aceitação foi geral e depois, aos poucos, fui entendendo por que. Valdo era um líder tão natural que viver, para ele, era viver para os outros. Mas tinha também suas horas, que também fui descobrindo aos poucos. Acabado o serviço, meia-noite ou mais, ia para sua casinha enfiada na mata no sopé do morro, colocava fones de ouvido e dançava pelado no escuro. (Sei porque uma noite precisamos dele, fui chamar, chamei, ninguém atendeu, pensei que não estava em casa, acendi a luz para deixar um bilhete, lá estava ele dançando de olhos fechados, só com os fones de ouvido, coleando o corpo como uma cobra, para cima e para baixo, passando as mãos pela barriga, pelos peitos, pelas ancas – e estava com ereção, então apaguei a luz e voltei.)

Em festas, Valdo bebia e dançava sozinho, de olhos fechados, faziam uma clareira em volta, seu espaço próprio. Era pescador, carpinteiro, mecânico, comerciante, já tinha andado pelo mundo, como diziam, embora não tivesse ido além de Curitiba com Marina a tiracolo, no tempo em que queriam fugir da ilha. Mas, se ali eram pobres, muito pior era nas cidades, onde quase morreram de frio, Davi contou, e tiveram de pedir esmola para não passar fome.

Davi nunca tinha querido fugir, tinha estudado o colegial no continente e recusado emprego lá para voltar à ilha, onde agora passaria a andar só de gravata. Gravata com camisas de mangas curtas, e não retrucava quando diziam que tinha de ser o próximo presidente da cooperativa. Não porque estivessem insatisfeitos com Valdo, mas porque tínhamos decidido, em redondas reuniões na praia na primeira lua cheia de cada mês, que a diretoria não seria reeleita. Como disse um velho pescador:

– Pra não virar navio de um piloto só.

Um navio, era como viam agora a cooperativa, um grande barco invisível e onipresente em que estávamos todos, melhorando a ilha e a vida juntos, de modo que a ilha não vivia mais parada, navegava pelo tempo de mudança em mudança. Mudamos para outros fornecedores de mantimentos e diesel, passando dos varejistas para os atacadistas, escolhendo os que mais abatessem nos preços a vantagem de fazer grandes vendas. Os pedidos de cada família eram entregues na sede da cooperativa, uma casinha feita em mutirão no meio da baía, e duas vezes por mês Davi ia para o continente com a lista, orçava em três atacadistas e comprava no mais barato, deixando os outros dois saberem. Em pouco tempo o custo de vida diminuiu bem para os cooperados, e os que não eram cooperados começaram a aparecer nas reuniões pedindo para "entrar na cooperativa".

– Você já está na cooperativa – diziam para o cidadão no meio da roda de gente sentada na areia, em redor de uma quadrada mesa, um livro de atas e um lampião a querosene.

Valdo presidia as assembléias com discrição e elegância, pouco falando, e com uma suave firmeza quando preciso, para encerrar uma discussão inútil ou um orador palavroso, chamando os velhos de tio, todos, e as mulheres de tia, todas, e os jovens de primos:

– Fica quieto, primo, senão a gente te joga no mar.

Duas ou três vezes apareceram bêbados na assembléia, falando mais que a boca, foram jogados no mar. Crianças brincavam em volta das nossas reuniões, e uma noite um turista se aproximou, ajoelhou, pensando que era uma missa ou culto qualquer... E, quando a maré subia, tínhamos de desmanchar a reunião e continuar mais no alto da praia, e houve até uma assembléia que a chuva e o vento dissolveram, Davi correndo abraçado com o livro de atas, Marina grávida querendo pegar a mesinha.

– Deixa isso aí – gritei, era uma tempestade repentina, e ela disse que não:

– É o único móvel da cooperativa!

O computador ficava no chão quando a mesa ia para reunião, e a impressora ficava sempre numa cadeira. Havia também um armário, e com apenas isso fizemos tanto pela ilha, tantos cursos, tantas compras, tantos convênios e serviços. Hoje a cooperativa tem uma sede de alvenaria, várias salas e salões de cursos e computadores, mas meu velho computador está logo na entrada, na velha mesa, desligado e heróico ao lado de uma plaqueta informando que nesta mesa e neste computador começou a nossa cooperativa, e sempre há ali flores novas num vaso artesanal.

Julho de 93. Mais uma temporada perdida de tainha. Em Curitiba, um reencontro feliz.

Quando de novo os barcos esvaziaram as redes e deixaram pilhas de tainhas na praia, agora enojando os turistas do tempo frio, fomos de paletó até o gerente do banco, toda a diretoria, seis homens, os dois velhos tesoureiros emburrados de botar aquela roupa que só usavam em velórios e casamentos. O gerente mandou buscar cadeiras, formando uma meia roda diante da reta escrivaninha. Acomodados todos, perguntou o que podia fazer pela gente.

– O senhor está brincando? – Valdo perguntou suave e ficou esperando resposta.

Bem, disse o homem, devem querer saber do projeto do... armazém, era isso?

– Usina de peixe – disse Davi – Turismar Cooperativa Industrial e Comercial.

Ah, disse o homem, sim, claro, o projeto tinha sido encaminhado mas...

– ...até agora, não houve qualquer retorno. Vamos confirmar com a superintendência regional qual foi o encaminhamento.

Davi colocou na escrivaninha fotos das pilhas de tainhas na praia. O homem falou que compreendia o problema mas...

– Pimenta no zóio dos outros é refresco – disse um dos tesoureiros.

– Pimenta no cu também – disse o outro tesoureiro, e o gerente abriu a boca, fechou, engoliu, disse que o banco tem normas, há todo um processo... e eu levantei, abri a escrivaninha, enquanto ele levantava esbravejando, que é que eu estava fazendo, que é que estava pensando, e, enquanto Davi começou a gritar com ele também, aproveitei para achar nossa pasta azul entre outras na gaveta. Quando ele viu a pasta na minha mão, empalideceu, disse que tinha mandado a cópia. Não tinha cópia, disse eu, só entregamos uma via. Tiramos cópia, disse ele.

Funcionários acudiam, já vinham seguranças com a mão na arma na cintura e aquele ar de boi bravo, Valdo falou calmo:

– O senhor tem o endereço dessa superença, essa coisa regional que o senhor falou? É em Curitiba?

O homem fez um gesto para os funcionários acalmarem, outro para os guardas recuarem, sentou, tirou um cartão de outra gaveta, Davi pegou, recolheu as fotos, o banco de repente em silêncio.

– Eu falei – disse um tesoureiro – Só ajudam rico.

– Vambora que me dá nojo – disse o outro já levantando, fomos saindo os seis pelo salão silencioso, os funcionários agora faziam que não nos viam, os clientes olhavam de viés.

– Vão levar o projeto? – perguntou o gerente quando já íamos pelo salão silencioso, pensei é mesmo, temos cópia na cooperativa.

Voltei e deixei a pasta sobre a escrivaninha, ele sorriu amarelo. Vê se encaminha isso hoje mesmo, disse Davi, não vai te doer nada... Os velhos sorriam, e lá fora bateram nas costas dele, nas minhas, nas de Valdo:

– Temos orgulho docês, moçada, no nosso tempo a gente foi muito tonto.

Voltamos à ilha, pegamos a cópia do projeto e, no dia seguinte, fomos os seis paletós a Curitiba, alguém no ônibus perguntou quem tinha morrido. Chegamos já noite em Curitiba, comemos prato-feito, viajando com o pouco dinheiro da cooperativa, dormimos numa pensão e no dia seguinte, quando abriu a tal superintendência regional, sentamos diante do superintendente, que já nos esperava, disse, olhando os seis tipos de paletós amarrotados.

Ele tinha a pasta nas mãos. Nem precisamos falar, o homem suspirou balançando a cabeça, disse que infelizmente o gerente do "setor litoral" tinha tomado por conta própria decisões indevidas:

– Mas respaldado, diz ele, em experiências anteriores semelhantes que não deram certo.

– E ele é juiz pra julgar? – Valdo perguntou, o superintendente engoliu. Desculpem, disse finalmente, o modo que o banco tinha de se penitenciar era enviar o projeto para o setor competente com a devida recomendação de urgência.

– E com que prazo pra gente ter uma resposta, doutor? – Davi começou a colocar as fotos na escrivaninha – Porque ano que vem chega o tempo de tainha de novo, olhaí a perda deste ano, sem falar que a pesca parou no meio da temporada já por falta de armazém. Se a gente tivesse trazido uma tainha, o senhor ia sentir como fede, imagine tanta tainha. Que prazo, doutor?

Os senhores devem compreender, começou o homem, mas um dos velhos falou seja homem:

– Responde o que o menino perguntou.

Qual o prazo, falou o outro velho, qual o prazo. Já recebemos até telefonema do vosso prefeito, disse o homem, e também de um deputado (Davi e Valdo tinham disparado seus telefonemas da rodoviária, discando a cobrar), mas o fato é que não havia um prazo em casos assim, podia o banco concluir pela necessidade de uma vistoria técnica *in loco*.

– Ih... – falou Davi – Começou a falar latim, não vai dar nada.

Os velhos levantaram, foram saindo. Davi de novo recolheu as fotos, peguei nossa pasta, saímos com o homem garantindo que daria atenção especial, recomendações ao setor técnico, e lá fora Davi perguntou que diabo é um setor. É o cu da burocracia, falei:

– Tudo que não conseguem ou não querem resolver, enfiam no setor competente.

Os velhos riam, estavam felizes, eram um de cada ponta mas se descobriam tão semelhantes que pareciam amigos de infância se reencontrando. Passando pelo Teatro Guaíra, a caminho da rodoviária, parei para ler os programas, e lá estaria naquela noite o poeta Carlos Frederico, o Poeta da Paz, como agora se anunciava, com seu recital Baú dos Sessenta.

– É isso mesmo – disse ele me batendo nas costas – Assumi a idade, professor!

O poeta estava ali na rua como uma aparição, tinha ido reconhecer o palco, disse, desceu do táxi e me viu. Os outros foram para a rodoviária mas, como o ônibus demoraria ainda uma hora, falei que ficaria mais um pouco com o poeta. Ele perguntou o que eu andava fazendo, não ouviu o que respondi, me levou para o tal reconhecimento do palco do Guairinha, um teatro menor lá dentro. Lá bateu palmas, declamou alguns poemas curtos, achou que estava tudo em ordem.

– Ganho a vida agora assim, professor, dando recitais. Aí o livro vende, ganho a bilheteria, peço hospedagem à prefeitura, um camelô da poesia! Fazer o que? É a globalização! Meu próximo recital vai se chamar *A Hora do Lobo...*

Na bilheteria, havia fotos de recitais dele em outras capitais, teatros lotados, auditórios repletos.

– Descobri que a moçada gosta de minha poesia, professor, mas infelizmente ou felizmente, já nem sei mais, não gostam da minha poesia social, política, histórica, nada disso, gostam dos poemas de amor, dos poemas de infância e humanidade pura e simples... Sabe que se eu soubesse disso desde o começo eu...?

Falei que, se ele quisesse aparecer na ilha um dia, poderia dar um recital debaixo das estrelas numa linda baía ao luar.

– Nossa, virou poeta também, professor? Que ilha é essa?

Eu já tinha falado a ele da ilha, mas ele nem tinha ouvido. Deixei um cartão da cooperativa, falei que precisava ir, ele ficou olhando o cartão, levantou os olhos para me falar alguma coisa, eu já estava acenando de longe.

Voltamos para a ilha com os paletós nos braços, mergulhamos nos serviços diários e esquecemos de novo a temporada da tainha, exemplo maior das temporadas de peixes perdidas todo ano na ilha.

Outubro de 93. Davi é eleito presidente, Valdo começa a deixar a ilha.

Davi foi eleito por aclamação, na praia branca de luar, alguns turistas vieram ver o que era, uma festa? Fizemos então uma festa, não planejada, trazendo para a praia comida, bebida, latões para lixo, e em braseiros cavados na areia assamos lingüiças e salsichas em espetos de bambu, garrafões de vinho circularam e juntaram-se violões e pandeiros da ilha e de turistas, dançaram com a música e Valdo dançou sozinho fechando os olhos.

– Dançar será para ele um jeito de sair da ilha, desligar-se daqui? – perguntei a Marina. Não, disse ela:

– É um jeito dele se encontrar.

Logo depois Valdo arranjou um curso para fazer no continente, perguntei curso do que. De dança, falou.

– Que dança?

– Ainda não sei, vou provar todas.

Davi contou então que desde rapazola Valdo dançava, no tempo frio ia para uma prainha da ilhota, vazia, dançava sozinho e sem música na areia molhada e fina, dançava horas assim, às vezes só de sunga, às vezes com uma toalha ou um lençol. Marina contou que Valdo moleque fugia para o Carnaval em Antonina ou Paranaguá, ia dançando atrás de bloco, de caminhão de som.

– Eu vou deixar a ilha um dia – confessou Valdo uma noite diante de um braseiro, parece que o fogo chama as confissões – Só não sei como.

– Você vai deixar a ilha dançando – profetizou Marina amamentando Adão.

1º de janeiro de 94. Começa o Calendário da Ilha.

Davi apresentou numa assembléia a idéia de um calendário de festas para a ilha, começando com o Dia de Reis, passando por Carnaval, Páscoa, festas julinas, Semana da Pátria, Natal na Ilha:

— Fazemos fogueiras na praia, em tambores, soltamos uns fogos de artifício bonitos, fazemos uma grande ceia ao ar livre. E no aniversário da ilha, fazemos mais uma grande festa!

Alguém perguntou que dia era o aniversário da ilha, nem a Velha lembrava disso, ninguém sabia ao certo.

— Isso é tão relativo – disse Davi – que podemos escolher qualquer dia, então que seja em agosto, que não tem nenhuma festa. Melhor ainda se for num sábado, o turista vem na sexta e fica até segunda...

Resolveu-se assim que o aniversário da ilha é sempre no primeiro sábado de agosto, porque é começo de mês e corre mais dinheiro. Fizemos um cartaz com o calendário e fotos da ilha. No Carnaval, quando a ilha lotou novamente e o trapiche chegou a ficar quase impraticável de tantos turistas pescando ali, o poeta chegou numa lancha voadora, trazido por uma fã que se despediu com um beijo na boca.

— Ainda desperto paixões – disse ele – Ou será minha poesia?

Vinha conhecer a ilha tão falada pelos intelectuais de Curitiba, eu sabia? Sim, lá nos bares enfumaçados que eram os mares de Curitiba, sujeitos ilhados em mesas quadradas, em redor de bolachas redondas de chope e redondos copinhos de conhaque, resolviam que eu era um mito, o intelectual auto-exilado numa ilha, muitos me invejavam, embora não quisessem me imitar. Trazia malas e bolsas o poeta, inclusive um quase baú cheio de livros:

— Aprendi a andar prevenido. Quando me perguntam onde podem comprar meus livros, digo comigo mesmo, sempre com alguns nos bolsos do casaco.

Continuava com longos casacos, mas agora de qualquer cor:

— Deixei de ser uma bandeira viva.

Os longos cabelos agora eram cortados quase rente, e tinha passado a usar chapéus – uma das malas era só de chapéus – e o visual continuava, disse, marcante, não?

– Não é vaidade – garantiu – É questão profissional, o público exige do poeta uma identidade visual, um tipo, um Mallarmé levando sua tartaruga verde a passear pelas ruas.

Começou a dar autógrafos já no trapiche, reconhecido ou se fazendo reconhecer, e ao chegar na venda para conhecer Marina, já tinha resolvido dar um recital naquela noite mesmo, não na praia, pois não queria competir com o mar, o rumor das ondas seria pior que ar-condicionado barulhento, o ideal seria num dos terreiros debaixo dalguma grande árvore, bastavam dois refletores ou um holofote para a iluminação. Como não tínhamos nem uma coisa nem outra, Marina disse que poderiam acender muitas velas e lampiões e lamparinas, ele achou lindo:

– E entendo agora, também, o seu tão falado exílio, professor, tocado por uma fada morena!

Marina continuou a trabalhar, fui ciceronear o poeta pela ilha, conheceu a cascata, a praia, onde molhou só os pés:

– Um poeta só pode se desnudar na juventude, meu caro.

Alugou uma casinha para o final da semana, dormiu no fim da tarde, lá pelas nove apareceu no terreiro já com lampiões acesos nas árvores, deixou a mala de livros sobre a mesa da cooperativa ali em missão artística, e começou a declamar para uns poucos turistas. Em pouco tempo, já declamava para uma roda. Depois, teve de atender pedidos de bis, entre aplausos, e autografou livros para uma fila longa de gente. Marina fazia as vendas, dava troco, ele agradeceu com um livro onde assinalou um poeminha para nós:

Casal de andorinhas
bem ou mal
voam juntinhas

Marina ficou amiga e fã do poeta, comprou outros livros e foi quem teve a idéia:

– Por que não uma noite da poesia no calendário da ilha?

Assim surgiram as noites de poesia na ilha, primeiro em novembro, outro mês fraco, depois todo mês, no segundo dia de lua cheia, que o primeiro continuou sendo da nossa assembléia. Todas as cooperativas que sofrem com o descaso dos cooperados e a pouca presença nas assembléias deviam seguir nosso exemplo: assembléias ao ar livre na lua cheia.

As noites de poesia também têm música, músicos vêm do continente até com violoncelo, e chegam a formar vários grupos em vários terreiros, cantando e declamando até amanhecer, aí vão todos para o mar, alguns se banham pelados e isso atrai ainda mais gente no ano seguinte. Todo ano o poeta vem para ao menos uma noite, e da última vez, na virada do século, estava com artrite, as mãos não conseguiam mais autografar direito, mas declamou com paixão um poema ao novo milênio.

Fevereiro de 94. Carta a Herr Helga.

Guardei cópia:

Prezada Helga:

Peço um grande favor, que no entanto não será difícil: procurar um bar provavelmente gay, onde há um hall com uma parede com cabides, no alto uma foto de um comício nazista. As mesas são redondas e na fachada havia uma placa retangular de metal, mas não me lembro o nome.

Preciso apenas isso, o nome do bar.

Eu tinha visto numa revista do banco uma foto de Ricardo Henrique sorridente, o deputado pernambucano licenciado era o novo diretor nacional de crédito agrícola, graças às alianças partidárias alçado para um cargo federal. Todos os financiamentos para agricultura e cooperativismo no país agora passavam pelas suas mãos. O contista de linguagem universal e neonazista enrustido estava no poder numa democracia, daí minha carta para Helga.

Ela logo respondeu que tinha achado fácil o bar, perguntando a um amigo gay, e tinha achado mais: *Num painel de fotos de freqüentadores, lá está imagina quem? O seu colega contista!*

Ela não estranhava, escreveu, o fato de ele ser gay, *não só porque também sou mas porque sou uma democrata convicta*, estranhava eram as fardas do contista e seus amigos. Então escrevi novamente contando a história do contista e seu pai nazista, seu envolvimento com os tais grupos neonazistas até em outros países, conforme a polícia, e agora era diretor de crédito agrícola de um banco público nacional! Ela não poderia, em nome de suas convicções democráticas, tirar aquela foto do painel e me enviar?

Numa semana, a foto chegou, Ricardo Henrique rindo com taça de champanhe entre outros SS sorridentes nas suas fardas cheias de botões. Junto, um recado de Helga avisando: ele sempre poderia alegar que era uma festa a fantasia... Bem, pensei, mas sempre terá de se explicar...

Contei a Marina o que ia fazer, ela disse que eu devia saber o que fazia, e que Davi devia ir junto comigo. Não, a viagem seria de avião até Brasília, eu não queria gastar dinheiro da cooperativa numa empreitada de resultado incerto, ia pagar do próprio bolso. Telefonei a Brasília, falei com a secretária do "Dr. Telles", perguntei se ele estaria lá toda a semana, ela perguntou por que, falei que era para enviar um presente; ah, sim, estaria lá toda a semana, quem falava? Desliguei, fiz minha maleta, com paletó e gravata, desci em Brasília, fui direto do hotel para a sede do banco, engravatado.

As portas foram se abrindo para a gravata e para o cartão da cooperativa, até a ante-sala do chefe de gabinete. Dei o cartão, falei que Doutor Telles me conhecia, o homem levou o cartão e me preparei para um chá de espera, mas ele voltou com o próprio Ricardo Henrique. Estava levemente grisalho nas têmporas e de terno impecável como sempre, com colete e pérola na gravata. Me deu um seco aperto de mão, mandou entrar e sentar e abriu os braços:

– Quem diria, hem, professor? Me pegaram para cuidar dos roçados da república!... Mas a que devo a visita do colega da viagem mais inesquecível da minha vida? Ver aquele muro caindo foi incrível, não?

Foi, disse eu:

– Mas coisas incríveis acontecem. Depois daquela viagem, muita coisa incrível também me aconteceu.

Não diga, disse ele, e olhou o relógio, então contei em poucas palavras:

– Deixei a universidade. Fui viver numa ilha no litoral do Paraná. Casei (foi a primeira vez que usei a palavra) com uma mulher mais de vinte anos mais nova. Fundamos uma cooperativa de turismo e pescadores na ilha.

Primeiro ele ouviu apenas formalmente interessado, mas logo foi se inclinando para a frente atento a cada palavra:

– Mais de vinte anos mais nova, professor? Desculpe, nem sei como lhe chamar depois de tanta mudança.

– Me chame de Terra. Tive dois filhos com essa mulher. Ela é mulata clara, quase como você.

– Eu?! – ele voltou para trás na poltrona, com as mãos no peito como se tivesse levado um tiro.

– Você, senhor Telles. Seu pai era alemão mas sua mãe deve ter sido mulata, não? Então, se quiser ser racista como os seus amigos alemães, tem de ser racista até contra você mesmo.

Ele pousou as mãos sobre o tampo da escrivaninha enorme, luzidia como um boto quando sai da água, o escritório era um luxo e lembrei da nossa mesa na casinha da cooperativa.

– Mas veio me visitar para comentar minha árvore genealógica, Terra? – ele trançou as mãos, eram claras e então me passou pela cabeça que ele evitava tomar sol para não acentuar a morenez escondida debaixo daquela palidez, indo para a Europa fria no verão brasileiro; enquanto a família ia para a praia aqui, ele, o contista universal ia pelo mundo dos arianos botando farda e dando o rabo.

– Sua família nunca desconfiou da sua vida dupla, senhor Telles?

As mãos se afastaram e se fecharam.

– Meu caro – a voz fria – aquilo passou. Hoje sou uma pessoa pública.

– Por isso mesmo.

Um vivente de ambientes com ar-condicionado, um peixe pálido no seu aquário de vidros fumê no décimo andar, e que, no entanto, podia decidir entre o fracasso e o sucesso de tanta gente trabalhadora de sol a sol, como meu pai que viveu esperando respostas do banco para plantar, estocar a safra, receber seguro, sempre esperando do banco, sempre receoso do gerente do banco não gostar quem sabe até do jeito da gente andar, sempre querendo agradar o gerente sem saber como, tinha medo de dar uma bebida ruim ou ofender com uma leitoa ou um saco de laranjas...

– Nossa cooperativa de pesca tem um projeto encalhado no banco.

Ele sorriu:

– Cooperativa de pesca com projeto encalhado... Muito sugestivo, mas já passou pela área técnica?

– Nem sei onde anda. Mas não interessa. Eu trouxe cópia.

Tirei da pasta o projeto, deixei na escrivaninha, um retângulo azul e fosco sobre o grande retângulo brilhante, ele levantou as mãos:

– Não posso nem pegar sem antes passar pela área técnica.

Mas ele mesmo podia encaminhar para a área técnica, pedindo urgência, não?

– Não é assim que fazem com os projetos dos usineiros, dos grandes fazendeiros, dos grandes enfim?

– Você tem uma visão romântica do mundo, meu caro – ele voltou a entrelaçar as mãos – Aqui todo projeto é examinado tecnicamente, seja de quem for ou de que tamanho for, pois o banco precisa reaver o capital investido, para poder continuar financiando a produção, seja do pequeno ou do grande, é simples assim.

Na velha vida, a minha vida antes da ilha, eu freqüentava uma sauna com muitos bancários, e sabia que o banco tem uma dívida enorme, maior que o próprio patrimônio, e que não consegue receber porque é quase toda de grandes devedores, usineiros, fazendeiros, empresas estatais e grandes empresas que, mesmo devendo há décadas, continuavam fazendo negócios com o governo – mas eu não tinha ido lá para discutir isso, do banco só queria dinheiro a prazo bem longo com juros bem baixos.

– Bem... – tirei da pasta a foto dele no bar alemão vestido de SS e pousei na escrivaninha – Acho que você pode apadrinhar esse projeto, sim, não é assim que falam?

Ele olhou a foto, me olhou, olhou a foto, as mãos se soltaram de novo e de novo se fecharam, antes de me olhar agora com os olhos estreitos, falou com a boca quase fechada:

– Sabe que isso é chantagem, não?

– É mesmo – apontei o telefone – Pode chamar a polícia.

Ele voltou a me olhar, olhar a foto, me olhar, até que pegou a foto e rasgou em pedacinhos, devagar, me olhando de viés, avaliando, e lhe poupei trabalho:

– Tenho cópias no computador, e outras fotos (menti lembrando de Davi: *mentir pro bem, relativamente, não é ruim*).

Ele enfiou a foto picada no bolso do paletó, eu continuei:

– Na verdade, essa foto nesse bar é só um ponto numa linha, não é? Uma linha que sai da Alemanha e passa por vários países até chegar ao Recife, não é?

Ele empalideceu mesmo com aquela palidez, me deixando ver que eu tinha acertado, jogando com o que sabia, esperando que ele completasse mentalmente com o que eu não sabia, pensando que eu sabia muito mais do que sabia, não é assim que os policiais fazem nos filmes?

– A sua vida sexual não me interessa – falei frio – Sou um democrata convicto (dediquei esta parte a Herr Helga).

Ele voltou a entrelaçar as mãos, mas agora apertando.

– Por isso mesmo, me deprime ver um neonazista num cargo público tão importante para nossa mulata gente...

As mãos quase brancas se separaram devagar, como se cada uma não quisesse largar a outra, mas se largaram e uma se enfiou no bolso do paletó onde estava a foto picada, outra repousou na escrivaninha: ele era dois até com as mãos, mentindo certamente com o olhar vago:

– Mudei muito, meu caro, e aquilo era uma bobagem de juventude, com um pouco de reverência a um pai que não conheci, e... Enfim, mudei muito. Jamais praticaria qualquer restrição a qualquer raça aqui, até porque os projetos vêm sem fotografia nem ficha étnica, meu caro! – e se inclinou para a frente com os olhos bem abertos e a testa vincada de uma teia de rugas paralelas:

– Eu mereço uma chance, será que não mereço?

– Nosso projeto também – apontei – Fica uma coisa pela outra.

Ele abriu a boca, peixe tomando ar, soltou o ar, olhou a pasta, pegou, folheou:

– Deixe comigo. Será um prazer contribuir para o progresso da ilha... como é o nome, Turismar?

– Esse é o nome da cooperativa na Ilha do Meio.

Ele me olhou de lado, sorrindo torto:

– Você tem orgulho disso, dessa cooperativa, dessa ilha, não?

Falei que orgulho é pra quem se dá muita importância, mas fazer o que? Tenho orgulho sim, falei:

– Orgulho de ter mudado de vida, e por isso te dou essa chance, cara.

Ele piscou espantado, como se tivesse levado uma leve bofetada.

— É, cara – e tirei da lapela o cartão do polícia federal, com o brasão da República bem visível, agitei diante do nariz dele – Te dou essa chance, confiando que nosso projeto vai ser aprovado direitinho, que nem fazem com os grandes projetos, certo?

— Certo – ele sorriu engolindo.

Saí sem dar a mão. Lá fora fazia um dia azul e seco típico do planalto, disse o taxista, e não pude deixar de pensar que era um dia ótimo para manobras militares, a sorte estava lançada, como diria César.

Junho de 94. A cooperativa se quadronda.

O projeto foi aprovado, o gerente do litoral mandou carta levada por um contínuo, um homem bem grisalho que estava para se aposentar e, depois que entregou a carta e comeu uns doces, revelou:

— Nunca me usaram pra entregar carta em ilha, pra isso usam o correio.

— Acontece – disse Marina – que a gente é uma ilha especial.

As parcelas do financiamento iriam saindo conforme a obra andasse, e Adão começou a andar no dia em que bateram a primeira estaca. Carlos aceitou tocar a obra pela tabela do sindicato dos engenheiros, vinha quase toda semana, o mestre-de-obras era do continente e o pessoal era todo da ilha. Ergueram as paredes, ajudaram operários especializados a instalar a cobertura metálica, depois o forro, as paredes refratárias, as portas selantes, finalmente o refrigerador, as esteiras rolantes, os chuveiros sanitários, os tanques de coleta dos restos, para em outro setor virarem ração para gatos. As câmaras de resfriamento e congelamento, juntas, conservam oitenta toneladas de filés pré-embalados, para venda até a restaurantes e hotéis das capitais, acabam viajando de avião os peixes da Ilha do Meio.

Os turistas vêm para a ilha o ano inteiro. Aqueles moços alemães, por exemplo, inauguraram um fluxo anual de jovens alemães com suásticas e águias tatuadas. Agora não escondem mais as tatuagens, mas continuam a se isolar em barracas no alto do morro, tomando banho em praias desertas e fazendo penosas caminhadas pela região do mangue. Quem gosta de sofrer, que sofra, diz Davi, mas desconfio que exercitam sonhos militares. Davi prefere ignorar:

– Desde que paguem o que comem, cuidem do lixo e respeitem os outros, por mim podem se tatuar até na bunda.

Não lembro mais quando foi, teria de consultar o livro de atas, mas a cooperativa um dia quadrondou. Sempre houve e parece que sempre haverá os que não entraram para uma cooperativa, acreditando que não vai funcionar, ou que serão roubados, como há os que, mesmo cooperados, continuam com mentalidade individualista, tentando apenas usar a cooperativa, do mesmo modo como antes tentavam enganar turistas ou levar vantagem em tudo. Mas a maioria passou a cooperar por crença, não mais apenas por proveito, vendo que o proveito decorre da crença, depois da primeira fase em que a crença decorreu do proveito, ou dos resultados que a cooperativa foi alcançando. Ou como diz Marina:

– Se gente não melhorasse, não merecia ser feliz.

O quadrondamento da cooperativa ficou claro numa eleição para renovar diretoria, a primeira realizada não a céu aberto, mas no galpão das oficinas de artesanato, porque chovia. Todos em pé, pois sentados não caberiam ali, Davi, então o presidente, começou falando que era hora de mais gente ajudar:

– Até hoje, tem sido a mesma dúzia de pessoas que tomam conta da nossa cooperativa, mas eu quero viver mais a minha vida, vou casar.

Ele tinha começado a namorar minha filha desde as férias passadas, e Ana me dizia que queria morar na ilha. O que eu não sabia era que, naquele dia, ela já estava grávida daquele homem que conheci rapazola e que, agora, tinha uma barba cerrada, um olhar calmo e uma voz amadurecida:

– Se mais gente não estiver disposta a dirigir, será sinal de que a cooperativa foi só sonho de alguns e vai acabar morrendo quando esses poucos saírem ou morrerem, de modo que é melhor então que morra já. Portanto pergunto: quem está disposto a dar tempo e trabalho pros outros?

Eu esperava meia dúzia de mãos se levantando, mas se levantaram dúzias, a maioria. Depois da eleição, também foi aprovado o novo organograma, que não é mais piramidal, com a diretoria no topo e os departamentos embaixo, mas redondo, com os departamentos e setores em volta da diretoria. Depois Davi me olhou e falou baixinho:

– Quadrondou, sogro.

Daqui para a frente, não é preciso mais consultar anotações, até porque não anotei mais nada, enredado nas coisas da cooperativa e da ilha, até que, no ano 2000, conseguimos renovar totalmente a diretoria, inclusive dos vários setores, sim, agora a cooperativa também tem setores: administração, produção, comercialização, que os novos chamam de marketing, e educação, sim, os cursos continuam, só que agora temos mesmo uma escola técnica com laboratórios e tudo mais, jovens de todas as ilhas vêm estudar aqui. Pescamos, cortamos, embalamos e até exportamos filés de vários tipos de peixe durante o ano, tainha defumada, sopa de mariscos enlatada, com emprego para todos os jovens da ilha e de algumas ilhas vizinhas também.

Assim começou a acontecer o contrário de antes: em vez de jovens da ilha saírem para casar fora, jovens de fora passaram a casar e morar na ilha, começando a quebrar a espiral de consangüinidade. Também as duas pontas deixaram de se mal querer, com as filhas e filhos renegados voltando a freqüentar livremente a casa dos pais, até porque as mães novas tinham de deixar os filhos com as avós para trabalhar, quando a ilha ainda não tinha creche.

Alguém finca estacas na praia, à noite teremos alguma festa. O calendário da ilha funciona, muita gente vem para as festas, voltam nos últimos barcos noturnos, agora as linhas de barco funcionam regularmente, tocadas por pilotos das ilhas, os meninos filhos dos velhos pescadores, que, quando cheguei aqui, não sabiam o que fazer da vida além de pescar, mas já conheciam toda essa imensa Baía de Paranaguá.

Davi casou com Ana e é vereador, eleito com votos de todas as ilhas pela primeira vez, e três vezes por semana vai às sessões da Câmara no continente, continua usando gravata e alguns dizem que pode ser prefeito um dia. Ana diz que não, teria de viver no continente e ela sempre disse que quer viver na ilha; Ana, quem diria, minha menina que virou moça que se tornou mulher e, nem acredito, lá está na praia com minha neta a brincar com o velho urso Fred que eu trouxe da Europa no século passado...

Valdo deve estar dançando em algum ponto da Europa. Um dia voltou do continente com um amigo, um sujeito que desmunhecava e pintava até as sobrancelhas, perguntei a Marina se Valdo não estaria virando gay.

– Invertido? Ele sempre foi, você não sabia? Pensei que soubesse!

Falei que não só não sabia como achava que eles tinham tido um, digamos assim, caso, namoro interprimos, como ela quisesse chamar, e ela riu:

– Eu e o Valdo? Só fomos companheiros, de subir na cascata, de fugir da ilha juntos, de andar juntos pelo mundo, só! Com ele eu nunca tive nada, bobo, que além de primo o Valdo sempre foi assim...

Quanto ciúme, portanto, passei à toa. Acho que eu era um quadrado. Marina me arredondou, a ilha me quadrondou. Mas ainda duvidei:

– Por que então você apagou o coração pintado lá na nascente da cascata?

– Porque você achou aquilo tão importante, ué, pensei comigo que que custa ir lá e apagar aquilo pra deixar esse homem em paz? E fui e apaguei, só da tua cabeça que nunca apagou, não é? É que você nunca perdoou, quem perdoa esquece, apaga da mente, olha pra frente!

Valdo foi em frente, ganhou bolsa, foi estudar no Teatro Guaíra, depois foi para São Paulo, Rio, Londres, manda cartões agora de onde está dançando, passou por três companhias e agora é primeiro bailarino. Nas fotos, está sempre com um namorado diferente e Marina só diz tomara que use camisinha.

Marina se tornou uma jovem senhora a comandar turmas de meninas e meninos estudando, coletando flores e sementes para artesanato e aproveitando para vigiar o ambiente, pintou fumaça já vão ver o que é. Crianças de turistas são convidadas a se juntar à vigilância das nossas crianças e, às vezes, chegam a intimar os próprios pais: por que não separam o lixo direito? E por que joga cigarro no mato? (Fico a lembrar dos meninos alemães que, no tempo do nazismo, chegaram a denunciar os pais ao partido, mas os fins são tão diferentes como um quadrado de um redondo.)

Isso faz lembrar Herr Helga, que apareceu num verão, com a namorada a tiracolo, muito curiosa da ilha, eu tinha lhe mandado uns calendários, e disse esperar que aquela foto tivesse me servido. E como serviu, disse eu, e lhe mostrei a fábrica, os setores da cooperativa, os tanques de compostagem, os açudes, as áreas de acampamento e as hortas, as árvores frutíferas dando as primeiras floradas, os coqueiros anões carregados de cocos ao alcance da mão, os avisos impressos em nossa impressora alemã com computador de última geração, como dizem. Um dos impressos mostra um turista a apanhar um coco, e os versinhos de Leo:

Adão perdeu o paraíso
por causa de uma maçã:
que que custa ter juízo?

Apenas os ilhéus colhem os cocos, jovens em brigadas com sacos de lona da cooperativa, parece um ritual ambulante e os turistas olham, ficam com sede de água de coco, vão comprar nos bares, vendas e lanchonetes agora decorados e com pessoal treinado, agradam até aos mais exigentes turistas, justamente os alemães: a vida encaixa as coisas nos seus quadrondos mecanismos e ainda se permite ironias.

Sim, meu filho tornou-se poeta. Começou na ilha, há uns dois ou três anos quando, vendo um poente lá do mirante, procurou pelos bolsos, achou uma folha dobrada em quatro, procurou mais, achou só o canivete, que devolveu ao bolso, perguntou se eu tinha caneta. Anotou no papel já com anotações, perguntei se eram coisas da faculdade, não estava de férias?

— Estou escrevendo umas coisas, pai – e corou – Acho que é poesia.

O poeta Carlos Frederico me deu parabéns, na última vez em que esteve na ilha, usando bengala mas mantendo o porte, anunciou que passou a fazer recitais à luz de velas, depois da ilha, e faz sucesso até na Europa:

— Não entendem uma palavra e acham lindo!

Declamou para noruegueses, ao lado duma enorme fogueira, para suecos diante de enormes lareiras de hotéis, em recitais que, mesmo quando reúnem pouca gente, pagam ótimo cachê:

— A ilha me iluminou, deixei de ter mágoa com o próprio repertório, hoje dou ao público o que o público quer – e sabe o que acontece?

O público cresceu a ponto de poder dar recitais públicos de graça, e ganhar muito bem apenas com os recitais pagos e caros, quanto menor o local, mais caros.

– Assim faço minha própria justiça social, meu socialismo poético!

Talvez eu encontre o poeta dando recitais nalgum lugar da Europa ano que vem, vamos passear um pouco, chega de só ganhar dinheiro, como diz Marina, vamos também gastar dinheiro. Vou rever o Muro, dizem que em muitos pontos já não se vê sinal dele. Que pena. Deviam ter deixado trechos, como também não deviam ter quebrado aquelas enormes estátuas de Stalin e Lênin, agrupadas dariam um belo parque, onde mostrar às crianças os monstros que as teorias conseguem criar. O menor de nossos morros é maior que a mais alta daquelas estátuas, e está em pé há muito mais tempo e mais tempo ainda ficará, e também o mais alto edifício do capitalismo não tem um riacho a brotar no umbigo.

De resto, como diz Davi, tudo é muito relativo. A inflação se foi, os negócios da ilha prosperaram ainda mais, o problema agora é troco. Jovens cooperados acham que devemos criar um sistema de fichas, o turista chega, troca dinheiro por fichas, e gasta onde quiser, todos os ilhéus aceitarão as fichas, depois trocarão por dinheiro na cooperativa, que também devolverá todo dinheiro de fichas não usadas pelo turista. Outros acham que isso seria criar um dinheiro próprio na ilha, iria espantar turistas e talvez seja até ilegal, afinal com moeda própria a ilha já seria quase uma república na república.

Por falar em república, o homem da Interpol, como passei a chamar, visitou de novo a ilha, e desta vez visitou mesmo, como turista apenas e também para me "contar umas novidades e fazer uma pergunta". Podia ter telefonado, mas disse que tinha preferido vir para molhar os pés, e incrivelmente tirou os sapatos e molhou os pés na prainha com as calças enroladas. Depois contou que estava feliz, nosso deputado neonazista não tinha sido reeleito, tinha perdido o cargo no banco e ainda podia ser indiciado numa Comissão Parlamentar de Inquérito.

Afinal, disse o velho polícia com os pés na água, existem polícias honestos e que querem fazer o serviço:

– Prender bandido e botar na cadeia.

Contou que um dos fugitivos neonazistas, acoitados por Ricardo Henrique no Nordeste, tinha matado pessoas árabes com bomba num bar, e outro tinha incendiado uma pensão de imigrantes, para falar apenas dos dois mais procurados.

– Agora estão localizados e vão ser presos, vão acabar enviados de volta à Alemanha. Mas o senhor Ricardo Henrique se safará, a menos que...

A menos que haja elementos, conforme sua linguagem policial, elementos para municiar uma Comissão Parlamentar de Inquérito.

– É melhor que inquérito policial, pois os deputados podem passar por cima de burocracia.

Contou também que, depois de dois mandatos como deputado estadual, Ricardo Henrique tinha aposentadoria, aliás não pequena, à custa de dinheiro público tão parcimoniosamente distribuído para, por exemplo, financiamentos a cooperativas... O velho polícia, com sua cara de Saramago e os pés atolados na areia molhada, botou a mão no ombro:

– Um testemunho do senhor, de que viu esse cidadão ter contato com neonazistas na Europa, será de grande valia.

Falei que ia pensar. Pensei até em falar a ele da foto enviada por Herr Helga, o nosso homem de farda nazista junto com outros fardados... mas preferi pensar melhor, lembrando que os moços alemães se tornaram freqüentadores anuais da ilha, vêm em bandos todo julho e todo janeiro, compram muita bebida, levam muito artesanato, são bons fregueses, como se diz no comércio.

À noite, falei com Marina na cama:

– Sabe esses alemães tatuados com suásticas que vêm todo ano?

Os toupeiras, disse ela, o povo da ilha chama de toupeiras, porque gostam de se esconder. Contei o que o polícia me contou, contei de Ricardo Henrique, seus fugitivos, suas idéias, o neonazismo, e me surpreendi com a reação dela:

– Eu sei o que esse pessoal é. Tem no Brasil também. Outro dia mataram dois moços em São Paulo, vi na tevê, são gente ruim.

Falei do convite do polícia, para eu depor numa CPI. Deixei claro que posso sofrer represálias, até tempo depois, aqui na ilha mesmo, é uma gente vingativa. Ela acendeu o abajur de caramujo e me pegou a mão:

– Você tem de ir, sabe por que? Não só porque eles são gente ruim, isso também, mas mais ainda. Porque senão eu posso perder o tesão por você, sabe? Que eu me apaixonei, desde o primeiro dia, foi pela sua coragem, meu amor. A sua coragem mudou a nossa ilha, a sua coragem é o meu tesão. Não me deixe perder o meu tesão.

No dia seguinte, falei ao policial que fico à disposição para quando a República quiser, seja para inquérito parlamentar ou policial, à disposição. A ilha decerto vai perder alguns fregueses, mas é como diz Davi, tudo é relativo. Nosso Saramago foi embora feliz, me dando um baita aperto de mão e um olhar úmido.

No mesmo dia, dei a meu neto, para brincar na praia, a pedra que Rosélia tirou do Muro de Berlim. Ele perdeu. Fiquei triste. Marina me consolou:

– Era só uma pedra. O que importa está na cabeça.

Mas mesmo que acabem todos os que acreditam em ditaduras, um ditador sempre continuará: o tempo, apertando os parafusos da sua lenta tirania, um joelho doendo hoje, o fôlego faltando na trilha do morro, e não tem jeito, depois da barba branqueia o peito, mas Marina ainda continua me procurando, como dizem, e continua achando. Talvez eu chegue mesmo aos oitenta ou noventa, como ela prevê, e enquanto isso vamos caminhando e ela diz que sempre vai dar tudo certo desde que a gente sempre faça o certo, e não vejo motivos para descrer disso – ou estarei quadrondamente enganado?

Este livro foi composto na tipologia Eidetic Neo Regular, em corpo 11,5/16, e impresso em papel off-white 80g/m², no Sistema Cameron da Divisão Gráfica da Distribuidora Record.